आज बाज़ार बन्द है

वाणी प्रकाशन
4695, 21-ए, दरियागंज, नयी दिल्ली 110 002
फ़ोन : +91 11 23273167 फ़ैक्स : +91 11 23275710
शाखाएँ
अशोक राजपथ, पटना 800 004, बिहार
कॉफ़ी हाउस कैम्पस, महात्मा गांधी मार्ग, इलाहाबाद 211 001, उत्तर प्रदेश
महात्मा गांधी अन्तरराष्ट्रीय हिन्दी विश्वविद्यालय, वर्धा 442 001, महाराष्ट्र
www.vaniprakashan.in
marketing@vaniprakashan.in
sales@vaniprakashan.in

AAJ BAZAR BAND HAI
by Mohandaas Naimishray

ISBN : 978-81-8143-110-3
Novel

संस्करण 2004, 2009
आवृत्ति 2018

मूल्य : ₹ 395

एम.एस. प्रिंटर्स, दिल्ली-110 095 में मुद्रित

वाणी प्रकाशन का लोगो मक़बूल फ़िदा हुसेन की कूची से

आज बाज़ार बन्द है

मोहनदास नैमिशराय

वाणी प्रकाशन

"अंधेरे में जूझती राष्ट्र की
उन सभी बेटियों को

समर्पित

जिनके भीतर मुक्ति
की चाह जीवित रही है।"

मन की बात

वेश्याओं के जीवन, संघर्ष तथा उनकी समस्याओं पर लिखने का लंबे समय से मन था। इसलिए कि राष्ट्र की बेटियों पर वैसा उपन्यास लिखा नहीं गया। हालांकि उन पर बहुत कुछ लिखा जा चुका है। कुछ लेखक/कथाकारों ने तो बहुत करीब से उनके दुख-दर्दों को देखा और समझा हुआ है। बावजूद इसके उनके जीवन की विभिन्न परिस्थितियों पर नये सिरे से लिखने की आवश्यकता थी। वेश्या वृत्ति से जुड़े फिल्मों और किताबों में वेश्याओं तथा रक्कासाओं के पात्रों को ग्लेमराइज्ड करके प्रस्तुत करने की परम्परा रही है। उनकी अपनी यह व्यवसायिक मजबूरी हो सकती है। इसका एक कारण यह भी रहा है कि वेश्याओं पर लिखने के लिए पात्रों के द्वारा पीड़ा को झेलने की कल्पना हम सिर्फ फिल्में देख कर ही कर सकते हैं। अधिकांश के पास ऐसे अनुभव भी नहीं हैं। रचनाधर्मिता में शार्टकट अपनाने का भी एक कारण है। जबकि देश की कुछ वेश्याओं की दिनचर्या से रात्रि क्रियाओं के बीच उन्हें टुकड़ा-टुकड़ा होते हुए महसूस किया है।

पुरुष की शारीरिक भूख मिटाने के लिए भारतीय समाज और विशेषरूप में हिंदू समाज ने वेश्यावृत्ति को जायज माना है। देश में बहुत कम ऐसे महापुरुष हुए, जिन्होंने वेश्यावृत्ति समाप्त करने के लिए आन्दोलन किये। यहां तक कि राष्ट्रपिता महात्मा गांधी ने भी कभी ऐसा प्रयास नहीं किया। उनके अनुयायी भजन कीर्तन करते हुए उन्हें भोगते रहे। अगर हम ओशो के **संभोग से समाधि** दर्शन को सही माने तो हिंदुओं का एक संप्रदाय समाधि से संभोग की ओर उत्तेजित हुआ तो दूसरे ने संभोगरत रह कर समाधि की बात की। राष्ट्र की बेटियां कोठों पर बैठ गाती/नाचती/सिसकती रहीं और राष्ट्र पिता के हृदय से आह तक नहीं निकली। पर बाबा साहेब डॉ॰ अम्बेडकर ने उनके बीच जाकर उनके भीतर अस्मिता का भाव जगाया। बाबा साहेब डॉ. अम्बेडकर के आन्दोलन से सम्बन्धित ऐसा ब्यौरा हमें मिलता है। बहुत कम लोग जानते हैं कि डॉ॰ अम्बेडकर के धर्म परिवर्तन आन्दोलन के समर्थन में 16 जून, 1936 को देवदास ठक्कर से हाल में बंबई की वेश्याओं ने एक सभा की थी। इस सभा में देवदासी पत्राजे, भूते, आराधी एवं जोगति पंच से सम्बन्धित स्त्री-पुरुषों ने बड़ी संख्या में भाग लिया था। इस सभा में डॉ. अम्बेडकर ने कहा था, **''आप हमारे साथ धर्म परिवर्तन करें अथवा न करें यह मेरे लिए अधिक महत्व का विषय नहीं है। परन्तु मैं आग्रह करता हूँ यदि आप हमारे साथ आन्दोलन में रहना चाहती हैं तो आपको अपना यह अपमानित जीवन त्यागना चाहिए।''**

"आप मुझसे पूछोगी। तुम अपनी जीविका कैसे चलाओगी ? उसके लिए सैकड़ों रास्ते हैं। मैं आपसे पुनः आग्रह करता हूँ कि तुमको इस अपमानित जीवन को त्याग देना चाहिए। आपको चाहिए कि अन्य महिलाओं की तरह शादी कर सामान्य जीवन जीयें, न कि ऐसी परिस्थितियों में रहें जो आपको वेश्यावृत्ति की ओर अनिवार्य रूप से घसीटती हों।"

इस तरह के भाव बाबा साहेब डॉ. अम्बेडकर के मन में वेश्याओं के प्रति थे। वे उनके सम्मान और अस्मिता के सवालों से पूरी तरह वाकिफ थे। उनकी पीड़ा को जानते थे। उन्हें वेश्यावृत्ति से मुक्ति दिलाना चाहते थे। इसलिए दलित आन्दोलन के साथ उन्होंने उन साथिनों को भी जोड़ा। ब्रिटिश उपनिवेश तथा सभी रियासतों से मिलकर कहलाने वाले भारत में उस समय वेश्याओं की संख्या लाखों में थी, जो हिंदू धर्म की परंपराओं, प्रथाओं तथा कुरीतियों के दबाव वश यह सब कर रही थीं।

जहाँ तक मुझे जानकारी है, बंबई में रहते हुए दलित पेंथर के कुछ जुझारु कार्यकर्त्ताओं ने बंबई के **रेड लाइट** क्षेत्रों में जाकर वेश्यावृत्ति समाप्त करने के लिए बाबा साहेब के आंदोलन को आगे बढ़ाया था। जिसकी आज अत्यंत आवश्यकता है। इसी बारे में यह दुःखद आश्चर्य की बात है कि नये सिरे से एन.जी.ओ. के साथ वेश्याओं को **'सेक्स वर्कर्स'** के रूप में परिभाषित कर सरकार ने भी अप्रत्यक्ष रूप में **"एड्स से बचते-बचाते हुए संभोग"** की स्वीकृति दे दी है। विशेष रूप में बंबई और देश के लगभग सभी महानगरों में हमें एन.जी.ओ. द्वारा प्रकाशित लोकल ट्रेन के भीतर, बस स्टेण्ड के बाहर मूत्रालयों में, पार्कों में लगे होर्डिंस पर या फिर सिनेमा हॉल के आसपास ऐसे पोस्टर्स और स्टीकर्स चिपके हुए मिल जाएंगे, जिनमें गैर स्त्री से संभोग करने की सनातनी प्रवृत्ति को समाप्त करने या कम करने के लिए सन्देश नहीं होते हैं बल्कि **'गैर स्त्री से संभोग करिये लेकिन सावधानी पूर्वक अर्थात निरोध आदि-आदि के साथ,...'** एड्स से बचाव, यानी यह सब बेशर्मी से अश्लीलता से भरे महिलाओं के चित्रों के साथ होता है। अब तो स्थिति यहां तक आ गई है कि वेश्याओं के बीच जाकर एन.जी.ओ. से संबंधित सोशल वर्कर्स आदि निरोध भी बांटने लगे हैं।

समय-समय पर वेश्यावृत्ति को कर्मवाद और भाग्यवाद के सनातनी विचार से जोड़ा जाता रहा है। गांधी स्वयं सनातनी विचारों के थे। ज्ञान-विज्ञान से थोड़ा अलग रख हिंदू धर्म, परंपराओं को देखा करते थे। जैसा चल रहा है, वैसा ही आगे भी रहे। यह सनातनी विचार है। हमारे देश में वेश्यावृत्ति थी, है और रहेगी। ऐसे ही संस्कारों के बीच पले बढ़े गांधीवादी वेश्यावृत्ति जारी रखने के लिए नये-नये तर्क दिया करते हैं। कुछ के अनुसार अगर वेश्याएं न हों तो समाज दूषित हो जाएगा। शरीफ घरानों की लड़कियों का जीना मुश्किल हो जाएगा। हालांकि समाज दूषित बहुत पहले से ही होता रहा है।

कुछ लोगों के कुतर्कों का हवाला देते हुए मैं कहना चाहूंगा कि क्या सभी वेश्याएं कपड़े उतारने और रुपये-पैसे छीनने वाली होती हैं ? लोगों के भीतर यह आम धारणा होती है। जबकि ऐसा नहीं है। मैं इस बारे में दो घटनाओं का जिक्र करना चाहूंगा। पहली इलाहाबाद स्थित **मीरगंज** की घटना और दूसरी **जी.बी.रोड** नई दिल्ली की। मीरगंज बाजार में उन दिनों पुलिस द्वारा वेश्याओं की नाकेबंदी की हुई थी। चप्पे-चप्पे पर पुलिस के सिपाही मौजूद थे। "कोई ग्राहक ऊपर न जाने पाये। सड़ने दो स्साली रंडियां को। पेट की आग नहीं बुझेगी तो ये स्साली पेट के नीचे की आग का कैसे बुझा पाएंगी ?"

उसी बाजार में अपनी डीयूटी पूरी करते हुए एक पुलिस कांस्टेबिल का बेबाकी से दिया गया बयान था। जाहिर बात थी कि इस तरह के बयान के पीछे रंडियों का पुलिस वालों से पंगा लेता रहा होगा या फिर उन्हें हफ्ता या माहवारी देना बंद कर दिया होगा। वैसी स्थिति में भी मैं एक वेश्या के कोठे पर पहुंचने में सफल हो गया था। फरवरी का माह और गुलाबी मौसम की दस्तक। बीस वर्षीय युवती साथ में दो अन्य पुरुष साथी कोठे पर मौजूद थे। वे तीनों अंगीठी के पास बैठे हुए चाय पी रहे थे। बिल्कुल जैसा आम परिवारों में होता है। उसके माथे पर किसने लिखा था कि उनमें से मादा साथी वेश्या है। उसका स्वभाव भी दूसरी लड़कियों जैसा ही था। मुझे यह सब देख और महसूस कर अच्छा लगा। मन में रहा सहा भय भी जाता रहा। वापसी में मैं जब सीढ़ियां उतरने लगा तो मुमताज अपनत्व के स्वर में बोली थी,

"भाईजान कोई पुलिस वाला पूछे तो कह दीजिएगा कि आप मेरे रिस्तेदार हैं।"

दूसरी घटना जी.बी.रोड की है। तब मैं रंगमंच से जुड़ा था और बीच-बीच में रेडियो स्क्रिप्ट के साथ दूरदर्शन के लिए डाक्यूमेंट्री भी लिखता था। मंडी हाउस में अक्सर शाम को रंगकर्मियों के साथ बैठकें हुआ करती थीं। एक शाम एक फिल्म निर्माता ने चाय पीते हुए कहा,

"चलो यार कहीं चलते हैं।"

मेरे पूछने पर 'कहां' जवाब न देकर और मुझे सस्पेंस में रखते हुए फुटपाथ पर खड़ी कार तक वह मुझे ले आया था। लगभग पन्द्रह मिनट में हम जी.बी.रोड आ गये थे। मुझे अहसास हो गया था। पर पूछा नहीं। सीढ़ियां चढ़कर ऊपर गये। लगा कि मेरे मित्र फिल्म निर्माता की कोठे पर कोई प्रतीक्षा ही कर रही थी। लगभग बाइस वर्षीय युवती गोरा रंग तीखे नयन नक्श। बिना समय बर्बाद किये वह मेरे मित्र को लेकर भीतर चली गई थी। पर जाने से पहले मेरे लिए केम्पा कोला मंगाने के लिए किसी से कह गई थी। जल्द ही नीचे से कोई केम्पा कोला की बोतल ले आया था। मैं धीरे-धीरे ठंडा पेय पीते हुए वहां की गर्म स्थितियों को देख रहा था। हर युवती अपने आप में स्वतंत्र, बाल बनाने से लेकर पान खाते हुए। वह कोठा नहीं मुझे घर लगा। वैसा ही आम घरों जैसा परिवेश था। कोठे पर बैठे हुए भी मेरे भीतर किसी तरह का

कोई भय नहीं था।

थोड़ी देर में हल्का होकर मेरा मित्र आया। साथ में हसीना भी थी। मुस्कुराते हुए वह बोली थी,

"आईये आप भी।"

मेरे इंकार करने पर उसे हैरानी हुई थी। फिर होंठो पर अजीब तरह की मुस्कान लाते हुए कहा था उसने,

"बाबा साहेब हिंया तो सब अपनी मां बहन करने आते हैं। आप...।"

मुझे यह बात बेचैन करती रही थी कि ये सब तो परिवार की मां, बहिन और बेटियां हैं। आखिर कोठेवालियों कैसे बन गयीं ?

वेश्याओं के मनोभावों का सशक्त वर्णन सहादत हसन मंटो ने जो अभिव्यक्त किया है, वह प्रसिद्ध साहित्यकार मुंशी प्रेमचन्द भी नहीं कर पाये। फिर मेरा तो सिर्फ प्रयास है। अंधेरी और सीलनभरी कोठरियों में कैद राष्ट्र की बेटियों के बारे में मेरी अनुभूति कहाँ तक सार्थक हुई, इसका निर्णय स्वयं पाठक करेंगे या फिर आलोचक/समीक्षक और उनसे बढ़कर स्वयं राष्ट्र की मां, बहन तथा बेटियां।

—मोहनदास नैमिशराय

2003

"थाने पर पथराव किया रंडियों ने" शहर के लगभग सभी अखबारों के मुख्य पृष्ठ पर दो कॉलम में छपी इसी खबर ने गर्म हवा बनकर समूचे शहर की शालीनता को झुलसा दिया था। तथाकथित श्रेष्ठ संस्कृति के अलग-अलग मुखौटे लगाए श्रेष्ठ लोगों के माथे पर बल पड़ने जरुरी थे। वे शहर की नाक समझे जाते थे। शहर के राजनीतिज्ञों से लेकर उद्योगपतियों तक उनकी उठ-बैठ थी। कुछ के भीतर से आक्रोश फूट कर बाहर आ गया था। उनके भीतर से गालियां भी उभरने लगी थीं। जिनमें से कुछ शहर की रंडिया के लिए तो कुछ पुलिस अधिकारियों के हिस्से में थीं। शेष देश के कर्णधारों के लिए थीं। गालियां देने वालों में अफसर भी थे और वकील भी। लेखक और पत्रकारों के साथ अपने-अपने अखबारों के प्रचार-प्रसार में लिप्त संपादक भी थे। शहर के नागरिकों के सामने शहर की रंडियों के बारे में इस तरह का खुलासा पहली बार नहीं हुआ था। फिर भी जिन्हें इस शहर की वेश्याओं के अड्डे के बारे में मालूम न था, उन्हें भी इन चकलों का पता चल गया था। शहर के कुछ सजग नागरिकों की जानकारियों के भंडार में प्रति पल बढ़ोत्तरी होती जा रही थी। शरीफ लोगों को जहां उनके अस्तित्व की जानकारी परेशान करने लगी थीं वहीं लुच्चे-लफंगों के बीच रंडियां अच्छी खासी चर्चा का विषय बन गई थीं। वे अपने-अपने इंची-टेपो से उन्हें नापने लगे थे। हां शहर की औरतों में रंडियों के प्रति अजीबोगरीब जिज्ञासाएं उभरने लगी थीं। अपने-अपने घरों/आंगनों तथा घरों की छतों पर जवान लड़कियां चोरी छुपे परस्पर गुफ्तगू कर रही थीं। पत्नियां अपने पतियों को हिदायतें देने में लगी थीं। माएं अपने जवान होते बेटों के बारे में सशंकित थीं। बुजुर्ग अपने-अपने अनुभवों से आस-पास की सीली हुई आग को दहकाने में लगे थे। हालांकि सुप्त आग के भड़कने या भड़काने की इच्छा अभी उनके भीतर भी शेष थीं।

सिवाय बच्चों के शहर के नागरिकों के बीच इस खबर से हड़कम्प पैदा हो गया था। पान की दूकानों से लेकर भांग के अड्डों तक यही खबर थी, जो रस ले लेकर कही सुनी जा रही थी। इन सैक्स कथाओं का न कोई आरम्भ था और न कोई अंत। जिस किसी को कोई भी सिरा मिलता वह उसमें अपनी तरफ से कुछ जोड़े बिना नहीं रहता। नबाबों तथा ऐय्याशों की ऐतिहासिक रंगरलियों को दोहराया जाने लगा था। रंडियों का छिनालपन तथा मस्तानी अदाओं को बढ़ा-चढ़ा कर कहने में न पुरुष पीछे थे और न शहर की अनुभवी महिलाएं। बस्तियां में पुरुष और महिलाओं के अपने-अपने जमघट लगे थे, जहां जुटने वाले अकबर के नवरत्नों से कम न थे।

शहर के सभी थानों में यह खबर चर्चा का विषय थी। पुलिस कर्मचारियों से

लेकर अधिकारियों के बीच रंडियों के कोठों से सटे इबादपुर थाने में तैनात कर्मचारियों के बीच लेन-देन पर अच्छी खासी चर्चा थी। कौन कितनी रिश्वत देकर ऐसे कमाऊ थानों में अपनी पोस्टिंग कराता है, इस बात पर विशेष तूल दिया जा रहा था। वे चाय पीते हुए एक दूसरे से मजाक भी कर रहे थे। मुख्य रूप से जो इंस्पेक्टर अभी तक कुंवारे थे उनसे देह शास्त्र के बोर में अधिक हो रही थी। कुछ को तो वेश्याओं के नाम के साथ उनके समूचे भूगोल की भी जानकारी थी। वैसे कर्मचारी बिस्तर बिछाने से लेकर सजाने की बात कर रहे थे। पुलिस मुख्यालय में उतनी अफरातफरी तो न थी, लेकिन टेलीफोन पर बार-बार जो स्वर उभर रहे थे, उनसे उच्च अधिकारी चौंक अवश्य उठते थे। ट्रांसफर और पोस्टिंग्स विभाग में कुछ फाइलों को तेजी के साथ उलटा-पलटा जा रहा था। अलबत्ता डी.आई.जी. का कक्ष वैसी ही चुप्पी में डूबा था। मेज पर चार-पांच अखबार पड़े थे। लगता था उन्हें बारी-बारी से पढ़ा गया था। अखबारों के पृष्ठ-दर-पृष्ठ अस्त-व्यस्त थे। पुलिस के उच्च अधिकारियों को इस बात का अच्छी तरह से अहसास हो गया था कि शहर के चप्पे-चप्पे में यह खबर जाकर अवश्य ही रच बस गई होगी। जो आज की आम घटना नहीं बल्कि शहर की शालीनता को झकझौरने वाली दुर्घटना थी।

कुछ लोगों के द्वारा इसे वेश्याओं के जुझारु दस्तों की ओर से क्रान्ति की दस्तक भी कहा जा रहा था। कमिश्नर की टेबल पर रखे फोन बार-बार बज उठते थे। फोन करने वालों में संसद सदस्यों से लेकर विद्यायक अधिक थे। विपक्ष के राजनीतिज्ञों ने तो तूफान खड़ा किया हुआ था। अधिकांश ने कमिश्नर से मिलने का समय भी मांगा था। मुलाकात को किसी न किसी बहाने टालने का प्रयास कर रहे थे वे। वे जानते थे कि अति विशिष्ट लोगों से मुलाकात होगी तो वे पुलिसवालों को हजार-हजार लानतें देने में पीछे न रहेंगे। हालांकि वे ही खासम खास लोग बीच-बीच में फोन कर अपना गुस्सा कलक्टर पर उतार रहे थे और कलक्टर एसएसपी पर। प्रत्येक फीतदारी और स्टारधारी पुलिस अधिकारी अपने मातहत अधिकारी को डांटने-डपटने में लगे थे।

शहर में अखबार वालों से पहले इस खबर को फैलाने का अभियान छेड़ा था रिक्शा और तांगे वालों ने। जितनी भी सवारियां उन्हें मिलतीं, वे उन्हें यह खबर बतलाए बिना नहीं रहते। सवारियां भी रस ले-लेकर और आगे पूछ-ताछ करतीं। रिक्शा-तांगे वाले जैसे सवारियों का बोझ ढो-ढोकर अपने मन का बोझ हल्का करते। सवारियों के भीतर अनगिनत जिज्ञासाएं उभरतीं। ऐसी स्थिति में कुछ उन्हें पुलिस थाने का रास्ता बतला देते तो कुछ चकलाघरों का रास्ता दिखला देते। चटपटी बातें सुन सवारियां अपने-अपने दांत दिखा देती। बदले में वाहन चालक भी पीछे न रहते। सब्जियों से लेकर औरतों के भाव के बारे में पूछताछ होने लगती। सच कहा जाए तो सवारी ढोने वाले वे हरकारे/डाकिये/और खबरनवीस सभी कुछ थे। वे इस तरह की

खबरों को अपने-अपने ढंग से गढ़ते थे। इस कार्य में उन्हें खूब महारथ हासिल थी। इस काम में वे सवांददाता का कार्य बखूबी करते थे। हांलाकि उनके पास किसी भी पत्रकारिता विद्यालय/महाविद्यालय का डिप्लोमा न था। उनके पास अपने अनुभव थे। कुछ के पास रिस्ते हुए ज़ख्म भी थे। तो कुछ के भीतर बियाबान जंगल उगे हुए थे। पुराने शहर की विरासत के वे उत्तराधिकारी थे।

निश्चित ही उनसे यह शहर धड़कता था। उनके पड़ोसी कुंजड़े/सक्के/भड़भूजे/नाई/तेली/खटबुने/मोची/धोबी/खटीक/सांसी/आदि-आदि थे। जो सभी मिलजुल कर इस शहर को सजाते-संवारते थे। पर समाज की सरंचना में वे सब दलित और पिछड़े माने जाते थे। उनमें अधिकांश पुराने शहर के वाशिंदे थे। इबादतपुर का थाना और वेश्यालय दोनों पुराने शहर में ही थे। जितना पुराना वेश्यालय था उतना ही पुराना थाना। रंडियों का बाजार और पुलिस स्टेशन दोनों ही नये और पुराने शहर के बीच में थे। पुराने शहर और नये शहर की गंध में फर्क था। अस्मिता और पहचान में रद्दोबदल हो गयी थी। नये शहर की बसापत तेजी के साथ हो रही थी। भूगोल भी बदल रहा था। जबकि पुराने शहर के गली-कूंचे अभी भी वैसे ही थे।

सुबह लगभग सभी अखबारों के मुख्य पृष्ठ पर यह समाचार छापा गया था। चूंकि संध्याकालीन अखबारों के छपने के बाद यह घटना या दुर्घटना हुई थी और शहर में रात्रिकालीन कोई अखबार नहीं छपता था। इसलिए अगले दिन की सुबह इस खबर का छपना जरुरी भी था। पहले ही पृष्ठ पर अलग-अलग समाचार पत्रों में दो और तीन कॉलम की सिलसिलेबार खबर थी। हैडिंग था-**हिन्दुस्तान की तवायफें, आइये हम शोषण के खिलाफ एक जुट हों।** जिस थाने को कल रात रंडियों ने घेर लिया था आज दोपहर होते-होते उसे खबरनवीसों ने घेर लिया था। थाने के भीतर खाकी वर्दी पहने सजगता में तत्पर फीतधारियों को अखबार वालों ने और अधिक सजग कर दिया था। उनके पेट का पानी अजीबोगरीब तरह से हिलडुल रहा था। जिसे और अधिक हिलाने पर पत्रकार तुले थे। खाकी वर्दी वालों पर चारों तरफ से सवालों की झड़ी लगी थी। एक के सवाल खत्म होने से पहले दूसरा शुरू हो जाता। थाने के भीतर एस.एच.ओ. का कमरा अलग था। जिसमें उनके अलावा दो इंस्पेक्टर और बैठे थे। सभी के चेहरों पर बदहवासी के चिह्न मौजूद थे। पर पुलिस वाले काईयां थे। घबराहट होते हुए वे अपनी इस कमजोरी को छुपा रहे थे। उनके होंठो पर झूठी मुस्कान थी। सच तो यह था कि कल रात थाने पर हुए हल्ले ने उन्हें उनके अपने ही इलाके में शेर से गीदड़ बना दिया था। अब वे गीदड़ भमकी दे रहे थे। जबकि पत्रकारों की ओर से भी बेखौफ होकर ताबड़तोड़ तरह से सवाल पूछे जा रहे थे:

"हम पूछते हैं कि कल रात थाने का वेश्याओं ने घेराव क्यों किया ?" यह सवाल पत्रकारों की ओर से सामूहिक रूप से उठाया गया था।

"हमें क्या मालूम, उन्हीं से पूछो जाकर।" एस.एच.ओ. ने नपे तुले शब्दों में

जवाब दिया था।

''उन्हीं से यानी...।'' घुटनों तक ढीला ढाला कुरता पहने एक दढ़ियल पत्रकार ने उस पुलिस अधिकारी की टोह ली थी।

''अरे भाई उन्हीं से जिन्होंने रात में आकर यहाँ नारेबाजी की।'' पुनः एस.एच. ओ. ही बोला था। शेष अभी चुप थे और एक दूसरे का मुँह ताक रहे थे।

''आपका आशय वेश्याओं से है।'' फिर वही कम्युनिस्टनुमा अखबारनवीस बोला था,

''हाँ भई हाँ उन्हीं स्साली रंडियों से...।'' न जाने कब से रूकी हुई एस.एच.ओ. की भड़ास आखिर निकल ही गई थी।''

पुलिस अधिकारी की ओर से गाली जैसा जवाब सुनकर अब तक साथी पत्रकारों के बीच चुपचाप खड़ी महिला पत्रकार जैसे तैश में आ गई थी। उसका नाम रश्मि था। वह प्रजातंत्र में रिपोर्टर थी। उसने तुरंत अपनी शिकायत दर्ज की थी,

''आप जैसे जिम्मेदार पुलिस अफसर के मुँह से इस तरह से उन्हें गालियां देते अच्छा नहीं लगता।''

एस.एच.ओ. के बजाय इस बार दूसरी ओर से जवाब आया था,

''उन्हें गालियां न दे तो क्या हम उनकी आरती उतारें, वे ऐसा काम ही क्यों करती हैं ?'' उनका नाम दीपक कुमार शर्मा था। वे इसी थाने में सब इंस्पेक्टर थे।

''पर उनसे यह काम कौन कराता है ?'' उसी महिला पत्रकार ने फिर सवाल दागा।

''हम नहीं कराते।'' दो टूक जवाब दिया था सब इंस्पेक्टर ने,

''पर उनकी उसी कमाई में से हिस्सा तो लेते हैं आप।'' अबकी तीसरा पत्रकार बोल उठा था।

''कौन हिस्सा लेता है ?'' इस बार वर्दी पहने हुए सभी पुलिसये एक साथ बोल उठे थे। उनके सामूहिक स्वर में जोरदार ढंग से गुस्सा उभरा था। उनकी आंखों में किसी हिंसक जानवर के जैसी चमक तैर उठी थी।

''हम सभी को नहीं कह रहे हैं।'' दो पल की चुप्पी के बाद पत्रकारों की टोली से एक सुर में तभी जवाब मिला था।

''आप प्रेस वाले नाहक ही पुलिस वालों को बदनाम करते हैं।'' इस बार दोनों इंस्पेक्टर बोले थे।

''देखिये, जहाँ धुआं उठता है आग भी वहीं लगती हैं'' अबकी दार्शनिक से लगने वाले चश्माधारी पत्रकार ने कहा था। वह गंगा-यमुना दैनिक का रिपोर्टर था।

''आप प्रेस वाले तो वहाँ भी आग लगा दें जहाँ धुआं न हो।'' इंस्पेक्टर ने व्यंग्य में कहा।

साथ में बैठे दोनों इंस्पेक्टरों को जैसे हवा मिली थी। वे मुस्कराते हुए बोले थे,

''पत्रकारों का काम ही क्या है। कुछ भी छापना और आग लगना।''

तभी नया सवेरा दैनिक के सवांददाता का स्वर उभरा था,

''ऐसी बात नहीं है इंस्पेक्टर साहब।''

''यार कम टू द प्वाइंट।'' रश्मि को बीच में कहना पड़ा था।

''हाँ तो बताइये, रात में उन्होंने थाने पर हल्ला क्यों किया ?'' दढ़ियल पत्रकार ने फिर से बात शुरू की। इस बार उसके स्वर में थोड़ी उदारता थी। तभी बाहर से एक बारह वर्षीय लड़का चाय ले आया। वह नंगे पांव था और गंदी सी कमीज पहने था। सभी ने उसकी ओर देखा। चाय के साथ मटमैली प्लेट में नमकीन भी था। पत्रकार साथियों को अजीब-सा लगा यह देखकर।

''लीजिए चाय पीजिये।'' एस.एच.ओ. का स्वर भी नरम हो गया था।

चाय के नाम पर पत्रकार साथियों ने एक दूसरे की तरफ देखा। जैसे चाय लेने के लिए एक दूसरे से पूछना चाह रहे हों। तभी उन सब में अधिक उम्र के पत्रकार ने जिन्हें दादा भी कहते थे, थोड़ा नाराजगी के स्वर में कहा था।

''हमें नहीं पीनी पुलिसवालों की चाय। कौन जाने यह भी रिश्वत के पैसे से मंगाई गई हो या किसी गरीब चाय वाले को धमका-डरा कर।''

यह सीधे-सीधे पुलिस वालों की अस्मिता पर हमला था। जिससे विचलित हुए बिना वे नहीं रह सके थे।

''देखिये आप हमारी तौहीन कर रहे हैं।'' पुलिस वालों के बीच से उत्तेजित स्वर उभरा था। इस बार हवलदार ने भी साथ दिया था।

''हम आपसे सज्जनता से पेश आ रहे हैं और आप...।'' फिर दूसरा बोला था।

''आपको हमसे नाराजगी हो सकती है, चाय से तो नहीं।'' स्टेशन आफिसर के स्वर में अनुनय और विनय था। ''आप जो भी सवाल पूछेंगे हम उसका जवाब देने का प्रयास करेंगे। पहले चाय ले। ये सवाल-जवाब तो चलते ही रहते हैं।'' पर चाय के लिए किसी ने भी हाथ न बढ़ाया।

शायद इससे अधिक अपमान और क्या हो सकता था। सभी वर्दीधारियों के चेहरे देखने लायक थे। उनके चेहरे पर बनती-बिगड़ती रेखाएं बहुत कुछ कह रही थीं। ''अच्छा यह बताइये कि आप वेश्याओं को रात में थाने में भी बुलाते हैं।'' वही कम्युनिस्ट छाप पत्रकार ने अचानक यह सवाल पूछ लिया था।

''कौन कहता है ?'' वे फिर अपने बचाव के लिए एक सुर में बोले थे।

''हमने सुना है।'' इस बार दो पत्रकार एक साथ बोले थे। उधर पुलिस वाले कुछ बोलना ही चाहते थे कि रश्मि बीच में बोल पड़ी,

''यह तो और भी गलत है। महिलाओं को रात में थाने बुलाना सरकारी नियम के खिलाफ है।''

अचानक एक इंस्पेक्टर बोला था,

"वे महिलाएं नहीं वेश्याएं हैं।"

उसका जवाब सुनकर रश्मि को और भी बुरा लगा था,

"क्या वेश्याएं महिलाएं नहीं होतीं ?"

जवाब दिया था धीरे से दूसरे इंस्पेक्टर ने,

"होती हैं।"

तभी जैसे रश्मि को कुछ याद आया था,

"अच्छा यह बताएं आपके थाने में महिला पुलिस कर्मचारी हैं ?"

सभी पुलिस कर्मियों ने एक-दूसरे की तरफ देखा था। रश्मि ने पुनः पूछा था,

"बोलिये।"

जवाब दिया था एस.एच.ओ. ने,

"हमने पुलिस मुख्यालय को लिखा हुआ है।"

रश्मि ने तपाक से कहा था,

"इसका अर्थ यह हुआ कि आज की तारीख में आपके थाने में कोई भी महिला पुलिस कर्मी नहीं है।"

उनके बीच कुछ पल मौन रहा।

"वह तो ठीक है, पर यह सब हमें बदनाम करने वाली बातें हैं। हमारा काम तो लोगों की हिफाजत करना हैं," एस.एच.ओ. ने धैर्य के साथ कहा।

"और वेश्याओं से रिश्वत वसूलने वाली बात।" पत्रकारों के बीच से तभी एक ओर सवाल उछाल दिया गया था।

"यह भी झूठ है।" वे फिर बोले थे।

"पिछले सप्ताह आपके ही थाने का एक इंस्पेक्टर नशे में धुत्त वहाँ क्या करने गया था ?"

तत्काल ही सब इंस्पेक्टर की ओर से जवाब आया था।

"उस कोठे पर ग्राहक से एक वेश्या ने झगड़ा किया था। इसलिए उसे वहाँ जाना पड़ा था।"

पूछा था रश्मि ने, "पर झगड़ा क्यों हुआ था ?" एक पुलिस कर्मी की ओर से जवाब आया था, "हमें मालूम नहीं।"

चाय रखी-रखी ठंडी हो गई थी। पत्रकारों से पुनः चाय के लिए पूछने की पुलिस वालो की हिम्मत न हुई।

"हमने तो यह भी सुना है कि आप राह चलते हुए लोगों को भी परेशान करते हैं।" गांगा यमुना के सवांददाता ने सवाल किया था।

सब इंस्पेक्टर ने जवाब में कहा था,

"जब वे चलते हुए ऐसे इशारे करेंगे तो...।"

बीच में गंगा यमुना संवाददाता बोला था,

''ऐसे इशारे से मतलब।''

सब इंस्पेक्टर का स्वर उभरा था,

''मतलब भई इशारेबाजी''

गंगा यमुना के संवाददाता ने फिर दोहराया था,

''इशारेबाजी''

इस बार दूसरे इंस्पेक्टर ने गर्माते हुए जवाब दिया था,

''हाँ हाँ इशारेबाजी।''

तभी एक और पत्रकार का स्वर उभरा था,

''पर किससे ?''

''औफ्फो, भई रण्डियों से...।''

भभके हुए स्वर में कहा था इंस्पेक्टर ने

''पर रंडियां आखिर क्यों है इस बाजार में ?''

भरपूर गोले की तरह यह सवाल दागा गया था पत्रकारों की ओर से।

उधर से भी तुरन्त नपा तुला जवाब आया था,

''हमें मालूम नहीं''

वही सवाल फिर सयुंक्त रूप में पूछा गया था,

''पर किसे मालूम होगा ?''

''जिन कबाड़ियों और बनियों ने मोटी-मोटी रकम लेकर अपने-अपने मकान किराये पर दे रखे हैं।'' पुलिस वालों की ओर से उत्तर था।

तभी रश्मि ने पूछा था,

''क्यों ?''

एस.एच.ओ. का सीधा सपाट जवाब था,

''यह तो आप वहां जाकर उन्हीं से पूछें।''

इस बार रश्मि पुनः बोली थी,

''आप भी पूछ सकते हैं।''

रश्मि की बात जैसे उन्हें नागवार लगी थी। इसलिए बराबर में बैठा हुआ सब इंस्पेक्टर थोड़ा गर्माते हुए बोला था,

''आप तो हद कर रही हैं मैडम।

रश्मि के साथ दो अन्य साथियों ने कहा था,

''हद कर रहे हें माने...।''

पुनः एस.एच.ओ. का स्वर उभरा था,

''अरे भई जनाबेआली कोई अपना मकान किराये पर दे तो हम कौन हैं पूछने वाले ?'' इस बार फिर पत्रकारों के खेमे से फिर सवाल उभरा था,

''देखिये महाशय, यह कोई बस्ती नहीं है। बाजार है और बाजार भी ऐसा जहां

महिलाओं की अस्मिता बेची और खरीदी जाती है। उस बाजार में किराएदारों के रूप में आने वालों पर आप लोग नजर नहीं रखेंगे तो कैसे काम चलेगा ?''

बीच में सब इंस्पेक्टर बोला था,

''पर हम किस-किस पर नजर रखेंगे।''

इस तरह के सवाल जवाब में आसपास का परिवेश गंभीर होता चला जा रहा था। इससे पहले कि कोई तकरार हो, एस.एच.ओ. ने शालीनता से जवाब में कहा था,

''देखिय पत्रकार महोदय, जितनी जिम्मेदारी हम निभा सकते हैं उतनी पूरी कर रहे हैं...। आखिर हम भी तो इंसान ही हैं।

बीच में बोल पड़ी थी रश्मि,

''आप अपनी जिम्मेदारी निभाते तो थाने से सटे हुए बाजार में वह सब नहीं होता जो हो रहा है।''

रश्मि की ओर मुखातिब होकर सम्बोधन करते हुए एस.एच.ओ. बोला था,

''देखिये जनाबेआली हर आदमी अपनी जिम्मेदारी निभाएगा तभी इस बाजार में सुधार हो पाएगा।'' कुछ पल ठहर वे फिर से बोले थे,

''अब हमसे जितना कुछ हो पाता है, कर रहे हैं।''

वही दढ़ियल पत्रकार बोला था,

''गोया इस बाजार के लिए अब समाज सेवकों की भर्ती करानी पड़ेगी, क्योंकि पुलिस कर्मियों से तो समाज सेवा होती नहीं।''

इस बार फिर रश्मि बोल उठी थी,

''स्वयं सेवा से फुर्सत मिले तभी समाज सेवा करेंगे न।''

मामला दूसरी तरफ जाते देख एस.एच.ओ. ने धीरे से कहा था,

''देखिये हर काम में अगर पुलिस को ही जिम्मेवार बनाओगे तो कैसे काम चलेगा। जनता का भी तो कुछ धर्म है।'' इस बार एक अन्य समाचार पत्र के रिपोर्टर ने कहा था,

''आप पुलिसकर्मी अपना धर्म निभाएंगे तो शेष लोग भी कुछ न कुछ अवश्य ही करेंगे।''

अब तक चुप बैठा इंस्पेक्टर जवाब में बोला था,

''हम तो अपना फर्ज निभा ही रहे हैं।''

पुलिस वालों से और कोई सवाल पूछना झक मारना था। सवाल जवाब की एक्सरसाइज बहुत हो गई थी। अब कुछ शेष नहीं बचा था। थाने में आई पत्रकार टीम के साथियों ने आँखों ही आँखों में एक दूसरे को संकेत किया कि अब पुलिस स्टेशन से निकल लेना चाहिए। वहाँ और अधिक सवाल जवाब करने से कोई फायदा नहीं है। वैसे भी पुलिस वालों के जवाब नपे-तुले होते हैं। यही सोच कर वे अपनी-अपनी कुर्सियों से उठ खड़े हुए। एस.एच.ओ. तथा अन्य पुलिस कर्मचारियों से उन्होंने नमस्ते

की। जवाब में न चाहते हुए भी सभी पत्रकार साथियों को पुलिस वालों की नमस्ते का जवाब नमस्ते से देना पड़ा। रश्मि के साथ अन्य साथियों ने देखा। बड़ी सौम्यता से एस.एच.ओ. ने हाथ जोड़ते हुए फिर दर्शन देने की बात की थी। पुलिस कर्मियों के होठों पर ऐसी मुस्कान थी, जिसकी थाह पाना मुश्किल था।

थाने से बाहर आते-आते बारह बज गये थे। साक्षात्कार लेने में पूरे दो घंटे हो गये थे। मई का माह था। सूरज सर पर आ गया था। हवा गर्म होने लगी थी। वातावरण में उमस बढ़ गई थी। उनके कपड़े पसीने से तर-बतर हो गये थे। अभी उन्हें वेश्याओं के मकान मालिकों से भी साक्षात्कार लेने थे। पूरी स्टोरी कवर करने के लिए फोटोग्राफ्स अलग करने थे। गंगा यमुना के संपादक के तो इस बारे में आदेश थे और हिदायत भी। इस बार स्टोरी जबर्दस्त बननी चाहिए। किसी की धड़ पकड़ भी हो जाए तो चिंता नहीं। संसद का ग्रीष्मकालीन सत्र शुरू होने वाला था। संसद पटल पर अगर अखबार की प्रतियां नहीं पढ़ी जाएं तो क्या मजा। पूरी टीम को लगाया गया था उन्होंने इस काम के लिए। गृहमंत्री के पीएस को पहले ही फोन कर दिया दिया गया था। पत्रकार साथियों को परेशानी नहीं होनी चाहिए। महिला सशक्तिकरण का दशक है। उसके प्रतिकूल कुछ भी नहीं होना चाहिए। उधर से ग्रीन सिगनल मिल गया था। गंगा यमुना के संपादक की राजनैतिक गलियारों में अच्छी खासी उठ-बैठ थी। संपादक ने बोर्ड आफ डायरेक्टर्स की बैठक में कवर स्टोरी बनाने की बात पिछले सप्ताह ही रख दी थी। वे इस विषय पर फूंक-फूंक कर कदम उठा रहे थे। जरा-सी भी कहीं कोई कमी न रह जाए। वेश्याओं पर पुलिसवालों के द्वारा उत्पीड़न की घटनाएं भी बढ़ने लगी थीं। इक्का-दुक्का सवाल संसद की पिछली बैठकों में भी उठे थे, पर अखबार के मालिक इस बार चाहते थे कि यह सवाल जोरो-शोरों से विपक्ष की ओर से उठाया जाए। विपक्ष के दो तीन सासंदों की ओर से तो दैनिक अखबारों के कार्यालय में फोन भी आए थे। उन्होंने भी अपनी तरफ से हरी झण्डी दे दी थी। प्रजातंत्र भी इस बार स्पेशल स्टोरी बनाने में जुटा था।

राजनीति में पक्ष और विपक्ष के सदस्यों के लिए यह सांप-छछुंदर का खेल था। सत्ता में रहें या सत्ता से बाहर दोनों खेमे के क्षत्रपों को ही अखबारवालों से रिश्ते बनाकर रखने होते थे। न जाने कब वे काम आ जाएं। यही स्थिति पत्रकारिता जगत के रहनुमाओं की भी थी। वे एक हाथ सत्ता पर काबिज मंत्रियों से लेकर संत्रियों तक की ओर रखते थे तो दूसरा हाथ विपक्ष की तरफ भी। दोनों तरफ से हाथ खींचने की परंपरा व्यावसायिक पत्रकारिता में न थी। हाथ खीचेंगे तो अखबार नहीं चलेगा। जो इस गुर को समझ गये थे, वे मालामाल थे।

शहर के भीतर एक अलग शहर, जहाँ बारुद पिघलाने का कार्य बखूबी किया जाता था। जितना बारुद पिघलती थी, उतना ही वह शहर तड़कता/भड़कता था। बाजार

में उतनी ही अधिक चमक-दमक बढ़ती थी। इस बाजार में नीचे पानी बिकता था ऊपर आग। आग घौंसलों में सुरक्षित थी। घौंसले जलते न थे। वहाँ कुछ और ही जलता/पिघलता था और पिघलते हुए आसपास बहता था। लोग आते और इस उफनती नदी में भी डुबकी लगाकर चले जाते। यहां गंगा भी थी और यमुना भी। कुछ को वे नदियां रास आती थी और शेष को यह नदी। जैसे शहर के भीतर गलियों/बस्तियों तथा कूंचों से पटा हुआ अलग शहर होता है वैसे ही इबादतपुर की इस नदी में भी अलग-अलग रूप/रंग/रस स्वभाव की नदियां थीं, जो नजदीक आने वालों को लुभाती तथा खूब उत्तेजित करती थीं। उनमें ऐसी मदमस्त हिलौरें थीं जो किनारे पर बैठे किसी को भी बेचैन करने के लिए काफी होती थीं।

शहर के मुख्य बाजार से बिल्कुल नाक की सीध में चलें तो वेश्याओं का यह बाजार तीन किलोमीटर से अधिक दूर न था। बीच में पड़ता था लड़कियों का स्कूल, अनाथालय, नारी निकेतन, मंदिर और मस्जिद। कहा जाता है कि रंडियों के इसी बाजार को द्वितीय विश्व युद्ध के दौरान अंग्रेजों ने फिर से बसाया था। उस बाजार के बसाने के पीछे कुछ उद्देश्य थे। वैसे ही बंबई के फाल्कं रोड कलकत्त के चौरंगी बाजार और दिल्ली के जी.बी. रोड के भी उद्देश्य रहे हैं। नदियों, तीर्थों और समंदर के आस-पास यही सब रसमय संसार मिलेगा। देश में जहां-जहां भी आप जाएंगे आपको वेश्याएं जरूर मिलेंगी। नदियों की तरह वे भी मारी परंपराओं में शामिल रही हैं। इधर वेश्याओं के बाजार उधर नदियों के पवित्र घाट। इधर पाप करो उधर जाकर पुण्य कमाओ। इस शहर में भी दोनों धाराओं का संगम था। शहर का पुराना नाम बदल गया है। गलियों/फुटपाथों/संड़कों पर नयें बोर्ड लग गये हैं पर इस बाजार का काम और उसका स्वभाव नहीं बदल पाया है। वह पचास बरस से भी अधिक समय से बदस्तूर वैसा ही चला आ रहा है। कितने मौसम बदलें होंगे। लेकिन इस बाजार के मौसम में किसी तरह का बदलाव नहीं हुआ है। सड़कों से लेकर गलियों तक और गलियों से लेकर कोठों तक। अंधेरा घिरते ही यहाँ फुसफुसाहट से चिपहिपाहट बढ़ जाती है। मौसम चाहे कोई भी हो। आग और पानी के रिश्ते सभी मौसम में जारी रहते हैं यानी ऊपर आग बिकती है तो नीचे पानी। आग पानी के पास कभी नहीं जाती है। यहां भी वही दस्तूर है। पानी खुद-ब-खुद आग बुझाने पहुंच जाता है। इस बाजार से जितने भी लोग गुजरते हैं, वे सभी इस बाजार की फितरत के बारे में खूब जानते हैं। जो नहीं जानते एक बार बाजार से गुजरते हुए अपने-आप समझ लेते हैं। न समझ आए तो कोठे वालियां उन्हें पलभर में समझा देती हैं। नये और पुराने शहर को जोड़ने में भी यह बाजार महत्वपूर्ण भूमिका निभाता है। सुबह शाम अधिकांश लोगों को यहीं से होकर गुजरना पड़ता है।

सभी पत्रकार साथी बाजार में पहुँच गये थे। उनकी निगाहें जैसे छज्जों पर जाकर ठहर गई थीं। ऊपर बड़े-बड़े दालान, अलगनी पर सूखते जानने कपड़े खिड़की,

दरवाजों के भीतर से झाँकती आँखें। उन आँखों में ग्राहकों की तलाश होती। कोई अकेली तो कुछ व्यवसायरत सहेलियों/साथिनों के साथ। वे साथिनें हर उम्र की होती थीं। छोटी बड़ी उम्र का उनके लिए कोई महत्व न था। महत्व था अनुभव का। देह धर्म निभाने के लिए जो जरूरी था।

नीचे बनियों/लालाओं ठठेरों/सुनारों तथा कबाड़ियों की दूकानें थीं। रिमझिम होटल इसी बाजार के बीचों बीच था। जिसकी बगल में एक नहीं शराब के दो-दो ठेके थे। एक देशी और दूसरा विलायती। अभी लोग इसे विलायती शराब ही बोलते हैं। कुछ अंग्रेजी शराब कह कर पुकारते हैं। हालांकि देशी लोगों ने इसे बनाने में महारथ हासिल कर ली है। नजदीक ही एक छोटी जूस की दूकान जहां जूस कम बिकता और शराब अधिक। उसके आगे बढ़ेंगे तो हार्डवेयर की चार-पांच दूकानों के साथ कबाड़ी की दूकान मिलेगी। सामने वाली लाइन में पंसारियों/डॉक्टरों/हकीम/वैद्यों के साथ बंदूकों की दूकाने हैं। हर दूकान की अपनी अलग गंध है। इस बाजार का दस्तूर भी यही है। गंध के बिना कुछ नहीं होता। बाजार में गंध ही गंध बिखरी थी। यहीं एक छोटी सी दूकान इत्र और केवड़े की भी थी। वे उसी ओर बढ़ चले। ऊपर बाद में चढ़ना था। पहले इनसे निबट लिया जाए। जो किरायेदार के रूप में बाजार में रंडियों को बसाते रहे थे। दस कदम आगे हार्डवेयर की दूकान थी। पास आए तो एक पत्रकार ने सवाल किया था,

''किराये पर अपना आपने मकान क्यों चढ़ाया ?''

पहले लाला ने आश्चर्य से उनकी तरफ देखा था। वह समझा कि नगरपालिका के टैक्स विभाग से कोई आए होंगे। बाजार में अक्सर उनका फेरा लगा रहता था। बड़ी आसानी से लाला ने जवाब दे दिया था,

''मकान तो किराये पर चढ़ाने के लिए ही होता है जी।''

तभी एक पत्रकार ने पूछा था,

हमारा मतलब है कि वेश्याओं को मकान क्यों किराये पर दिया ?'

जवाब में लाला का स्वर फिर उभरा था,

''आप शायद नये आए हैं टैक्स आफिस में कुछ पानी-वानी, चाय-वाय लेंगे।''

उसकी बातों से ऐसा जाहिर हुआ कि वे पत्रकार न होकर विभाग में कार्य करते हैं। गलती उन्हीं की थी। उन्होंने अपना परिचय क्यों नहीं दिया ? तभी एक पत्रकार ने जल्दी से परिचय दे ही दिया था। लाला ने हाथ जोड़कर नमस्ते करते हुए कहा था,

''पर भईया, यह तो बतलाओं कि अखबार के लिए मेरी जरुरत कैसे पड़ गई ?''

अब दूसरे पत्रकार ने वही सवाल दोहराया था। इस बार लाला ने धैर्य से जवाब दिया था,

''अब किसी के माथे पर थोड़ाई लिखा है। हम तो उन्हें शरीफ औरतें समझते

थे जी।'' इस बार रश्मि ने सवाल किया था,

''मकान किराये पर देने से पहले पूछताछ की थी।''

लाला ने वैसे ही उत्तर में कहा था,

''हांजी पूरी-पूरी, पर हम तो उन्हें शरीफ औरतें समझते थे जी।''

पत्रकारों के बीच से फिर सवाल उभरा था,

''अब तो पता चल गया।''

इस बार लाला तत्परता से जवाब नहीं दे सका। कुछ साचते हुए वह बोला था,

''देखो भईया, हम ठहरे बाल बच्चे वाले आदमी।'' कहते हुए लाला ने दाढ़ी खुजाई थी। फिर कुछ पल सोचते हुए जवाब दिया था,

''कई बार हमने उनसे मकान खाली करने के लिए कहा, लेकिन उनके कान पर जूं तक रेंगंती। ऐसे में तुम ही बतलाओ भईया हम क्या करें। कोरट-कचहरी हम जाना नई चाहते।''

गंगा यमुना के रिपोर्टर ने पूछा था,

''किराया तो पूरा मिलता होगा ?''

जैसे लाला थोड़ा उबरा था,

''हाँजी किराया पूरा मिल जाता है। वे बेचारी हर महीने की पहली तारीख को बिना नागा के किराया यहीं आकर दे जाती हैं।''

अगला सवाल भी गंगा युमना के ही दूसरे पत्रकार ने किया था,

''कभी किराया लेने ऊपर कोठे पर गये ?''

लाला ने इस बार कानों को छूते हुए कहा था,

''राम राम भईया, हम भला ऊपर क्यों जाएं ?''

इस बार रश्मि ने पूछा था

''पर यह मकान तो तुम्हारा ही है।''

लाला जवाब में बोला था,

''हाँ मकान तो म्हारा ही है, पर अब वहाँ दाग ही दाग हैं।'' पल भर के लिए लाला ठहरा था फिर कहा था उसने,

''कितना भी गंगाजल से धोया जाएं, कोई फायदा नहीं।'' लाला के स्वर में जैसे दर्द उभर आया था,

गंगा जल की बात सुनकर दो-तीन साथियों को हंसी आई।

दादा ने इस सवाल जवाब के झमेले से किनारा कर लिया था। लालाओं/बनियों का साक्षात्कार भला वे कैसे लेते। गंगा यमुना को पत्रकार इस बार बोला था,

''एक अन्तिम सवाल और लाला जी।''

लाला का स्वर उभरा था,

''पूछो भईया, जितने मर्जी उतने सवाल पूछो।''

गंगा यमुना के रिपोर्टर ने पूछा था,

"जब आप ही कह रहे हो कि वह दागदार जगह है ओर गंगाजल से भी उनके दाग नहीं धोये जा सकते।"

बीच में बोल उठा था लाला,

"हा भईया।"

उसी रिपोर्टर ने पुनः सवाल किया था,

"फिर आप उन्हीं दागदार औरतों से पैसा भी लेते हो।"

लाल ने तभी धीरे से कहा था,

"पर वह तो किराया है भईया।"

इस बार प्रजातंत्र की रिपोर्टर बोली थी,

"है तो पैसा ही और वह भी वेश्याओं का।"

पर लाला को जवाब देने में कोई दिक्कत नहीं हुई थी, उसने जैसे जीवन के रहस्य की बात कह दी थी।

"भईया, घोड़ा घास से यारी करेगा तो खाएगा क्या ?"

सचमुच लाला के जवाब ने उन सभी को निरुत्तर कर दिया था। वे कभी लाला की तरफ देखते तो कभी अपने ही साथियों की ओर। इससे आगे उनकी पत्रकारिता नहीं जाती थी इसलिए एक-दो ने आगे बढ़ने का संकेत किया। अभी और भी इण्टरव्यू करने थे। वे यहां कोई जीवन के दर्शन की पहेलियां हल करने तो आए नहीं हैं। वे वहाँ से आगे बढ़ लिये।

गर्मी और धूप भले ही थी, पर बाजार में ग्राहकों का दबाव बढ़ने लगा था। जल्दी ही अच्छी खासी भीड़ हो गई थी। इतना कि एक कदम चलना भी मुश्किल हो जाए। रिक्शा चालकों की लाईन अलग लगी थी। बोझा ढोने वाले मजदूरों की की भागम भाग अलग थी। वे हटो-हटो कहते हुए रिक्शा उलाघंते दौड़ भाग रहे थे। नजदीक ही एक किराने की दुकान थी। वे उसी तरफ बढ़ लिये। उसके ऊपर वाली मंजिल पर वेश्याओं की रिहाईश थी। सवाल पूछने से पहले उन्होंने अपने बारे में बतला दिया था। सबसे पहला सवाल यही किया किया था,

"आपको मालूम है कि जिन्हें आपने अपना मकान किराए पर दिया वे वेश्याएं हैं।"

दूसरी तरफ से सपाट जवाब आया था,

"हमें मालूम थां"

बनिये की साफगोई से वे आश्चर्य में थे। फिर दूसरे ने पूछा था,

"किराया तो पूरा मिलता होगा।"

बनिये ने उत्तर दिया था,

"हाँ जी।"

रश्मि का स्वर उभरा था,

"फिर।"

बनिया तपाक से बोला था,

"फिर क्या ?"

तभी गंगा यमुना के पत्रकार ने कहा था,

"हम यह पूछते हैं कि जब आपको पहले से ही पता था कि वे शरीफ औरतें नहीं हैं तो...।"

दुकानदार की ओर से फिर उसी तरह से जवाब आया था,

"देखो भाई जी मकान तो किराये पर देना था। पर पहले उन्होंने बताया था कि वे नचनियां हैं।

"नचनियां...?" रश्मि के मुंह से निकला था।

उधर से जवाब आया था।

"अरे भाई नाचने वाली, मुजरा करने वाली।" पल भर के बाद वह पुनः बोला था,

"अब हर किरायेदार की इन्कवारी कराएं तो...।"

इस बार दढ़ियल पत्रकार ने व्यंग्य में कहा था,

"मत कराओ इन्कवारी, तुम्हारी इन्क्वारी होगी तब पता चलेगा।"

बनिये का स्वर थोड़ा गर्माया था,

"आप तो खबर छापते हो, पर खबर बनती क्यों हैं, यह कभी सोचा है?"

सुनकर उनके बीच चुप्पी हो गई थी ?

फिर से पूछा था दुकानदार ने,

"बोलो"

पत्रकार टीम के बीच फिर चुप्पी थी।

बनिये ने उनके बीच ठहरे मौन को भंग करते हुए अपने मन की बात दर्ज करनी चाही थी।

"बोलो ना भाई जी, हमने तो अपना मकान किराए पर दिया है। वे बिचारी हर महीने हमें किराये के बदले कुछ रुपये दे देती हैं।" कहते हुए बनिये ने थोड़ी देर ठहर कर फिर से अपनी बात कही थी।

"पर वे जो पुलिस वाले हर महीने नोटों की गड्डियां यहीं से ले जाते हैं...। उनके बारे में आप क्या कहेंगे ?"

उनके पास कहने सुनने को कुछ था ही नहीं। सिवाय अगल बगल झांकने के। बनिये का स्वर फिर उभरा था,

"बाजार में ग्राहकों की जेब कौन कटवाता है ? यही पुलिस वाले।"

वे चुपचाप सुन रहे थे।

''बाजार में दंगा फसाद कौन कराता है ? जवाब भी वह स्वयं ही दे देता था, यही पुलिस वाले।''

बनिये की बात में दम था। और उनके पास हां में हां मिलाने के अलावा और कोई चारा नहीं था। इसके अलावा वेश्याओं के बारे में और अधिक सवाल करने का औचित्य भी नहीं था। स्टोरी में लालाओं/बनियों/कबाड़ियों को उतना ही स्थान दिया जाए जितना जरूरी था। संपादक की हिदायत भी थी। स्टोरी में मुख्य किरदार वेश्याएं होनी चाहिए। उन्हीं को ज्यादा लपेटा जाए। पत्रकारिता का व्यवसाय थी यही कहता था। नीचे दूकानदारों से इण्टरव्यू करने से बेहतर था ऊपर जाकर वेश्याओं से बातचीत की जाए। जो उनकी स्टोरी का मुख्य विषय भी थीं।

कुल मिलाकर वे चार पत्रकार थे। साथ में एक अदद फोटोग्राफ थी था। गंगा यमुना का रिपोर्टर उतना अनुभवी तो न था। पर साथ में उसके जो था, वह अभी पत्रकारिता जगत में नौसिखिया ही था। इस बाजार में बैठने वाली रंडियों के बारे में और रिपोर्टिंग के बारे भी उसके पास एबीसी का ज्ञान भी न था। वह प्रोबेशन पीरियड पर था अभी। पर संपादक ने साथ में लगा दिया था। चलते हुए कहा था। खुद सीखो और इसे भी कुछ सिखाओ। दढ़ियल पत्रकार के पास अनुभव था, पर वह रिपोर्टर कम और चिंतक अधिक था। रही बात रश्मि की। रश्मि ने पत्रकारिता के डिप्लोमा के साथ सोशल वर्कर का कोर्स भी किया था। उसके भीतर जिज्ञासा थी, पर वह भीतर और बाहर से निरी कोरी थी। कोठे पर आने वाले अखबारनवीसों में से वे नहीं थे। हां खबर को आग बनाकर दहकाने में उन्हें महारथ हासिल थी। रश्मि के पत्रकारिता जगत में दो वर्ष पूरे हो चुके थे। गंगा-युमना के रिपोर्टर जिसका नाम अविनाश था, उसे पांच वर्ष हो गये थे और प्रजातंत्र के सवांददाता अनिल विश्वास, जिसे दस वर्ष पूरे हो गये थे। शेष बचा वह नौसिखिया, यानी विवेक ने वह अभी-अभी कुछ माह पूर्व पत्रकारिता की दुनिया में प्रवेश लिया था। वह सचमुच पत्रकारिता की सीढ़िया चढ़ना चाहता था। रंडियों के कोठे पर आने का उसके पास पूर्व का कोई अनुभव था।

वेश्या के कोठे पर चढ़ने वालों में उम्र का नहीं अनुभव का ध्यान रखा गया। पहले दादा, फिर अविनाश, उसके बाद रश्मि और बाद में विवेक तथा फोटोग्राफर। सीढ़ियां चढ़ते हुए उनके जिस्मों से जिस्म की भाषा उभरने लगी थी। केवल दो को छोड़कर तीनों के हाथों की अंगुलियों में कंपन होने लगा था। नसों में होती खून की रवानगी में बेचैनी भर आई थी। खट-खट की आवाजों की प्रतिध्वनि कह रही थी- ''सावधान होकर जाओ, ऊपर रंडियां रहती हैं। जो जिस्म से जिस्म की भाषा की तब्दीली में विश्वास करती है। केवल एक मंजिल की सीढ़ियां चढ़ने में वे सभी हांफने लगे थे। दिन का समय होने पर भी सीढ़ियों के आसपास अंधेरा था। लगता था जैसे किसी तहखाने की सीढ़ियों से जा रहे हों वे। सीढ़ियों के स्टैप ऊंचे तथा

खुरदेर थे। जिनका पत्थर कहीं-कहीं से उखड़ गया था। दीवारें भदरंग थीं। पुराना मकान होने के कारण स्टैप की संख्या काफी थी।

अन्तिम सीढ़ी चढ़ने के बाद वे आंगन में थे। आंगन सूना था। पक्का फर्श तप रहा था। चारो ओर धूप ही धूप थी। आंगन के सामने दो दरवाजे थे। एक बंद दूसरा खुला हुआ। उसी खुले दरवाजे पर खांसते/झिझकते से उन्होंने अपनी उपस्थिति दर्ज करने की कोशिश की थी। तभी अन्दर से आवाज आई थी,

''कौन हैं भई इस भरी दुपहरी में ?''

गंगा यमुना के पत्रकार के साथ दूसरे ने भी उत्तर में कहा था,

''हम...।''

इसके आगे के शब्द जैसे गले में फंस गये थे। जबकि

अन्य साथी बुजुर्गों की तरह पुनः खांसे थे।

उधर से ज़वाब में जनाना स्वर उभरा था,

''भीतर आ जाइये।''

उन्होंने हिचकते हुए देहरी पार की थी। रश्मि सबसे पीछे थी। उसके पांवों में भीतर आते हुए कंपकंपी होने लगी थी। उन्होंने देखा।

भीतर कमरें में दो, तीन औरतें लापरवाही से बैठी थीं। गर्मी के कारण एक ने दोनों जांघों तक पेटीकोट खिसकाया हुआ था। दूसरी जैसे ब्लाउज के हुक लगवाना ही भूल गई थीं। मुँह में पान, सुर्ख होठ, आँखों में काजल, उनके बीच भरे बदन की औरत। जिसकी छातियां खुली हुई और बाल लापरवाही से बिखरे थे। किसी शायर की गजल जैसी, उसकी आँखों में रहस्यपूर्ण मुस्कान थी। तीसरी ने खाली स्कर्ट पहना हुआ था और वृक्षस्थल पर लापरवाही से गीला तोलिया रखा हुआ था। चौथी वेश्या किसी गृहणि की तरह सलीके से पूरे कपड़े पहन सोई हुई थी।

एक साथ इतने लोगों और साथ में किसी जवान लड़की को देखा तो उन सबकी आँखें आश्चर्य से फैल गयी थीं। उनमें अनगिनत सवाल उभर आए थे।

''यह लोंडिया कौन है ?''

उत्तर में दादा बोले थे,

''हमारे साथ है।''

फिर सवाल पूछा था,

''आप क्या करते हैं ?''

जवाब दिया था दादा ने ही,

''हम पत्रकार हैं।''

होंठों पर कंटीली मुस्कान लाते हुए पूछा था,

''यह भी लिखती है।''

इस बार अविनाश बोला था,

"हाँ।"

फिर पूछा था उसी वेश्याा ने,

"पर इसे हिंया क्यूँ लाए ?"

दादा ने पुनः उत्तर में कहा था,

"ऐसे ही।"

गौर से देखा था लगभग सभी वेश्याओं ने दादा की तरफ पत्रकार साथियों ने महसूस किया कि रश्मि का यहां आना जैसे वेश्याओं को अच्छा नहीं लगा था।

उन्होंने सुना, वेश्या की आवाज में पैनापन था।

"यह देखने के लिए रंडियों कैसी होती हैं ?"

सुनकर पत्रकारों के बीच कुछ पल चुप्पी रही। तीर की तरह चुभ गई थी सभी के भीतर यह बात। जवाब दिया था स्वयं रश्मि ने,

"नहीं, मैं तो केवल आप सभी से कुछ बातें करना चाहती थी।"

इस बार अधिक उम्र की पतली दुबली-सी एक वेश्या बोली थी,

"बातें करने के लिए हिंया मर्दो का आना ठीक है। वे बातें भी करते हैं और अपना काम भी। तुम कौन सा काम करोगी ?"

कह कर वह हंसने लगी थी। उसका साथ दूसरी ने भी दिया था। उनकी आंखों में बेहआई उतरने लगी थी।

पत्रकार टीम के पास कोई जवाब न था। रश्मि स्वयं गुमसुम-सी हो गई थी। ऐसे सवाल की उसे उन वेश्याओं से अपेक्षा न थी। तभी, नजदीक खड़ी वेश्या जैसे उबल पड़ी थी,

"इन मर्दो ने ही तो हमारे जिस्मों को भट्टी बना दिया है। हम भीतर-बाहर से खूब जलती हैं। कहते-कहते वह भावुक-सी होने लगी थी।

एक पत्रकार ने अपने स्वर को, थोड़ा सयंत रखते हुए कहा था,

"देखिये हम आपसे कुछ सवाल पूछना चाहते हैं।"

वही वेश्या फिर से बोली थी,

"जल्दी करों, हमारे धन्धे का टैम हो गया है।"

बीच में अविनाश कह उठा था,

"अभी तो शाम भी नहीं हुई।"

इस बार दूसरी ने जवाब दिया था,

"अब ग्राहक का कुछ पता है क्या ? किसी की बीवी तो हैं नहीं हम कि आने वाले को खसम समझकर मना कर दें। वह आया नहीं कि दनदनाते हुए कहता है। चल जल्दी खोल, इधर लेट, तिरछी हो, ऐसे हो, वैसे हो। हाड़मांस का शरीर न हुआ रबर की हम गुड़िया हों जैसे। जिस तरह से भी ग्राहक चाहता है हमें बिस्तर बनना ही पड़ता है।"

रश्मि के साथ एक साथी फुसफुसाया था।

"बिस्तर ?"

फिर दूसरे का स्वर भी उभरा था,

"यानी...।"

इस बार दो-तीन वेश्याओं की तरफ से स्वर उभरा था,

"उफ... इन अकल के टट्टुओं को कैसे समझाएं, बिस्तर यानी हम और हम यानी रंडियां हमें आदमी के नीचे बिछना ही पड़ता है।"

सिवाय दादा के उनके मुंह से एक साथ निकला था,

"ओह...।"

इस बार एक जवान औरत ने उनकी तरफ कंटीली मुस्कान फेकते हुए पूछा था,

"पूछिये क्या पूछना है।"

तभी बिजली चली गई थी।

नजदीक पड़े पुराने अखबार से हवा करते हुए उनमें से सबसे अधिक उम्र की औरत ने कहा था,

"पूछिये न, क्या मालूम करना है आपने ?"

इस बार दादा ने शुरूआत की थी,

"आप का नाम ?"

"चमेली जान।"

"कहाँ से आई ?"

"अपने घर से।"

"घर कहाँ है ?"

उसी ने जवाब में कहा था,

"जहाँ होना चाहिए।"

उसी वेश्या ने बीच में टोकते हुए कहा था,

"बाबूजी क्यों हमारे जख्मों को कुरेदते हो, आखिर क्या मिलता है तुम्हें?"

तभी गंगा यमुना से साथी पत्रकार बोला था,

"देखिये हम आपकी प्राब्लम...।"

उनमें से दो वेश्याओं ने दोहराया था,

"प्राब्लम ?"

तभी उसी नोसिखिया पत्रकार यानी विवेक ने हिन्दी में बतलाया था।

"समस्या।"

"हां भई, इतनी अंग्रेजी तो हमें आती ही है।" फिर दूसरी ने उन्हीं पर सवाल दाग दिया था,

"पर आपको क्या प्राब्लम है ?"

सभी पत्रकारों ने एक-दूसरे की ओर ताका था। सचमुच उन्हें कोई समस्या नही थी।

तभी कोने में खड़ी एक और वैश्या बोली थी,

"पर आपको हमारी समस्या से क्या वास्ता, आप हमारे चाचा हो, भाई हो, बाप हो, क्या हो ?"

कुछ पल के बाद उसी वेश्या ने फिर से लगभग वैसा ही सवाल किया था,

"बताओ भई क्या रिश्ता है हमसे आपका, तुम हमारे गांव के हो क्या ?"

अखबारनवीसों के पास उनके सवाल का कोई उत्तर न था। फिर वे एक दूसरे की ओर ताकने लगे थे। रिश्तेदार थे ही नहीं तो कौन से रिश्ते का नाम लेते। फिर वे रिश्तेदार होते भी तो भला यहां आते चकले में। अब उसी ने अपनी वेश्या साथिन की ओर मुखातिब हो पूछा था,

"तू बता छोटी ये हमारी समस्याओं के बारे में अपने-अपने अखबार में छापेंगे, छप जाने से क्या हमारी समस्या दूर हो जाएंगी ?

छोटी ने जवाब न देकर होठ काटते हुए अजीब-सी निगाहों से रश्मि की ओर देखा था। वैसे रश्मि के पास भी इसका कोई जवाब न था। जबकि

रश्मि पर उन सबकी निगाहें लगी थीं। स्वयं रश्मि कुछ समझ नहीं पा रही थी। आखिर क्यों आ गई यहाँ ? जैसा सुना था उससे कहीं अधिक अश्लील हो रहे थे उनके संवाद। उनमें जितना खुला पन था उससे अधिक उनकी भाषा में था।

इन परिस्थितियों में ये बाजार में जीती हैं या इन्हें ऐसा ही बनकर जीना पड़ता है। तभी एक साथी का सवाल था,

"अच्छा आपको यहाँ आए कितना समय हो गया ?"

"दस बरस।"

नजदीक खड़ी कम उम्र की अन्य वेश्या से पूछा था।,

"तुम्हें !"

उसने जवाब दिया था,

"पाँच।"

पुनः सवाल पूछा गया था,

"कैसा लगता है नया शहर ?"

उधर से बेझिझक स्वर उभरा था,

"नई ससुराल की तरह। हर रात में मरद, आते हैं तपाते हैं, सताते हैं और तड़पते हुए हमें छोड़ जाते हैं स्साले। हर-रात हमारे लिए नई होती है।"

तभी विनय ने पूछा था,

"आप कभी गिरफ्तार हुई ?"

एक वेश्या का स्वर उभरा था,

''गिरफ्तार माने...।''

हिम्मत कर रश्मि ने बात पूरी की थी,

''गिरफ्तार यानी पुलिस ने पकड़ा।''

जवाब देने से पहले उसकी आंखों में आश्चर्य उभर आया था। उस आश्चर्य में भी अनगिनत भाव थे। वे भाव दुःखद अधिक थे।

''हां पुलिस वालों ने पकड़ा।''

दादा ने पूछा था इस बार,

''फिर क्या हुआ ?''

वह संजीदगी से बोली थी,

पुलिस वालों ने साबित करने की कोशिशें की कि हम रंडियां हैं और पेशा करती हैं।''

रश्मि ने कहा था,

''पर यह नई बात तो नहीं।''

जवाब था उनका,

''नई बात तो नहीं, लेकिन...।''

गंगा यमुना का रिपोर्टर बोला था,

''लेकिन क्या ?''

धैर्य से उत्तर दिया गया था,

''जब पुलिसवालों को अधिक पैसे की जरूरत होती है तो वे ऐसा ही करते हैं।''

सुनकर रश्मि का स्वर उभरा था,

''ऐसा ही माने...।''

दूसरी वेश्या ने जवाब में कहा था,

''वे छापा मारते हैं और साबित करना चाहते हैं कि यहां वेश्यावृत्ति होती है।''

विनय नाम के नोसिखिये ने कहा था,

''पर यह सब छोड़ क्यों नहीं देते ?''

पूछा था एक वेश्या ने

''क्या छोड़े ?''

इस बार अविनाश बोला था,

''यही।''

उसी से पुनः सवाल किया था,

''यही माने...।''

फिर दूसरी बोली थी,

''हाँ-हाँ कहो न ।''

रश्मि ने धीरे से कहा था.

"यही शरीर बेचना।"

सुनकर उन दोनों को गुस्सा आ गया था। फट पड़ी थी पहली वाली वेश्या ही,

"यह बतला तू, तेरी मां ने नहीं कराया यह यह सब। अगर वह अंदर नहीं कराती तो स्साली तू कैसे बाहर आती।"

वह तू तड़ाक पर उतर आई थी। रश्मि ने शायद गलत सवाल पूछ लिया था। कम से कम उसे तो ऐसा सवाल नहीं पूछना चाहिए था। उसने अपने स्वर को उदार बनाते हुए कहा था,

"देखिये मेरा यह मतलब नहीं था।"

वही वेश्या फिर गर्माई थी,

"क्या मतलब था तेरा, जो हम हिंया कराते हैं क्या तू नहीं कराएगी कहीं जाकर।"

इसके आगे कुछ भी कहना रश्मि.के लिए मुनासिब न था। एक शब्द के बदले चार सुनने के लिए वह तैयार होकर नहीं आई थी।

तभी दूसरी वेश्या ने भी नाराजगी में कहा था,

"कौन नहीं बेच रहा अपने आपको ? हम तो केवल अपना जिस्म ही बेचते हैं। लोग तो अपने ज़मीर को, अपने देश को बेच रहे हैं"

उसके स्वर में एक नया दर्शन उभरने लगा था। बेबाकी से कहे एक-एक शब्द में जीवन के यथार्थ का सच था। कुछ पलों के लिए उनके बीच चुप्पी हो गई। पर अलग-अलग आवाजें सुनकर सोई हुई चौथी वेश्या जाग गई थी। इतने सारे लोगों को एक साथ आए देख वह कुछ समझ नहीं सकी। तभी फोटोग्राफर बोला था,

"हम आपका एक फोटो लेना चाहते थे।"

वही वेश्या बोली थी,

"फोटो लेना चाहते हो ?"

फोटोग्राफर का स्वर फिर से उभरा था,

"जी हाँ।"

साथ में आए फोटोग्राफर ने जैसे ही अपना कैमरा ठीक किया था कि उसने सुना। वह कह रही थी,

"हूँ, ये लो, पैले इसका फोटो लो।" कहते हुए उसी वेश्या ने दोनों हाथों से अपना पेटीकोट ऊपर उठा लिया था। यह सब देखकर भौचक्का रह गया था वह। उसे सपने में भी ऐसी उम्मीद न थी कि यहां आकर इतना कुछ देखना पड़ेगा। उम्र भी क्या थी उसकी अभी। मसें भीगी तक न थीं। सभी साथी सकते में आ गये थे। मजबूरन उन्हें अपनी निगाहें हटानी पड़ी थी। रश्मि की आंखें तो शर्म के कारण झुक गई थीं। अश्लीलता की सीमा को पार कर गई थीं वे। इस बार सोई हुई वेश्या ने जागते हुए पूछा था,

"क्या मांग रहे हैं ये सब ?"

बीच में अधिक उम्र की वेश्या ने संजीदगी से कहा था,

"जाओ अब बहुत सवाल जवाब हो गए।"

सुनकर वे सभी सीढ़ियां उतर कर नीचे आ गए थे। नीचे उतरकर आने के अलावा उनके पास कोई अन्य रास्ता भी न था। वे थानेदार तो नहीं, जो डण्डे के बल पर वेश्याओं को धमकी देकर अपने-अपने अंग दिखाऊ/भड़काऊ चित्र देने के लिए कहते। वे ठहरे लोकतंत्र के चौथे खम्बे के संवाहक। नीचे आकर सबने एक दूसरे की ओर देखा। जैसे कहना चाहते हों अब क्या करें ? रश्मि की स्थिति तो अजीब-सी हो गई थी। पत्रकारिता जगत में वह बोल्ड मानी जाती थी। यहां छुई मुई सी बन गई थी। जुबान पर जैसे ताला पड़ गया था। साथियों तक से वह आंखें मिला पा रही थी। गंगा यमुना के रिपोर्टर ने कहा था,

"यहाँ वेश्याओं की क्या कमी है। दूसरे किसी कोठे पर चलते हैं।"

तभी रश्मि का उखड़ा-सा स्वर उभरा था,

"मुझे वापस जाने दें। आप लोग चाहे जितने कोठों पर जाएं और कितनी ही वेश्याओं से बातें करें।"

सुनकर पत्रकार साथियों को अजीब लगा था। अनायास फिर से गंगा यमुना का रिपोर्टर बोला था,

"रश्मि तुमने खुद ही तो यहां आने की स्वीकृति दी थी और अब कहती हो कि वापस चली जाऊं।"

ठहरा हुआ गुस्सा उभर आया था उसके होठों पर,

"हां भई हां और कुछ सुनना बाकी रह गया है क्या मुझे ?"

सभी ने देखा। उसकी आंखों में आंसू झिलमिलाने लगे थे। इस बार दादा ने उसके कंधे पर हाथ रखते हुए कहा था,

"देखो रश्मि तुम जाना ही चाहती हो तो बेशक चली जाओ पर...।"

बीच में बोल पड़ी थी वह,

"पर क्या, मैंने कुछ गलत कहा था क्या उनसे ?"

इस बार दादा ने फिर कहा था। उनकी आवाज पहले से कहीं संयत थी।

"तुमने कुछ गलत नहीं कहा।"

रश्मि का स्वर फिर उभरा था,

"फिर...।"

दादा ने समझाने की कोशिश की थी,

"कभी-कभी हमारे सवालों से सामने वाले के अनजाने में जख्म कुरेदे जाते हैं। जो उन्हें बुरा लगता है, जिनके जख्म अभी भरे नहीं, उन्हें यह सब महसूस तो होगा ही।"

इस बार तैश में थी रश्मि,

"पर वे ऐसी धंधा क्यों करती हैं ?"

दादा ने फिर समझाया था,

"यही सब तो हम पूछना चाहते हैं।"

तभी विश्वास ने भी कहा था,

"थोड़ा और ठहरो, साथ आए हैं तो हमें साथ ही वापस जाना चाहिए।"

फुटपाथ से सड़क पर जैसे ही वे आए। लोगों ने उन्हें आश्चर्य से देखा। कुछ आँखें तो टकटकी लगाते हुए उन्हें घूर रही थीं। सच बात तो यह थी कि वे उनसे नजरें नहीं मिला पा रहे थे। जैसे वे मुजरिम हों। रश्मि की स्थिति तो और भी खराब थी। बोल्ड बनने के बदले उसे क्या-क्या नहीं झेलना पड़ेगा इस बाज़ार में। राह चलते लोग टकटकी लगा कर उसी की ओर देखे जा रहे थे। उन आंखों में सवाल-दर-सवाल थे। जो उसके तन और मन को भेदते से जान पड़ रहे थे। साथी पत्रकारों के भीतर अजीबगरीब जद्दोजहद थी। वे अपने-आप से ही सवाल-जवाब कर रहे थे। बिना फोटाग्राफ्स के स्टोरी की कोई इम्पोर्टेंस नहीं। कुछ फोटो तो लेने ही पड़ेंगे। ऐसा सोचकर वे एक अन्य कोठे की ओर चल दिये और सीढ़ियां चढ़ ऊपर आ गये। सीढ़ियां खत्म हुईं तो दरवाजे पर दो वेश्याएं खड़ी मिली। रस्मि सबसे पीछे थी। उनकी निगाह उस पर नहीं पड़ी। ऊपर आकर दादा ने कहा था,

"हमें कुछ बातें करनी हैं।"

तपाक से मुस्कराते हुए बोल उठी थी,

"सिर्फ बातें।"

उनका जवाब था,

"हाँ सिर्फ बातें। हम इण्टरव्यू लेने आये हैं।"

मुस्कराते हुए कहा था उनमें से एक ने,

"तो आप अखबार छापते हैं।"

जवाब देने की जरूरत किसी ने महसूस नहीं की थी। केवल गर्दन हिली थी उनकी। तभी भीतर से आवाज आई थी,

"कौन है दरवाजे पर ?"

उधर से दूसरी ने जवाब दिया था,

"कोई अखबार वाले हैं।"

भीतर से पुनः आवाज आई थी,

"भीतर भेज दो इन्हें।"

उन्हें रास्ता देते हुए दोनों ने कहा था,

"जाईये इण्टरव्यू लीजिए और अपना अखबार छापिये और जब अखबार छप जाए तो उसे हिंया चिपका दीजिए।"

आते ही उन पर तीखे शब्दों की मार पड़ी थी। गंगा यमुना के रिपोर्टर के होठों पर शरारत थिरक आई थी। जबकि रश्मि के भीतर जैसे कहीं कोई गांठ उभर आई हो। वेश्याओं की कहासुनी को झेलते वे सभी दोनों वेश्याओं के बीच से रास्ता बनाते हुए भीतर चले गये थे। आंगन पार कर वे कमरे के दरवाजे तक आ गये थे। तभी उन्होंने सुना,

''भीतर आ जाईये।''

कमरे में प्रवेश करते हुए उन सभी ने देखा था। एक बड़ा कमरा। जिसमें करीने से गृहस्थी की चीजें रखी हुईं थीं। फर्श पर चांदनी बिछी थी। दीवार के पास दो-तीन गाव तकिये रखे थे। अधिक उम्र की एक औरत के पास जवान वेश्या बैठी थी। अधिक उम्र की महिला के मुँह में पान था। जबकि कम उम्र की वेश्या शीशे के सामने बैठी हुई कंघी से अपने बाल काढ़ रही थी। नजदीक ही मटमैली चांदनी पर एक महिला लेटी हुई थी। उसके पास एक बच्चा लेटा हुआ था। दोनों ने उन सभी को देखा। साथ एक जवान लड़की भी थी। यह देख उनकी आँखों में आश्चर्य के भाव उभर आए थे।

''बेटे जरा इन्हें पानी तो पिलाओ।''

रश्मि को उसके बातें करने का लहजा अच्छा लगा। साथियों के बीच से एक दो ने ना नुक्कर की थी। जवाब में वह थोड़ा मुस्कराते हुए बोली थी,

''देखिये इन कोठों पर जो भी आता है, हमें तो उनकी प्यास बुझानी ही पड़ती है।''

पार्वती इस बीच बाल काढ़ना छोड़ चार-पाँच गिलास में पानी ले आई थी। जब उन्होंने पानी पी लिया तो वह बोली थी,

''यह पार्वती है।''

एक पल ठहरकर फिर से कहा था उसने,

''बिना शिव की पार्वती, शिव ने पहले इसे मन्दिर में बैठा कर देवदासी बनाया। फिर मन्दिर से चकले में भेज दिया। पहले मन्दिर के पुजारी ने इसके शरीर को भोगा। फिर गाँव के पटेल ने बाजी मारी। दोनों का मन भर गया तो गांव के सामंत साहूकार की बारी आई यानी हमारे समाज में जिसका जितना मान-सम्मान, उतना ही देवदासी को भोगने के लिए उनके अधिकार सुरक्षित होते हैं। अब रात में काले चोर के रूप में देवता आते हैं और इस देवी को भोगते हैं।'' कुछ पल ठहर वह पुनः बोली थी,

''यह हिन्दू है, पर अपने-आप को हिन्दू नहीं मानती। मैं मुसलमान बना दी गई, मैं यानी शबनम बाई पर मुसलमान होते हुए भी अपने को हिन्दू मानती हूँ। एक नवाबजादे की मोहब्बत में फंस गई। एक बरस तक अपने जाल में फंसाए रखा उसने। जब मन भर गया तो उसी जाल को उसने काट दिया। इसलिए कि जाल बुनना और

उसे काटना मर्दों की फितरत हैं। एम.ए. किया था मैंने इतिहास से। पर एक बेवफा मुसलमान से मोहब्बत कर न सिर्फ अपने इतिहास से कट कर रह गई बल्कि भूगोल से भी अलग-थलग हो गई। न अपना शहर रहा और न बस्ती। सोचता थी पी.एच. डी. करने के बाद नई पीढ़ी को शिक्षा बाटूंगी। बाँटना यह सब पड़ा।'' उन्होंने महसूस किया कि कहते-कहते उसका गला भर आया था।

कुछ पल ठहर कर वह पुनः बोली थी,

''बोलो और क्या जानोगे ?''

उसकी साफगोई सुन आश्चर्य हुआ था पत्रकार टीम को। साथ ही उन्हें अच्छा भी लगा था। बीच में बाहर खड़ी वेश्याओं के पास ग्राहकों की आवाजाही से धीमे स्वर में उच्छंखल होती आवाजें आने लगी थीं। कोई ग्राहक कह रहा था,

''क्या लेगी ?''

वेश्या का जवाब उभरा था,

'तू सब्जी खरीद रहा है या औरत ?''

ग्राहक पुरुष बोला था,

''अरे तुझे हमेशा-हमेशा के लिए थोड़ा ही खरीद रहा हूं। यही बीस तीस मिनट के लिए।''

वेश्या जवाब में बोली थी,

''तो बतला न कितना किराया देगा बीस-तीन मिनट का।''

इस बार वेश्या का स्वर फिर उभरा था,

''चल जल्दी निकाल, हमारा टाइम खराब मत कर।''

तभी दरवाजा खुलने और बंद होने की आवाज आई थी। दूसरी वेश्या अभी भी दरवाजे के पास छांह में खड़ी थी। वह वहां अब ग्राहक की तलाश में अकेली थी। वह तन और मन दोनों से लू में झुलस रही थी।

शेष तीन वेश्याओं की तरफ देखते हुए फिर उसी अधेड़ उम्र की महिला ने कहा था,

''इनके बारे में भी जानना चाहते हैं तो मैं बताए देती हूँ। यह है हसीना और ये मुमताज। हसीना अनाथालय में पली बढ़ी वह अनाथ थी। भाग कर वह यहाँ आ गई। क्योंकि वहाँ भी यही काम होता था और यहाँ भी। अनाथालय और चकले में हम औरतों की स्थिति एक जैसी रही है। फर्क केवल इतना है कि वहां सरकारी ग्राहक होते हैं और यहां प्राइवेट।'' बीच में बोल उठी थी रश्मि,

''यानी...।''

उसने जवाब में कहा था,

''यानी अनाथालय में सरकारी साण्ड होते हैं जो फोकट में महिलाओं को भोगते हैं। जैसे सरकारी टेलीफोन, सरकारी बिजली, वैसे ही औरत भी वहां सरकारी सम्पत्ति

बन जाती है। यहां फर्क है थोड़ा। औरत को बिस्तर बनाने से पहले अपनी गांठ ढीली करनी पड़ती। तब जाकर आदमी हल्का होता है।

इसे न माँ का प्यार मिला और न ही बाप का। हाँ मर्दों की वासना जरूर मिली। बीच में कई बार यहाँ से भागने की कोशिशें की। कई बार दलाल से झगड़ बैठी। दलाल ने पुलिस से मिलकर थाने में बंद करवा दिया। वहाँ भी वही हुआ, जो कोठे पर होता है। कोठे पर आकर तो ग्राहक पैसा भी देते हैं। हवालात में तो बिना पैसे के ही दो रात तक देह उत्पीड़न चलता रहा। चूंकि खाल खींचने वाले खाकी वर्दी वाले थे इसलिए किससे यह बेचारी शिकायत करती। ऊपर के अफसर से जाकर फरियाद करती तो वह भी वही फरमाइश करता। यानी पहले उसके शरीर से खेलता फिर उसकी बात सुनता। तब तक उसे कितनों का बिस्तर बनाना पड़ता। इसकी कोई गिनती नहीं होती। गिनती कोई कर भी नहीं सकता। ग्राहकों को गिने या पुलिसवालों को। लिहाजा दल्ले की शर्त माननी पड़ी। नहीं मानती तो क्या करती। कहां जाती ? दुनिया में जिस पर एक बार बदनामी का ठप्पा लग गया, वह ताउम्र वैसा ही लगा रहता है। अब रह गई मुमताज। मुमताज का ताजमहल यही है। रात चांदनी हो या अंधेरी, लोग इस ताजमहल पर दस्तक जरूर देते हैं। ग्राहकों को मालूम है यहां कोई न कोई मुमताज महल जरूर मिलेगी ?''

साथियों की निगाहें मुमताज उर्फ ताजमहल की तरफ चली गई थी। मुमताज अच्छी खासी सुन्दर थी। उसकी आंखों में झील जैसी गहराई थी। अब रह गई थी फर्श पर सोई हुई महिला। उसके बराबर में एक बच्चा भी लेटा हुआ था।

''यह है फूल, पर अब कांटा रह गई है। अपने बच्चे को पढ़ाने की ख्वाहिश है इसके भीतर। उसी के लिए यहां मर खप रही है। जितनी यहां औरतें हैं उतनी ही उनकी कथाएं भी हैं। वे सुनकर दंग रह गये थे। उनकी व्यथाएं उन्हें मथने लगी थी। समाज में औरतों को इतने भयानक सच से जूझना पड़ सकता है। उन्होंने कभी सपने-में भी नहीं सोचा था। वेश्याओं को देखने और थोड़ा बहुत समझने की उनके भीतर जिज्ञासा अवश्य थी। पर यहां जो देखा वह उसके कहीं पार था। कुछ देर उनके बीच खामोशी रही। जैसे वे सभी वहां बैठकर बिना आवाज की कोई फिल्म देख रहे थे। एक-एक वेश्या के जीवंत होते चित्र उनकी आंखों के सम्मुख तैरने लगे थे। तभी उनकी चुप्पी टूटी थी।

''ये बाजार बन्द हो जाए तो जानते हो क्या होगा ?''

रश्मि अनायास पूछ बैठी थी,

''क्या होगा ?''

''बच्चे, जो महंगे पब्लिक स्कूल में पढ़ते हैं, वे अपने घर बैठ जाएंगे। हजारों आधुनिक बनी बीवियां महंगी लिपिस्टिक लगाना भूल जाएंगी।''

वह दो पल रुककर बोली थी,

"मर्द महंगी शराब के लिए तरस जाएंगे। उनके घरों के एयरकंडीनशन बन्द हो जाएंगे।"

"ऐसा है क्या ?"

वह पुन: बोली थी,

"इससे भी कहीं अधिक। इसी बाजार से जानते हैं कितना। माहवारी वसूला जाता है।"

दादा ने पूछा था,

"कितना ?"

जवाब में कहा था उसने,

"एक लाख।"

अब उनके चौंकने की बारी थी,

"क्या ?"

शबनम का स्वर उभरा था,

"चौंकिये मत। इसके अलावा।"

पूछा था विश्वास ने,

"इसके अलावा क्या ?"

"इसके अलावा उन्हें जवान जिस्म भी चाहिएं।"

उनके भीतर से सवाल उभरा था,

"पर किन्हें ?"

तत्काल ही जवाब मिला था,

"अरे भई पुलिस अफसरों और इंस्पैक्टरों को।"

तभी किसी ने सवाल किया था,

"पर किन पुलिस अफसरों को ?"

व्यंग्य से भरा स्वर उभरा था,

"अब हमें नाम थोड़ा ही पता है सबके।"

रश्मि बोली थी इस बार,

पर आप विरोध क्यों नहीं करती इन सब का ?"

थोड़ी देर चुप्पी रही। फिर कहा था उसने,

"विरोध भी किया और उसका नतीजा भी भोगा, पर मदद के लिए कोई नहीं आया।"

रश्मि की ओर से पुन: सवाल उभरा था,

"पर ऐसा क्यों ?"

शबनम ने उसे समझाते हुए कहा था,

"तुम अभी जवान हो बेटी। थोड़ा उम्र बढ़ने दो तुम्हें खुद-ब-खुद महसूस हो जाएगा।"

तभी फर्श पर लेटी हुई स्त्री उठ कर बैठ गई थी। बिल्कुल आम गृहणियों जैसी थी वह। उसके बराबर में लेटा हुआ बच्चा भी आखें मिच-मिचाते हुए उठ गया था। करीब दस बरस का रहा होगा वह नौनिहाल।

अब वह बारी-बारी से उन सबकी तरफ देख रहा था। बच्चे की ओर संकेत करते हुए शबनम ने कहा था,

''बाबू है इसका कक्षा पांच में पढ़ता है। बड़ी मुश्किल से नजदीक के स्कूल में दाखिला मिला।

विवेक ने पूछा था,

''क्यों ?''

शबनम बाई ने जवाब दिया था,

''बाप के नाम के बिना तो स्कूल में दाखिला नहीं मिलता न। अब यह बिचारी किस-किस का नाम बाप के खाने में दर्ज कराती। पर इसकी मुश्किल हल हो गई।'' थोड़ी देर ठहर फिर कहा था उसने, ''और कुछ जानना चाहते हैं आप ?''

अब पूछने के लिए कुछ खास नहीं था। कितने सवाल करेंगे वे उनसे। हर जवाब के पीछे उभरती है उनकी पीड़ा और कसक। चित्र लेने के लिए साथियों ने संकेत में एक दूसरे से कहा।

शबनम बाई ने उनका आशय समझते हुए कहा था,

''हाँ हाँ लीजिये हमारे चित्र।''

बीच में बोल पड़ी थी हसीना,

''पर आपा...।''

उधर से जवाब दिया था शबनम बाई ने ही,

''कोई बात नहीं बेटे। इनका भी तो धंधा है। रंडियों की स्टोरी के साथ उनके चित्र नहीं छपेंगे तो क्या मजा आएगा। ये भी धंधेबाज हैं और हम भी। एक धंधेबाज को दूसरे धंधेबाज की मदद करनी चाहिए।'' कहते हुए कुछ पल निहारा था उनकी तरफ।

''और अब हमारा है ही कौन इस दुनियां में सिवाय ग्राहकों के। हम तो पहले से ही बदनाम औरते हैं। दो-चार फोटो इनके अखबार में भी छप जाएंगे तो कौन से अधिक दाग धब्बे लग जाएंगे हम पर ? हमारी चादर क्या और अधिक गंदी हो जाएगी।''

कुछ पल ठहर कर उसने तीक्ष्ण निगाहों से देखा था,

''और कुछ पूछना है तो बताओ। जितना आप खोलने/नंगा होने के लिए कहेंगे, उतना ही हम अपने-आप को नंगा करेंगे।''

तभी रश्मि बोली थी,

''मैं पहली बार यहां आई। मुझे तो बहुत कुछ सीखने को मिला आपसे।''

बीच में एक-दो साथी फुसफुसाने के अंदाज में बोल उठे थे,

''नहीं-नहीं ऐसा बिलकुल भी नहीं है। हम तो आपकी इज्जत करते हैं।''

सुनकर थोड़ा मुस्कराई थी वह। उसकी मुस्कान में व्यंग्य था।

''छोड़िये यह सब। सही बात तो यह है कि वेश्याएं सभी को चाहिएं। लेखकों को भी और पत्रकारों को भी, समाज सेवकों को और अभिनेत्रियों को भी, वे हिंया आकर हमसे बातें करेंगी। हम कैसे उठते-बैठते हैं, कैसे बातें करते हैं। होंठ काटकर कैसे ग्राहक फंसाती हैं, कैसे अंगड़ाई लेती हैं। और देखते-देखते कैसे पुरुष के नीचे बिछ जाती हैं।'' बीच में पानी का गिलास लिये कोई आई थी। पानी पीकर वह पुनः बोली थी,

''किसी को ट्रांसफर कराना हो या प्रोमोशन तब हमारी याद आती है। टेंडर पास कराना हो तो उन्हें हमारी जरूरत पड़ती है। सरकारी आफिसों में कभी-कभी सीधे रिश्वत नहीं दी जाती। हमें परोसा जाता है रिश्वत के रूप में। हमें बिछना ही पड़ता है। कोई-कोई अफसर तो हमें खुद ही बुलाता है। हमें जाना ही पड़ता है। हम नहीं जाएं तो सौदा नहीं पटता। सौदा पटाने के लिए हमारी जरूरत पड़ती है। हमारे शरीर पर शतरंज की बांजियां खेली जाती हैं और बड़े-बड़े सौदे मंजूर हो जाते हैं। पहले हमारे शरीर पर दस्तखत किये जाते हैं फिर कागजों पर।''

कहते हुए एक-एक की आंखों में देखा था।

''राम को तो चौदह बरस का ही वनवास मिला था। हमें तो ताउम्र ही यह वनवास झेलना पड़ता है। यह वासना का जंगल है। कैसे-कैसे हिंसक जानवरों की दरिंदगी को नहीं झेलना पड़ता है हमें। एक-एक कर इन सबसे पूछिये। इस मासूम से पूछिये। क्या इसे मां का प्यार नहीं चाहिए।''

सभी ने महसूस किया। शबनम बाई भावुकता में बहने लगी थी। उन्होंने आंखों ही आंखों में संकेत किया। स्टोरी के लिए उम्मीद से अधिक मिल गया है। अब चलना चाहिए। अतः नमस्ते कर वे सब नीचे आ गए थे। सीढ़ियां उतरते हुए उनके कानों में अभी भी वे शब्द गूंज रहे थे। राम को तो चौदह बरस का ही वनवास मिला था। हमें तो ताउम्र ही यह वनवास झेलना पड़ता है...।''

लोक सभा के ग्रीष्मकालीन सत्र में अखबार की प्रतियां फेंकी गईं। संसद के वातानुकूलित कक्ष में जैसे आग बरस पड़ी हो। हर दूसरा सासंद अपने आसपास यह लाईन खत्म करे। चिंगारी महसूस कर रहा था। सत्ता से संभोग करने वाले राष्ट्र के तथाकथित प्रतिनिधि बगल झांकने लगे थे। प्रधानमंत्री को जवाब देना भारी पड़ गया। गंगा यमुना के संपादकीय में साफ-साफ शब्दों में पूछा गया था। राष्ट्र पुरुषों में से कोई बताए, कोठे पर बैठने वाली किसकी बहन और बेटियां हैं ? कहीं से कोई आवाज नहीं उभरी थी और न ही जवाब आया था। जहाँ कुछ देर पहले पक्ष और

विपक्ष के बीच घमासान जारी था। शोर गुल अपने चरम पर पहुंच गया था वहीं लोकसभा के परिवेश में लगता था कि सब कुछ ठहर गया हो। कुछ-पलों के लिए तो संसद में चुप्पी छा गई थी। सत्ता पक्ष के सदस्य विपक्षी सदस्यों की आँखों से आँखें न मिला पा रहे थे। सरकार की गोद में बैठी कई महिला सांसद भी चुप थीं। वे चोर निगाहों से विपक्ष के खेमे में बैठी महिला सांसदों की ओर देख रही थीं, जो अपना वक्तव्य देने की प्रतीक्षा में थीं। प्रधानमंत्री के साथ गृहमंत्री और गृहमंत्री की टीम में शामिल अन्य मंत्री भी चुप थे। वे बोलते भी क्या ? उनके पास कहने के लिए कोई जवाब ही न था। स्वयं सामाजिक न्याय मंत्रालय के तहत विभागों में अन्याय हो रहा था। तभी विपक्षी नेता का स्वर गूंजा था,

''किस मुँह से गृह मंत्री बार-बार भारत माता, भारत माता शब्दों का प्रयोग करते हैं। आखिर कहाँ है वह भारत माता जो अपनी बेटियों को चकलों में बैठा कर सो गई है। कहाँ है तथाकथित राष्ट्र पुरुष कहलाने वाले जन प्रतिनिधि। कहाँ है देश की इज्जत और अस्मिता। कहाँ है भारी वेतन के साथ सुविधाएं डकारने वाला सरकारी अमला, क्या कर रही है पुलिस ? जवाब दें गृहमंत्री ?''

तभी सदन में शेम, शेम के नारे गूंजे थे। विपक्ष में बैठी महिलाओं ने ताबड़ तोड़ ढंग से अपने-अपने सवाल करने शुरू कर दिये थे।

''हमारे देश में आज भी महिलाएं बिकती हैं। क्या हो गया है देश के कर्णधारों को ?''

दूसरी महिला सांसद तुरन्त बोल उठी,

''सत्ता की गोद में बैठी महिला सांसद क्या कर रही हैं, क्या उनके आंख, कान और जबान नहीं है ? सामाजिक न्याय राज्य मंत्री मनोरमा देसाई स्वयं भी तो महिला हैं। वे हमें बतलाएं क्या देश भर में चल रही वेश्यावृत्ति के वे समर्थन में हैं ?''

उस समय मनोरमा देसाई सदन में मौजूद नहीं थीं।

दूसरे सांसद ने तपाक से कहा था,

''बेहतर होगा महिला प्रतिनिधि ही इसका जवाब दें।''

तभी सत्ता पक्ष की एक सांसद ने जवाब दिया था,

''क्यों पुरुषों को जवाब देने में क्या हर्ज है ? आखिर महिलाओं को तो इस मुकाम तक पुरुष ही लाते हैं।''

तत्पश्चात विपक्षी खेमें में से तीसरे सासंद ने जैसे पत्थर फेंका था,

''पर सरकार इस मामले में क्या कर रही है ?''

फौरन सत्ता पक्ष से एक और महिला बोल उठी थी,

''यह सिर्फ सरकार की जिम्मेवारी नहीं है। सभी की है।'' तभी विपक्ष के तेज तर्रार नेता ने पूछा था,

''कृपया बतलाएं समाजिक न्याय मंत्री इस बारे में क्या कर रही हैं, क्या मंत्री

महोदय महिलाओं के अधिकारों की रक्षा के लिए सक्षम है ?''

राज्य मंत्री जी ने सहजता से जवाब दिया था,

''महिलाएं हमारी इज्जत है।''

तत्काल विपक्ष की महिला सांसद बोल उठी थी,

''वही इज्जत सरे आम नीलाम भी हो रही है।

मंत्री महोदय ने पुनः उत्तर दिया था,

''इस विषय पर महिला और पुरुषों को मिलजुल कर विचार करना चाहिए।''

विपक्षी खेमे से सवाल आया था,

''सामाजिक न्याय मंत्री को क्या करना चाहिए ?''

मंत्री महोदय ने पुनः शालीनता से कहा था,

''मैं पहले भी बतला चुका हूं। इस विषय पर हम सभी को गंभीरता पूर्वक सोच-विचारना चाहिए।''

लोकतांत्रिक दल के नेता ने पूछा था,

''लेकिन सरकार इस पर गंभीर क्यों नहीं है ?''

मंत्री जी फिर बोल थे,

''सरकार अपना कार्य कर रही है।''

पुनः नेता का स्वर गूंजा था,

''सरकार क्या कर रही है। यह सभी को मालूम है। आप ही के मंत्रालय से दलितों, विकलांगों, महिलाओं के नाम पर करोड़ों रुपया रेवड़ी की तरह बांटा जा रहा है। सुधार किसका हो रहा है ? चंद भड़वे और दलालों का।'' सत्ता पक्ष की ओर से किसी सांसद ने बीच में कहा था,

''देखिये माननीय महोदय आप असंसदीय भाषा का प्रयोग न करें। विपक्षी नेता ने भी तुरन्त जवाब दिया था।

''मुझे कृपया बतलाया जाए जो भड़वागीरी और दलाली कर रहे हैं। उन्हें और किस नामसे पुकारा जाए।''

संसद हॉल में कुछ देर के लिए चुप्पी छा गई थी।

राज्य मंत्री महोदय पुनः बोले थे,

''देखिये संसद पटल पर जो विषय रखा गया है, उससे अलग हट कर आप बोल रहे हैं।''

तभी केन्द्रीय मंत्री मनोरमा देसाई को संसद में प्रवेश करते देख एक और विपक्षी सांसद ने पूछा था,

''मेरी समझ में यह नहीं आता कि इस सवाल का जवाब मैडम मनोरमा देसाई क्यों नहीं दे रही है ?''

बीच में दो-तीन सांसदों ने भी इसका समर्थन करते हुए जोरदार आवाज में कहा

था,

''मनोरमा देसाई को जवाब देना चाहिए। इसलिए कि वे स्वयं महिला हैं और यह सवाल महिलाओं से जुड़ा हुआ है।''

चारों तरफ से जोर पड़ने पर मनोरमा देसाई बोली थीं,

''देखिये, राज्य अधिकारिता मंत्री, डॉ. नन्दू लाल रत्नम जी मेरे वरिष्ठ साथी हैं। वे स्वयं इस विषय से संबंधित सवालों का जवाब दे रहे हैं। आप ध्यान से उनकी बातें सुने।''

तत्पश्चात एक सांसद ने पूछा था,

''कृपया बतलाएं कि क्या आप संसद में आने से पहले होमवर्क नहीं करती हैं?'' जवाब दिया था स्वयं मनोरमा देसाई ने,

''ऐसी बात नहीं है। मैं हर विषय पर होमवर्क करती हूं।'' उसी सांसद ने पुनः कहा था,

''तो आप जवाब क्यों नहीं देती ?''

मनोरमा जी बोल रही थीं,

''देखिये आप...।''

बीच-बीच में विपक्षी दलों के सांसद सवाल-दर-सवाल कर रहे थे। यहां तक कि विपक्ष के कुछ सांसद स्पीकर के पास आकर हाय-हाय करने लगे थे।

संसद में शोर शराबा बढ़ने लगा था। अवसर देख लोकसभा अध्यक्ष कार्यवाही स्थगित कर चले गये थे।

अगले दिन शहर के सभी अखबारों ने वेश्यावृत्ति से संबंधित संसद में उठाये गये सवाल-जवाबों से उभरी बहस को मुख्य पृष्ठों पर स्थान दिया था। देश की राजधानी से निकलने वाले हिन्दी तथा अंग्रेजी दैनिकों ने वरीयता से इस समाचार को छापा था। साप्ताहिक और पाक्षिक पत्रिकाएं इसी विषय को कवर स्टोरी बनाकर प्रकाशित करने की प्रतिस्पर्धा में शामिल हो गई थीं। थाने में कार्यरत पुलिसकर्मियों से लेकर यौन कर्मियों तक पर दबाव बढ़ने लगा था। बिना कोई वक्त देखे संपादक तथा पत्रकारगण दोनों स्थानों पर साक्षात्कार लेने आ धमकते थे। शहर में अच्छी खासी हलचल थी। यूं वेश्याओं के बारे में संसद में सवाल उठने से देश भर में हलचल हो गई थी। गांव-कस्बों तक अखबारवालों ने ताबड़तोड़ तरीके से वह समाचार पहुंचा दिया था।

अखबारी दुनिया में रंडियों की यह खबर क्रांति की सूचक थी। स्वयं शहरों की रंडियां अबला से सबला बनने की तैयारी करने लगी थीं। उनमें परस्पर संवाद स्थापित हो रहा था। पुलिस और दलालों की स्थिति सांप और नेवले जैसी हो गई थी। वे एक दूसरे को खाएं या छोड़े। दोनों स्थितियां उनके लिए असहनीय थी। रात-बेरात पुलिस अधिकारियों के फोन खड़कने लगे थे।

राजनीति के गलियारों में चहल-पहल बढ़ने लगी थी। गृह मंत्री असमंजस में थे। वे सोच रहे थे कि बे मौसम यह बरसात कैसे हो गई। बादल कहां से बनना शुरू हुए? वे कयास लगा रहे थे। जनक पुर में वेश्याओं की उपस्थिति कब से है, इस बारे में पुलिस विभाग से गृह मंत्रालय ने आंकड़ों की खोज-खबर लेनी शुरू कर दी थी। इबादतपुर थाने में तो उसी दिन एस.एच.ओ. ट्रांसफर हो गये थे। ईमानदार और सख्त पुलिस अधिकारियों को लगाने की हिदायतें सीधे राजधानी से आईं थीं। डीएसपी और एस.पी पर कड़ी नजर रखी जा रही थी। कुछ को हवालात में बंद कर दिया गया था। शेष को भी हवालात में डालने की तैयारी चल रही थी।

पश्चिम में ढलता हुआ सूरज कहता। सज संवर कर तैयार हो जाओ। ग्राहक भटकने, फिसलने के लिए आने लगे हैं और शाम होते ही वे छज्जे पर आकर बैठ जातीं। कभी घण्टों-घण्टों लोगों के चेहरों को पढ़तीं। ग्राहकों के हाव-भाव और व्यवहार से उन्हें पहचानने का प्रयास करतीं। उनके भीतर कुछ तलाश करतीं। वे जोहरी न थीं, वेश्या थीं। पर उन्हें यह सब करना होता था। बाजार में आने वाला को टोहना और टटोलना उनकी नियति थी। ग्राहक की पहचान उन्हें न होगी तो किन्हें होगी। बाजार में ग्राहक न आएं तो उनकी रोजी रोटी न चले। वे नगर वधुएं थीं। शाम ढलते-ढलते नगर भर के कामुक और ऐय्याशों की भीड़ उन्हीं के आस-पास होती थीं। कभी वे उनके पास खिंचे चले आते थे तो कभी उन्हें जहाँ वे नबाबों के बिगडेल बुलाएं, जाना पड़ता था। उन पर सभी का हक था पर उनका हक किसी पर नहीं था। वे अधिकार रहित वधुएं थीं। नगर वधुओं की कोई सीमाएं न थीं। वे नगर के बाहर भी जा सकती थीं और नगर के बाहर के लोग भी उनके पास सहवास के लिए आ सकते थे। उनका कोई ट्रेड मार्क न था। न ही दुकानों/आफिसों की तरह खुलने और बंद होने का कोई निश्चित समय होता था। सच कहा जाए तो वे राष्ट्र वधुएं थीं। पुरुष सत्तात्मक समाज में वे ऐसी सम्पत्ति थी, जिसे कहीं भी ले जाया जा सकता था। उनके टूटने या खराब होने का डर भी न था। हर मौसम में उनका एक जैसा ही मिजाज रहता था। वे सीलती नहीं थी, हमेशा दहकने में ही उनकी बेहतरी थी। उनके अपने घर थे। उन घरों में आंगन थे। आंगनों में चारपाईयां थीं। चारपाईयों पर गद्दे थे, तकिये थे। वहां सब कुछ था, पर फिर भी वे अपने घरों को घर नहीं कह सकती थीं। लोग उनके घरों को चकला कह कर पुकारते थे। वे भड़कती/तड़कती औरतें थीं। मां, बहन तथा बेटिया नहीं थी, सिर्फ रंडियां थीं। उन्हें यह सब मंजूर था।

जिन लोगों को संभोग के इन स्रोतों के बारे में मालूम नहीं होता, उन्हें अच्छी तरह से बता दिया जाता था। वे वेश्याएं हैं। वे कहां रहती हैं ? इसलिए उनकी तरफ देख कर वे फिकरे कसते, अश्लील इशारे करते इन सबके लिए कोई रोक टोक न थी। वे किसी की न बहन थीं और न बेटियां। जो किसी को बुरा लगता। यहाँ तक कि

समय बीतते-बीतते सब रिश्ते खत्म हो जाते थे। रह जाती थीं तपती हुई आग की भट्टियों। जैसे उनके तन और मन भी थे। जिन्हें जितना दहकाओं वे दहकती थीं। न दहकाओ तो ठण्डी, बिलकुल बेजान-सी लगती थीं। रंडियां ऊपर रहती और ग्राहक नीचे। नीचे से वे ऊपर आते। जैसे सीढ़ियां चढ़ते वैसे ही उनके जिस्मों पर भी। उनके बीच बनते-बिगड़ते जिस्मानी रिश्ते चंद लम्हें के ही होते। अपनी-अपनी खाईयों और खंदकों से ग्राहक हमलावर बनकर आते और उन्हें रौंदते हुए चले जाते। उस पर भी वे खुश होतीं। ग्राहकों के जाने बाद चंद रुपये मुट्ठी में दबाए फिर से वे अपनी खाल नुचवाने को तैयार हो जाती। अंगिया का हुक टुट जाता, परवाह नहीं। चोली कहीं से फट जाती, वह वैसी ही रह जाती। पेटीकोट फट जाता सिलने का समय ही नहीं मिल पाता। पसलियों में दर्द होता या पेट में ऐंठन होती, भले ही होंठों का स्वाद कसेला हो जाता। इस पर भी जैसे वे कहना चाहती हों,

"आईये हुजूर, हमारी बोटी-बोटी काट डालिये, पर हमें पैसा दीजिये। हम भूखी हैं। हमारे जिस्म संभोग के लिए तड़पते हैं। सदियों से यही हमारा सनातन धर्म है। हमें रोंदिये, मसलये, पर हमें पैसा दीजिए। हमें उलटा टांगिये, या तिरछा करिये, गोद में बैठाईये या जमीन, पर हमें पैसा दीजिए।"

शाम हो गई थी। बाजार में रौनक बढ़ने लगी थी। बाजार में भीड़ थी और भीड़ में वे सब। जिनकी बदौलत यह कारोबार चलता था। ग्राहकों की आवा जाही शुरु हो गई थी। यहां ग्राहक अपने अपने समय से आते थे। कुछ अंधेरा घिरने से पहले तो कुछ बाद में। सब वेश्याएं अपने-अपने छज्जों पर बैठने लगी थीं। कहीं खिड़कियां थीं तो कहीं पिंजरेनुमा कोठरियां। वे कैद में बुलबल सरीखी थीं। किसी-किसी कोटे पर उनकी अपनी-अपनी हदें थीं। और चप्पे-चप्पे पर बंदिशे भी। उन्हें इन अंधेरी और सीलन भरी कोठरियों में कैद करने को आतुर पहरेदारों में पुलिस भी थी और दल्ले और भड़वे भी। इन्हीं पिंजरों और कोठरियों में ग्राहक आकर उनके जिस्म टटोलते। उनमें कितनी आंच अभी बाकी है महसूस करते। उनके गदराये जिस्म को हाथ लगाते। उनकी छातियों को देखते-देखते मन में आया तो उन्हें पकड़ भी बैठते। कोठों पर किसी बात का कोई डर तो नहीं था। वे औरतें जरूर थीं, पर रंडियां थीं। उनके कोई बाप, भाई, मामा या फूफा उनकी चौकसी नहीं करते थे। वे लावारिश थीं,पर पिंजरों में रहती थीं। उन पर सभी का हक था। उनके अंगों को छूने/छेड़ने और सहलाने पर कोई पांबदी नहीं थी।

शबनम बाई अतीत में खोई आदमकद आइने के सामने खड़ी हो अपने बाल बहा रही थी। बाहर वेश्याएं अपने जिस्मों को बेचने के लिए तैयार और भीतर वह अकेली। उसके पास था तो केवल दस वर्षीय बाबू। जैसे-जैसे बाल टूट कर जमीन पर गिरते थे। बड़ी अम्मी बड़ी अम्मी कहते हुए बाबू उन्हें चुन-चुन कर इकट्ठा करता था। बालों का टूटना, गिरना और इकट्ठा होने में जैसे उनके जीवन का तारतम्य था। वे

सब भी तो अपने-अपने घरों से टूटती थीं, फिर कहीं न कहीं गिरती थी और उन्हें फिर अड्डे पर लाया जाता था। रंडियों के जीवन का यही तो दर्शन था। शबनम बाई उम्र के उस पड़ाव पर थी, जहां आते-आते कब्र में जाने की आहटे सताने लगती हैं जबकि मुमताज के साथ अन्य रंडिया अभी निश्चिंत थी। वे रंडिया भले ही हो, पर जीवन धारा तो उनके भीतर भी बहती थी। बावजूद इसके कि उनकी हदें थीं, लेकिन हिरनी की तरह कुलांचे मारने की चाहत उनके भीतर जिंदा थीं। मुमताज ने देखा। एक हस्टपुष्ट पुरुष नीचे सड़क पर खड़ा था। गोरा चिट्टा रंग था उसका। उसके साथ वैसी ही कद और काठी का एक आदमी और था उसका रंग भी साफ था। दोनों को सड़क पर बने पेशाब घर के पास खड़े होकर ऊपर खड़ी रंडियों को ताकते बहुत देर हो गई थी। बराबर के कोठे से सीटियां मारने की आवाजें आने लगी थीं। जब काफी देर हो गई तो मुमताज ऊंचे स्वर में बोली थी,

"अबे ऊपर आएगा या वहीं से मोल भाव करता रहेगा।"

हसीना भी उसके साथ थी। उसे आते देखा तो मुस्कराते हुए कहा था हसीना ने,

"मोटा बकरा है, आराम से हलाल करना।"

मुमताज ने छज्जे से अंदर आते हुए उतावले स्वर में कहा था,

"आने तो दे पहले बकरे को।"

मोटे बकरे के साथ और भी एक कमरा था। ऊपर दरवाजे के पास आकर मोटे ने पूछा था,

"कितना लोगी ? हम दो हैं।"

मुमताज होंठ कांटते हुए बोली थी,

"अंदर चल बताती हूँ।"

इस बार बकरे का साथी बोल उठा था,

"नहीं पहले रेट बता दो फिर...।"

उसी की ओर मुखातिब होते हुए हसीना ने कहा था,

"तू चल ना अंदर। वहीं सब कुछ तय होगा। रेट भी और काम भी।"

इस बार बकरा बोला था,

"काम ही तो करने आए हैं।

अब तक मुमताज ने उसका हाथ अपने हाथ में ले लिया था,

"काम यहीं करेगा या अंदर।"

हसीना ने दूसरे की आंखों में आंखें डाल पूछा था,

"तू बतला, यहीं पेंट खोलेगा कि पलंग पर।"

उन दोनों की बातें सुनकर वे एक दूसरे की तरफ देख कर मुस्कराए थे। उनके भीतर सनसनाहट तो पहले से ही शुरू होने लगी थी। दो जवान और हसीन रंडियों ने दावतनामा दिया तो उनका मन बाग-बाग हो उठा। मन में उठी तरंगे शरीर में और

अधिक उत्तेजना पैदा करने लगीं।

तभी हसीना ने उसकी कमर में हाथ डाल थोड़ा अपनी तरफ खींचा था।

पुरुष मजाकिया लहजे में बोला था,

''देख कोई गड़बड़ नहीं करना।''

हसीना ने होठों पर जीभ फिराते हुए चंचलता से कहा था,

''पहले अंदर चल...।''

वह आदमी पंतग की डोर जैसा हसीना के पीछे-पीछे खिंचा चला गया था। उसके साथ-साथ मोटा बकरा भी। उसे मुमताज अपने कमरे में ले गई थी।

दरवाजा थोड़ी देर तक खाली रहा कुछ समय बीता तो एक ग्राहक और आ गया। पार्वती भीतर थी। आहट सुन वह बाहर आई। उसे देखते ही पूछा था ग्राहक ने,

''कितना लेगी ?''

पार्वती ने जवाब में कहा था,

''तू बतला कितना देगा ?''

ग्राहक पल भर चुप रहा फिर बोला,

''पचास।''

पार्वती मान गई थी। बिना हील-हुज्जत के पचास मिल जाएं तो क्या बुराई हैं। उसने अपनी स्वीकृति दी थी,

''चलेगा।''

तभी ग्राहक के भीतर से बेसब्री उभरी थी। वह उसके बिल्कुल नजदीक आ गया था। और उसके जिस्म को छूते हुए कहा था,

''चल ना।''

मुस्कराते हुए कहा था पार्वती ने,

''दो मिनट ठहर, अंदर हाउसफुल है।''

फिर पूछा था उसने,

''पहले पानी से प्यास बुझाएगा या...।''

ग्राहक भी मुस्कराया था,

''धत्त स्साली, ला पहले पानी ही पिला।''

पार्वती भीतर से गिलास में पानी ले आई थी। पानी पीकर उसे अच्छा लगा। इस बीच दरवाजे पर कोई न था। तभी पर्वती ने आवाज दी थी,

''फूल बाहर आ, देख दरवाजा खुला है और कोई नहीं है।''

आवाज सुनकर भीतर से पतली-दुबली वेश्या आ गई थी। पानी पीकर खाली गिलास पार्वती के हाथों में थमाते हुए ग्राहक ने पूछा था,

''क्या नाम है तेरा ?''

जवाब दिया दिया था उसने,

''नाम की छोड़, काम से मतलब रख।''

तभी हसीना भीतर से आ गई थी। उसके पीछे मोटे बकरे का साथी भी।

''चल बिस्तर खाली हो गया है।''

कमरा बहुत छोटा था और उजाला भी कम ही था भीतर जाकर पेंट ढीली करते हुए उसी व्यक्ति ने फिर से पूछा था,

''नाम बतला ना अपना।''

बिस्तर पर लेटते हुए पहले पार्वती ने शलवार का नाड़ा खोला था। फिर, ग्राहक की आंखों में बहती कामुकता को निहारते हुए उसने पूछा था,

''क्यों नाम पूछ कर शादी करेगा मुझसे ?''

अब ग्राहक की सिट्टीपिट्टी गुम हो गई थी। वह इधर-उधर झांकने लगा था। हालांकि ताक-झांक करने के लिए पार्वती के अलावा वहां कुछ था ही नहीं। उसके चेहरे पर बदलते रंगों को देख पार्वती ने उसकी आंखों में आंखें डालते हुए फिर मजाक किया था,

''बोल न, नाम अगर बतला दूं तो शादी मनाएगा मुझसे।''

इस बार उसी आदमी ने कोई जवाब नहीं दिया था। उसे निरुत्तर देख मुस्कराते हुए बोली थी वह,

''चल जल्दी कर।'' शादी न सही, शादी के बाद जो काम होता है वही सही।'' कहते हुए उसने दीवार पर लगे स्विच पर अंगुली रख दी थी।

कमरे में गुप्प अंधेरा हो गया था। पुरुष ने अपने कपड़े उतार लिये थे। पार्वती अपनी शलवार पहले ही उतार चुकी थी। वे दोनों गुत्थम-गुत्था हुए तो पुराने पलंग की चूलें हिलने लगी थीं। ऊई..., आह..., पार्वती के मुंह से बे साख्ता आवाजें निकलने लगी थीं। ऐसी आवाजें जो आदमी को और भी कामुक बनाती हैं। बीच में वही फुसफुसाया था,

''तू मुझे पसंद है।''

पुरुष के नीचे लेटे-लेटे धीरे से कहा था,

''सच कहता है ?''

पुरुष ने अपने स्वर में मिश्री घोलते हुए जवाब दिया था,

''सच कहता हूँ रानी।''

पार्वती बखूबी जानती थी। यहां आने वाले ग्राहकों का उन्हें 'रानी' कहना जैसे तकिया कलाम था। पल भर में रानी कह कर सिर पर बैठा लेता है पुरुष ओर पलभर में रंडी कह कर उनकी औकात भी दिखा देता है। रात के बारह बजे थे। रंडियों के बदन थक गये थे। दस्तरखान पर [illegible] इकट्ठा था। दस्तरखान पर रंडियों के बीच जो बातें होती थीं, उनमें इस पर अधिक चर्चा होती थी कि किसने किस मर्द की कितनी मर्दानगी को झेला या किस ग्राहक ने किस वेश्या से कितनी बदतमीजी की। अधिक

थकान के कारण फिर वे खाते-खाते सोती थी या सोते-सोते खाती थी। कब कौन सो गई, पता ही नहीं चलता था। कुछ सोते-जागते सिर्फ हुंकारे भरती थीं। जितनी भी वेश्याएं उनकी अपनी-अपनी कथाएं और व्यथाएं। सुबह से शाम और शाम होने से रात तक उनकी पीड़ा भी उभर आती और बदलते मौसम को देखते। महसूसते वे स्वयं में भी बदलाव चाहतीं। कभी-कभी पार्वती सोचने लगती कि काम वासना की दलदल में आखिर कब तक धंसी रहेगी। उसका मन गवाही नहीं देता था इस सबके लिए। पर मर्दों की कामुक आग शांत न करे तो वह क्या करे। हालांकि उनकी आग बुझाते-बुझाते वह स्वयं भीतर बाहर से आग में जलती थी। अपनी ही पीड़ा से बेचैन रहती थी। कोठों पर पुरुष आते और उनके शरीरों को रोंदकर चले जाते। उन्हें रंडियों के मन से नहीं तन से मतलब होता।

शबनम ने अपनी पीड़ा को भूला कर दूसरों की पीड़ा से रिश्ते बना लिये थे। कितनी लड़कियां इस कोठे पर आईं, जो देखते-देखते वेश्या बनी। बीना, सलमा, पायल, जरीना, हाजरा, कुसुम, फिर फूल, हसीना, मुमताज और पार्वती। वे सब न जाने कहां-कहां से आईं और यहां आकर इन पिंजरों में कैद हो गई। कुछ मर खप गईं। एक-दो भाग गई और शेष यहीं की बन कर रह गईं। उनके लिए दुनिया बहुत बड़ी थी। आखिर जाती भी तो कहां वे बेचारी ? जहां भी जाती वहीं उन्हें नंगा किया जाता। यही सोचकर वे यहीं टिक गईं। वह स्वयं भी तो यहीं रह गई।

तीस बरस कम नहीं होते। बीस वर्ष की थी जब वह यहां लाई गई थी। बाजार में उन दिनों उतनी भीड़ भाड़ कहां होती थीं। गिनती की चालीस दुकाने थीं। दुकानें कम और घर अधिक थे। तब लंबा थोड़ा बाजार न था। बस्ती थी यह बाजार। धीरे-धीरे बस्ती बाजार में तब्दील होती चली गई। बाजार बढ़ा तो वेश्याओं की संख्या भी बढ़ने लगी थी। उन्हीं से बाजार की रौनक बनने लगी थी। वर्ना क्या था यहां। शाम होते ही सुनसान होने लगता था। अंधेरा वेश्याओं को मुफीद था। दो-दो चार-चार रुपये के लिए कपड़े उतार देती थी वे। सस्ता जमाना था। वेश्याएं भी सस्ती थीं। बाजार में हो हल्ला उन दिनों नहीं होता था। थाना जब नहीं था। न थाना था और न पुलिस वाले। किसी को किसी से परेशानी न थी। बाजार में थाना खुला। पुसिल वाले आए और परेशानियां शुरू हो गईं।

सुबह का समय था। आकाश में पानी के बादल अभी भी थे। घण्टा भर मेह बरसे हुआ था। मौसम खुशगवार था। मंगलवार का दिन था। कई सप्ताह से वह नजदीक की बस्ती से सटे हुए मंदिर नहीं जा पा रही थी। मन में विचार आया आज मंदिर हो आऊं और वह सीढ़िया उतर कर नीचे आ गई थी। दस बरस की होते-होते उसने मंदिर जाना सीख लिया था। पहले मां के साथ जाती थी। बाद में अकेली। शबनम अपने ही अतीत में उलझी थी। कब मंदिर आ गया उसे पता ही नहीं चला

तभी उसने सुना कोई कह रहा था।

"बीबी जी घने दिन हो गये। आप मंदिर नहीं आई ?"

पलट कर उसने देखा। उसके सामने सफेद धोती कुरता पहने पुजारी खड़ा था।

जवाब में इतना ही वह कह सकी,

"क्या करती मंदिर आकर ?

पुजारी ने फिर पूछा था,

"क्यों आप तो पहले से ही मंदिर आती रही हैं।"

पुजारी की बातें सुनकर जैसे उसके भीतर लगी गांठें खुलने लगी थीं,

"हां आती रही हूं। पर यही मन्नते मांगती कि मेरे पास हजार ग्राहक रोज आए। वे खूब पैसा दें। हमारे कोठे पर आकर सोने चांदी की बारिश करें। हम वासना की नदी बन जाएं। लोग आएं और इसी वासना की नदी में डुबकी लगाएं।

कुछ पल ठहर उसने पुनः कहा था,

"बोला पण्डित जी।"

पुजारी ने किसी दार्शनिक की तरह जवाब दिया था,

"बीबी उसके खाते में जनम और करमों का लेखा जोखा तैयार होता हैं"

शबनम का स्वर थोड़ा उग्र हो गया था,

"हम क्यों हैं हिंया, हमने ही इतने बुरे करम किये पिछले जनम में। बोलो पुजारी जी ?"

पुजारी का रटा रटाया जवाब तैयार था। जो किसी टेप की तरह बज उठा,

"सब किस्मत का लेखा हैं।"

पूछा था शबनम ने,

"किसने लिखी किस्मत, कौन बनाता है भाग्य बताओ तो हमें ?"

पुजारी को आश्चर्य हुआ था शबनम की बातें सुनकर। उसने पूछा था,

"शबनम बाई आज कैसी उखड़ी-उखड़ी बातें कर रही हो ?"

शबनम तत्काल जवाब में बोली थी,

"पुजारी जी, जो खुद ही उखड़ गया हो, वह उखड़ी हुई बातें नहीं करेगा तो क्या ...?"

फिर कहा था पुजारी ने,

"हिम्मत रखो बाई, जो भी होगा ठीक ही होगा।"

शबनम के स्वर में रोष था,

"क्या ठीक होगा; पुजारी जी। मेरे साथ तो शुरु से ही गलत हुआ। अब आगे क्या ठीक होगा ?"

पुजारी ने महसूस किया। शबनम बाई के स्वर से मायूसी उभरने लगी थी। सूनी-सूनी सी आंखें कभी इनके भीतर चंचलता तथा चपलता रही होगी। अब नितांत

उदासी में खोई थीं। होंठो से फूटती व्यथा। उन्होंने दिलासा देते हुए कहा था,

"थोड़ी देर यहीं बैठो। मन को शान्ति मिलेगी।"

वह वहीं बैठ गयी। सामने अनगिनत मूर्तियां विराजमान थीं। देह धर्म के उत्सव से दूर। मंदिर का साफ और स्वच्छ प्रांगण आस-पास ही दो-तीन महिलाएं और भी बैठी थीं। नजदीक आती जीवन संध्या का शबनम बाई को अहसास था। न जाने कब यह डोर टूट जाए। बहुत समय तक वह अजीब से द्वंद्व में फंसी रही। अचानक मंदिर में मूर्तियों के ठीक सामने टंगे घंटे से आवाज हुई थी। उसका ध्यान टूटा। उसने देखा बावर्दी कोई सीनियर पुलिस इंस्पेक्टर अपना हाथ ऊंचा कर घंटा बजा रहा था। आश्चर्य हुआ उसे देखकर यहां। पुलिस इंस्पेक्टर और मन्दिर में। ध्यान से देखा उसने। पहले कभी देखने में नहीं आया। शक्ल सूरत से तो भला आदमी लगता है। पर पुलिस वाला भला होता है क्या ? वह होंठो ही होंठो में बुदबुदा उठी।

रात में कोई ग्राहक आ गया। मुंह से शराब की बदबू आ रही थी। पार्वती का मन न हुआ, पर मन से यहाँ क्या वास्ता रखा जाता है। न चाहते हुए भी उसे ग्राहक अंदर ले जाना पड़ा था। कपड़े ढीले करते हुए पार्वती ने कड़कदार आवाज़ में कहा था,

"पैसे निकाल पहले।"

सुनकर शराबी बुदबुदाया था,

"स्साली पैसा मांगती है।"

पार्वती ने तुरन्त जवाब दिया था,

"पैसा नई देगा स्साले, तो हिंया क्यों आया है, तेरी बीबी हूं मैं ? फोकट में मजा लेगा। चल बाहर निकल।"

शराबी को उससे यह उम्मीद नहीं थी। सारा नशा ही किर-किरा हो गया था। वह असमंजस में था। वेश्या ने ऐसा क्यों बोल दिया। तभी जेब से एक सौ का नोट निकाल कर देते हुए कहा था उसने,

"ले पैसा ले, पर मुझको खुश कर..।"

एक सौ रुपये का नोट उससे लेकर ब्लाउज के भीतर रखते हुए बोली थी वह,

"खाली सौ रुपये में तुझे खुश करूं।"

वह नजदीक आयी तो उसके मुंह से शराब की दुर्गंध का भमका आया। मितनी-सी आने लगी थी उसे।

ग्राहक जैसे ही बिस्तर पर लेटा उसने उल्टी कर दी थी। उसके कपड़ों के साथ-साथ बिस्तर भी खराब हो गया था। उसने उठकर लाइट ऑन कर दी थी। देखा पूरा बिस्तर ही भर गया था उल्टी से। चारों ओर दुर्गंध अलग फैल गई थी। यह सब देखकर उसे स्वयं भी मितली-सी हो आई। नाराजगी से भरा उसका स्वर फूट पड़ा,

"स्साले तू इसीलिए हिंया आया था। अब इस गंदगी को कौन साफ करेगा।

बतला स्साले मैं तेरी बीबी हूँ क्या ?''

पार्वती की जली कटी बातें सुन वही शराबी बुदबुदाया था,

''घर में स्साली बीबी सुनाती है और यहां रंडी, आखिर आदमी कहां जाएं,''

शराबी का अंतिम वाक्य सुनकर पार्वती भड़क उठी थी,

''जहन्नुम में जा स्साले।''

कहते हुए उसने उसे बिस्तर से उठाया ही था कि पलटी खाकर वह नीचे धम्म से गिर गया। और एक बार उसने फिर से उल्टी कर पेट के अंदर का सभी अड़गम-सड़ंगम उंगल दिया था। अब समूची कोठरी दुर्गंध से भर गई थी।

शराबी के सारे कपड़े उसकी अपनी उल्टी में ही लथ-पथ हो गये थे। जिसे वह हाथ से पोंछने लगा था। बीच-बीच में बड़बड़ाता भी था,

''घर में बीबी भी स्साली यही कहती है कि जहन्नुम में जा और तू भी जहन्नमुम में जाने को कहती है।''

बुदबुदाते हुए थमा तो उसने फिर उल्टी कर दी। यह सब देख पार्वती का पारा चढ़ गया था।

''उठ स्साले, बाहर निकल।''

उठने का प्रयास करते हुए शराबी फिर बुदबुदाया था,

''तू स्साली मुझे भगाती है। मैंने एडवांस में एक सौ रुपया दिया है।''

पार्वती ने भी भड़कते हुए कहा था,

''भाग हिंया से स्साले बड़ा आया एडवांस में पैसे देने वाला।'' सारा बिस्तर खराब कर दिया है तूने। तेरी अम्मा आएगी इसे साफ करने क्या ?'' लगभग बैठने का प्रयास करते हुए बोला था वह,

''तू स्साली रंडी है...।''

शराबी की बातों से पार्वती को और भी गुस्सा चढ़ आया था।

''हां हां स्साले हम रंडियां हैं। फिर क्या अपनी मां बहिन करने आता है हमारे पास ?''

शराबी फिर नशे में बोला था,

''तू भी जबान लड़ाती है।''

अब तक मुमताज और हसीना भी शोरगुल सुन अपने-अपने ग्राहकों को हल्का कर वहीं आ गई थीं। उन्होंने देखा। जमीन पर कोई पुरुष अजीब-सी स्थिति में बैठा है। तभी दुर्गंध का झोंका आया। उन्होंने अपनी-अपनी नाक बंद करते हुए पूछा था?

''दारु पीकर आया स्साला हिंया।''

सुनकर शराबी नशे में बहका था,

''हां दारु पीकर आया हूं। तेरे पैसे से तो नई पी।''

तभी दूसरी ने भी कहा था,

''पर इस स्साले ने उल्टी क्यों की ?

''उल्टी करनी ही थी तो अपने घर में जाकर करता।''

पार्वती जैसे पगला गई थी,

''तू ठीक कहती है। पर हम पूछने वाले कौन होते हैं ? ऐसा कोई साइन बोर्ड भी तो नहीं लगा सकते कि यहां शराबियों का आना मना है।''

तभी शराबी बोल उठा था,

''तूने क्या कहा स्साली ?''

उसकी ओर लापरवाही से देखते हुए संजीदगी से कहा था पार्वती ने,

''हिंया तो स्साला कोढ़ी भी आएगा। उसे भी हम चाहते हुए इंकार नहीं कर सकती। वह स्साला अपने भीतर आग लेकर आएगा। और हमें उसकी आग बुझानी ही पड़ेगी।'' मुमताज ने भी उसकी हां में हां मिलाते हुए कहा था, हम सबकी यही स्थिति है।

उनकी गुफ्तगू सुनकर शराबी फिर बुदबुदाया था,

''मैं कोढ़ी हूं क्या ?''

तभी हसीना बोल उठी थी,

''नहीं तू कोढ़ी नहीं है, शराबी है।''

शराबी फिर बड़बड़ाया था,

''शराब पीनी क्या बुरी बात है ?''

पार्वती ने जवाब में कहा था,

''नहीं शराब पीना बहुत अच्छी बात है। शराब पियो और इसी तरह दूसरों के घरों को गंदा करो।'' इस बार शराबी ने धीरे से कहा था,

''सॉरी, गलती माफ...।''

तभी बाहर के दरवाजे से शबनम की आवाज सुनाई पड़ी थी,

''यह कौन आ गया इधर स्साला अकल का टट्टू ?'' शराबी ने पलट कर उसकी ओर देखा था। शबनम बाई भीतर तक आ गई थी। नजदीक आकर उसने उल्टी में लथपथ किसी व्यक्ति को देखा तो वह गुस्सा हो उठी,

''क्यों भई, हम तेरी अम्मा, बीवी बहन कौन हैं, जो हिंया आकर गंदगी की तूने?''

शराबी फिर बुदबुदाया था,

''अब मैंने जनबूझ कर तो उल्टी नहीं की बाई।''

शबनम बाई ने नाराजगी में कहा था,

''इस मरदूद से अब कौन उलझे। इसे बाहर निकालो किसी तरह।''

किसी ने टांग पकड़ी तो किसी ने उसका हाथ। अब तक फूल भी वहां आ गई थी। उसने भी दो चार गालियां दे डाली। सुनकर शराबी फिर नशे में बड़बड़ाया था,

''खूब दो मुझे गालियां। घर में बीबी गाली देती है और हिंया रं...डि...या।''

शबनम बाई ने उसे डांटा था,

''चुप स्साले।''

वे तीनों शराबी को बाहर तक लाई और मजबूरन सीढ़ियां उतरते हुए उसे नीचे तक छोड़ने गईं। कही गिर गया और चोट लग गई तो पुलिस कोठे पर आ धमकेगी और हजार दो हजार रुपया ले लेगी।

ऊपर आकर उन चारों ने राहत की सांस ली थी। मिलजुल कर भीतर की गंदगी भी साफ की। समाज की गंदगी साफ करना ही उनकी नियति थी। वेश्याएं हैं ही इस काबिल। समाज को उनसे यही उम्मीद थी। युग बदले, पर उनके धंधे का स्वभाव न बदला। रामराज्य से कलयुग तक आ गया। वे वैसी ही की वैसी रहीं।

किसी शराबी का आकर कोठे पर उल्टी करना कोई नई बात न थी। पहले भी कई बार ऐसा हो चुका था। ग्राहकों द्वारा मारपीट की घटनाएं होना तो आम बात थी। वे जैसे उनकी गुलाम हों। पुरुषों के बिस्तर भी गर्म करें और पिटाई भी खायें। कौन-सी डिक्शनरी में इन सब नियम-कायदों से लेकर हिदायतों तक को सिर्फ रंडियों के लिए दर्ज कर डाला, कभी किसी ने पूछा तक न था। पूछती भी कैसे ? सवाल करने का अधिकार पुरुष ने सिर्फ अपने पास रखा।

मादाएं थक गई थीं, पर नर नहीं। उनकी थकान से उनके तन और मन की व्यथा बाहर आने लगी थीं। आधी रात बीत गई थी। आधे से अधिक वेश्याएं सोने की तैयारी करने लगी थीं। कुछ को अभी सोना नसीब नहीं हुआ था। वे अभी भी देह धर्म को निभाने में लगी हुई थीं। इस धंधे का कोई वक्त नहीं होता था। किसी भी समय कोई भी आए, उन्हें बाहें फैला कर स्वागत करना ही होता था। पुरुष आए और यहां से ख़ाली चला जाए। ऐसा कभी हुआ ही नहीं। तभी बाहर से किसी ने दरवाजे पर दस्तक दी थी। मुमताज, हसीना तथा पार्वती तीनों ने दस्तक की आवाज सुनकर भी अनसुनी कर दी थी। इस बार दरवाजे पर किसी के थपथपाने की पहले से तेज आवाज हुई थी। भीतर लेटी हुई फूल ने दरवाजा खोला था। उसने देखा अधेड़ उम्र का कोई आदमी खड़ा था। होंठों पर बड़ी-बड़ी मूंछे अजीब-सा लगा देखकर उसे।

''ऐसे क्या देख रही है स्साली। पहले तो दरवाजा ही नहीं खोला। फिर खोला तो ऐसे घूर रही है जैसे कभी कोई आदमी ही नहीं देखा हो।''

बिना किसी प्रतिक्रिया के दरवाजे के बीच में ही खड़े-खड़े सहज भाव से पूछा था उसने,

''क्या चाहिए ?''

उसकी बात सुनकर आने वाला आदमी पहले अजीब सा मुंह बनाकर हंसा था। फिर थोड़ा नाराजगी के स्वर में बोला था,

''इधर रात में कोई रंडी के कोठे पर क्यों आता है ?''

तभी जवाब में बोली थी फूल,

"सौ रुपया लगेगा।"

उसी आदमी ने आश्चर्य के स्वर में दोहराया था,

"सौ रुपया।"

फिर गौर से उसकी तरफ देखा था। आने वाला ग्राहक एक सौ रुपये में उसे तोलना चाह रहा था। फूल का भी मन नहीं था। इसलिए उसने जान बूझकर एक सौ रुपये मांगे थे। वर्ना उसे कोई पचास भी नहीं देता था।

उसने इधर-उधर देख कर पूछा था,

"कोई और नहीं है ?"

जवाब में बोली थी वह,

"सो गये सभी।"

पुनः सवाल किया था उसी आदमी ने,

"तू नहीं सोई ?"

नाराजगी में तुरन्त जवाब दिला था फूल ने,

"तू आएगा, इसलिए नहीं सोई।"

उसके जवाब से अजीब-सी तृप्ति हुई थी पुरुष को।

"तुझे मालूम था मैं तेरे पास ही आऊंगा।"

फूल जवाब में बोली थी,

"मालूम था तभी तो तेरा राह देख रही थी।"

ग्राहक के मुंह से निकला था,

"सच।"

वह उसके नजदीक आने को हुआ तो फूल ने कहा था,

"पहले...।"

उसने उसके बदन को छूते हुए कहा था,

"चल सौ रुपए ही दूंगा।"

फूल उसे अपनी कोठरी में ले आई थी। भीतर तख्त पर बाबू सोचा हुआ था। उसे देखकर वही आदमी आग बबूला होते हुए भड़का था,

"स्साली इसे भी सुलाएगी और मुझे भी। पहले इसे बाहर फेंक।"

सुनकर कलेजा मुंह को आ गया था उसका। आह-सी निकली थी उसके भीतर से। जिसे उसके अलावा किसी ने नहीं सुना था। धीरे-से कहा था उसने, "इधर ही पड़ा रहने दे इसे। तुझे क्या ?"

जवाब में ग्राहक फिर भभका था,

"नहीं इसे बाहर सुला पहले। मौके की नजाकत को समझते हुए वह बाबू को वहां से उठाकर बाहर खुरदरे फर्श पर सुला आई। वापसी में उसने कहा था,

''चल जल्दी कर।''

उसे अपनी तरफ खींचते हुए पुरुष बोला था,

''जल्दी भी क्या है जाने मन ? रात तो अपनी ही है ।''

नाराजगी से भरा स्वर उभरा था,

''बीवी नहीं हूं तेरी मैं जो मेरे साथ बिस्तर पर रात बिताएगा।''

उसी आदमी में हंसते हुए कहा था,

''अरे भई बीवी अगर होती तो मैं तेरे पास क्यों आता ?''

लकड़ी की दीवार के पीछे लेटी हुई हसीना और मुमताज को अभी नींद नहीं आई थी। उन्होंने ग्राहक और फूल के बीच चल रहे वार्तालाप को सुना तो मुमताज बोली,

''क्यों हसीना हिंया क्या सभी बिना बीवी वाले आते हैं ?''

हसीना ने लेटे-लेटे ही मुस्कराते हुए कहा था,

''अबकी कोई शादीशुदा ग्राहक आए तो पूछना उससे।''

तभी उन्होंने सुना। ग्राहक कह रहा था,

''तेरा नाम क्या है ?''

फूल ने जवाब दिया था,

''जल्दी कर रात बहुत हो गई है। मुझे सोना भी है।

इस बार ग्राहक ने प्यार भरे सवर में कहा था,

''आज की रात मुझे ही सुला ले न अपने पास।''

फूल के स्वर में नाराजगी थी,

''इधर रात में सुलाने का दस्तूर नहीं है।''

उसने पूछा था,

फिर कायेका दस्तूर है ?''

दो टूक जवाब था उसका,

''सभी मर्द जानते हैं रंडी के बिस्तर पर कायेका दस्तूर है।''

इस बार हसीना बोली थी,

''स्साला बाते ही कर-कर रात बिताएगा कि कुछ करेगा भी।''

मुमताज ने थोड़ा हंसते हुए कहा था,

''पूछ ना उससे।''

हसीना ने भी हंसते हुए जवाब दिया था,

''रहने दे वह जाने या फिर फूल हमें क्या लेना-देना ?''

और वे सोने का प्रयास करने लगी थीं, लेकिन नींद भी कैसे आती। बराबर के कमरे से आती आवाजें उन दोनों को सोने नहीं दे रही थीं। कुछ देर तक अलग-अलग तरह की आवाजें होती रहीं और वे करवटें बदलती रहीं।

सुबह सकेरने बुहारने का समय होता था। अलसाये बदन, उठती थीं वेश्याएं। दर्द से उनका बदन भरा होता था। रोम-रोम में थकान भरी होती। ऐसे में किसी का मन उठने को करता तो किसी का नहीं। नीचे का बाजार जब खुलने लगता तो ऊपर के बाजार में स्पंदन-सी होती। पक्षी चहचहाते हुए चुग्गे की तलाश में निकल जाते। मुर्गे की बाग सुनकर वे अनसुना कर देती। बंद दरवाजे के साथ लटकी सांकल बजाते हुए दूध वाला दूध की थैली रख चला जाता। अखबार वाला सीढ़ियां चढ़ अखबार रख जाता। फूल वाला चमेली के चार हार दीवार पर ठुकी कील पर लटका देता।

सुबह होने के बाद एक आम दिन चर्या उन कोठों पर भी होती। चकले घरों में तब्दील होने का प्रयास करने लगते। सबसे पहले उठती शबनम बाई। वह उम्र में सबसे बड़ी थी। मां नहीं थी उन वेश्याओं की, पर मां जैसी बन अपना फर्ज निभाती थी। वैसे भी उसे अब नींद कम आती थी। इन कोठों पर रहने वालियों के बदन पर बुढ़ापा दबे पांव दस्तक नहीं देता था। आंधी और तूफान की तरह उनके तन और मन दोनों को झकझौर देता था। कोठे वालियों को तो हर एक रात तूफान से होकर गुजरना होता था। रात का सफर दिन से कहीं अधिक पीड़ा दायक होता था। स्वयं अपनी-अपनी पीड़ा को कह-सुन तथा हंस बोल कर हटने का प्रयास करती थीं। वे फाख्ता थीं, पर बाज़ की मार से कहां तक बच सकती थीं। गुनाहों के देवताओं की उन पर हर समय कड़ी निगाह रहती थीं। हालांकि शबनम बाई अपने आपको चुस्त-दुरुस्त रखने का प्रयास करती थी, पर उम्र का तकाजा था। वह पचास को पार कर गई थी। जीवन में गिनती करें तो हजारों पुरुषों के साथ हम बिस्तर होना पड़ा था उन्हें। उनकी बदसलूकी को उसने झेला था। उनके भीतर से उभरती/उफनती आग को शान्त किया था।

शबनम बाई बिस्तर से उठने के बाद नियम से पहले गमलों में उगाए पौधों को पानी देती। बाद में गिलास भर पानी स्वयं पीती। उन्हीं गमलों में तुलसी का चौरा भी था। महज एक पौधा, पर आस्था और विश्वास का प्रतीक भी था। तुलसी देखकर लगता कि इस भीड़ में उसके साथ कोई है। कभी लगता कि वे सब उसकी छाया में सुरक्षित हैं। उनका एक-एक पल संशय में बीतता। पता नहीं कब क्या हो जाए। नजदीक ही सटा हुआ थाना था, फिर भी असुरक्षा का भाव उन्हें भयभीत करता रहता था।

कोठे पर बंद दरवाजा खटखटाने का अर्थ था वहां रह रहीं मादाओं के जिस्मों पर दस्तक। वैसे अधिकांश समय दरवाजा खुला होता था। वे खुले दरवाजे से आते और बड़ी बेफिक्री से रंडियों से मोलभाव करते। कोई भी दरवाजा खटखटाता तो उन्हें खोलना ही पड़ता था। वरना अपने निश्चित समय पर ही वह दरवाजा खोलती थी। दरवाजा बंद रखने का कारण था कि कभी-कभी लोग सुबह ही सुबह आ जाते थे। भोर की बेला में भी लोग अच्छे खासे उतावले होते जबकि वेश्याएं थकी-मांदी अभी

अपने-अपने बिस्तर पर करवटें ही बदलते हुए होतीं। वेश्याएं न मन से और न तन से ही इस हालत में होती कि वे आने वाले ग्राहक के स्वागत में बिछ जाए, और उसका बिस्तर बन जाएं।

नौ बज गये थे। अब तक धूप आंगन में फैल गई थी। सीढ़ियों का दरवाजा खोल कर शबनम बाई ने वहाँ रखा सामान उठाया। पहले एक बर्तन में दूध गर्म किया। फिर चाय के लिए पानी चढ़ा दिया। जल्दी ही चाय बन गई। अलग-अलग बर्तनों में चाय उड़ेलती वह एक-एक को चाय से भरा प्याला देते हुए वह कहती,

"उठो मेरी बेटियों रात खत्म हुई और दिन निकल आया। वेश्याएं चाय पीकर अगंड़ाई लेते हुए अपने-अपने बिस्तर से थीं। घर में तीन ही बिस्तर थे। उनमें से दो एक साथ सोती थीं। कभी-कभी वे चारों भी एक साथ सो जाती। आज शबनम बाई पार्वती के साथ सोई थी। शबनम बाई ने उसे ही पहले जगाया। फिर नजदीक की मेज पर चाय के दो प्याले रख दिये। फूल पहले उठ जाती थी। बाबू को स्कूल जाना होता था। वह सुबह उठकर स्वयं अपनी तथा बाबू के लिए चाय बनाती। उसे तैयार कर वह स्कूल छोड़ने जाती। सुबह झाड़ू बुहारती थी पार्वती। आज भी समय पर उठ गई थी। धूप आंगन में और भी अधिक फैलने लगी थी। पलंग के नीचे उसने बुहारी लगाई तो झाड़ू में कुछ भारी चीज अटकी। उगालदान तो हो नहीं सकता था। उसने मन ही मन सोचा। वह झुकना नहीं चाहती थी। पिछले दो दिनों से उसे कमर दर्द की शिकायत थी। पर झुकना ही पड़ा। एक हाथ में उसके अभी भी झाड़ू थी तथा दूसरे हाथ को पलंग के पाए पर टिकाते हुए उसने नीचे देखा। नोटों की गड्डी जैसा लगा उसे। झाड़ू फेंक कर उसी गड्डी को हाथ में ले लिया था उसने। कमरे में इतना अंधेरा तो नहीं था कि कुछ दिखाई ही न दे। नजदीक से देखा तो सब कुछ स्पष्ट नजर आने लगा था। उसकी आंखों में तेजी के साथ आश्चर्य के भाव उभर आए थे। पार्वती के मुँह से सहसा ही निकल पड़ा,

"इतने सोर नोट।"

उसने गिनने का प्रयास किया, पर हड़बड़ाहट में गिन न सकी। सुबह का समय था। उसकी सांस तेजी के साथ चलने लगी थीं। बार-बार नोट गिनने का प्रयास करती। गिनते हुए उसकी अंगुलियों से अंतत: करैंसी नोट फिसल जाते। वह गिनती भूल जाती। फिर से गिनती याद करने की कोशिश करती, जो याद नहीं आती। नोट थे ही इतने कि उसकी पकड़ में नहीं आ रहे थे।

तभी आ गई हसीना। ढेर सारे रुपये उसके हाथ में देखे तो दंग रह गई। आश्चर्य के स्वर में वह पूछ बैठी,

"कहां से आये इतने सारे रुपये ?"

जवाब में बोली थी पार्वती,

"पलगं के नीचे झाड़ू लगा रही थी तो यह गड्डी पड़ी मिली।"

अभी भी हसीना की आंखों में विस्मय तैर रहा था। फिर से पूछा था उसने,

''सच कह रही है तू ?''

आवेश में पार्वती का स्वर उभरा था,

''हां सच कह रही हूँ। मैं झूठ क्यों बोलूंगी भला ?''

हसीना ने पुनः दोहराते हुए कहा था,

''पर इतने सारे रुपये आए कहां से ?''

पार्वती ने एक-एक शब्द पर जोर देते हुए जवाब दिया था,

''मुझे क्या मालूम ?''

कुछ सोचते हुए हसीना पूछ बैठी,

''अच्छा बतला, कल तेरे पास कौन-कौन आया था ?''

असहज-से होते हुए जवाब में बोली थी पार्वती,

''अब मुझे क्या पता, मैं किसी को जानती थोड़ा ही हूँ।'' थोड़ा ठहर उसने फिर कहा था,

''अरे यहां तो रोज ही न जाने कौन-कौन मुंह उठाकर आ जाते हैं।'' तभी हसीना के मुंह से निकला था,

''पर कोई तो छोड़ गया है इतने सारे रुपये।''

सोचते हुए पार्वती ने भी कहा था,

''कौन छोड़ सकता है आखिर नोटों की यह गड्डी ?''

हसीना ने पुनः सोचते हुए पूछा था इस बार,

''कहीं वह शराबी तो ...।''

तभी आ गई थी मुमताज। पार्वती के हाथ में रुपयों की गड्डी देख उसके मुंह से बेसाख्ता निकल पड़ा था,

''हाय अल्लाह, इतने सारे नोट, कौन दे गया ?''

हसीना चुप ही रही। जवाब दिया था पार्वती ने,

''अक्ल का कच्चा और गांठ का पूरा कोई आदमी आज तक इतने रुपए दे गया है जो अब अचानक दे जाएगा''

मुमताज बुदबुदाई थी,

''फिर भी।''

उसके स्वर में सवालिया भाव महसूस कर इस बार पार्वती के स्वर में थोड़ी नाराजगी उभर आई थी,

''अब मुझे क्या मालूम है कि कौन इन रुपयों को यहां छोड़ गया ?''

बीच में हसीना ने चुटकी ली थी,

''कोई तुझे पसंद तो नहीं कर गया ?''

वैसे ही अंदाज में जवाब दिया था पार्वती ने भी,

"रात में कोई पसंद करने नहीं आता।"

हसीना फिर मुस्कराते हुए बोली थी,

"रात में कोई पसंद करने नहीं तो फिर क्यों आता है कोई ?"

इस बार थोड़ा झुंझलाहट थी उसके स्वर में,

"अपने को हल्का करने आते हैं स्साले।"

तभी मुमताज ने चुटकी ली थी,

"भई रात में हिंया आकर अपने को हल्का ही तो कर गया है कोई।"

तत्काल पार्वती के मुंह से निकला था,

"क्या मतलब ?"

मुमताज ने फिर से मुस्कराते हुए जवाब दिया था,

"नोटों में भी तो वजन होता है न।"

इस बार संजादगी से कहा था पार्वती ने,

"मुमताज, रुपयो-पैसे का वजन किसी को भार नहीं लगता।"

हसीना ने फिर से कहा था,

"मेरी राय में तो वही शराबी छोड़ गया होगा स्साला नशे की झोंक में।"

तभी वहां शबनम बाई आ गई थी। एक ही कमरे में तीनों को इकट्ठा देख वह पूछ बैठी,

"मेरे खिलाफ कोई मोर्चा तो नहीं बना रही हो ?"

इस बीच पार्वती ने वही गड्डी शबनम बाई को देते हुए कहा था,

"पलंग के नीचे रुपयों की यह गड्डी पड़ी मिली। न मालूम कौन छोड़ गया ?"

शबनम बाई ने गड्डी देखी तो उसके होंठों से निकल पड़ा,

"हे राम इतने सारे रुपये।"

फिर उसने बारी-बारी से एक-एक के चेहरे को पढ़ने का प्रयास किया था। तत्काल पूछ बैठी थी,

"इतने सारे रुपये कहां से आये ?"

दूसरी तरफ चुप्पी थी। शबनम का संशय और भी बढ़ उठा,

"क्या बात है ? कोई नहीं बोल रहा है।"

इस बार पार्वती बोली थी,

"अब किसी को कुछ मालूम हो तो बताएं भी। मैं सुबह सकेर-बुहार रही थी कि पलंग के नीचे नोटों की गड्डिया पड़ी मिली।"

उसका जवाब सुनकर शबनम और भी गंभीर हो गई थी। सहसा ही उसके मुंह से निकला,

"अब क्या करें इन रुपयों का ?"

कुछ पल ठहर फिर बोली थी,

''पुलिस को बताएं।''

स्वयं ने ही जवाब दिया था,

''नहीं नहीं, पुलिस को बताने का मतलब और जान आफत में लेना होगा।''

इस बार तीनों के होंठों से निकला था,

''फिर ...।''

तभी पूछा था शबनम ने,

''तुम बताओ पार्वती।''

धीरे से बोली थी वह,

''मैं क्या बतलाऊं।''

शेष तीनों की आंखों में झांका था शबनम ने। पर वहां कुछ न था सिवाय चुप्पी के।

अभी कुछ ही समय बीता था कि बाहर दरवाजे पर किसी के दस्तक देने की आवाज सुनकर वे सब चौंक उठी। उनके शरीर में सनसनाहट-सी भर गई थी। और आंखों में अनचाहे भय की लकीरें तैर उठीं। जिसने उन्हें और भी असहज बना दिया था। उन तीनों की ओर बारी-बारी से देखते हुए कहा था शबनम बाई ने,

''हसीना जरा दरवाजे पर तो देख, कौन है।''

हसीना चलने को हुई तो उसने रोकते हुए फिर कहा था

''सुन ग्राहक हो तो उस मरदूद को उल्टे पांव लौटा देना। और कोई हो तो बैठकखाने में बिठाना।''

हसीना चली तो गई पर उसके पांवों में कंपन था। वे तीनों वहीं से दरवाजा खुलने की इंतजार कर रहे थे। उन्होंने सुना। दरवाजा खोलते हुए हसीना ने पूछा था,

''कौन ?''

बाहर से भीतर आते हुए अधेड़ उम्र के पुरुष ने कहा था,

''मैं रात वाला आदमी।''

कुछ न समझते हुए वह बुदबुदाई थी।

''रात वाला आदमी...।''

वही पुरुष बोला था,

''हां हां भई रात वाला आदमी, मेरे दस हजार रुपये यहीं कहीं निकल गये थे...।''

अब तक हसीना की समझ में नोटो की गड्डी से जुड़ी पहेली आ गई थी। उसके पांव और शरीर में फैली कंपन दूर हो गई थी। तुरता-फुरती से वह उसे बैठकखाने में ले आई। शबनम बाई को अहसास हो गया था कि कोई आदमी हसीना के साथ बैठकखाने में आया है।

''चलो।''

कहते हुए शबनम बाई बैठकखाने की ओर आ गई थी। आने वाले ने सौजन्यता

से हाथ जोड़ते हुए कहा था।

"शबनम बाई रात में मेरे दस हजार रुपये इधर ही निकल गये।"

सुनकर शबनम बाई ने उसकी आंखों में देखा था। फिर नाराजगी में बोली थी वह,

"तुम्हीं ने हमारे बिस्तर को गंदा किया था उल्टी कर-कर के।"

रात वाले आदमी को शबनम बाई से इस तरह की उम्मीद न थी कि उसके कोठे पर आते ही वह सवाल ठोक देगी। कुछ पल मौन रहते हुए आने वाले ने खाली दीवार को घूरा था फिर धीरे से जवाब में कहा था।

"मैं माफी चाहता हूँ बाई।"

पर शबनम बाई के स्वर में अभी भी नाराजगी भरी हुई थी,

"हम कौन है माफ करने वाली। सारी दुनिया ही हमें गन्दा कर चली जाती है। ऊपर से हमें रंडिया कहते हुए मर्द यह भी कहते हैं कि हमने उनकी जेब खाली करा दी। उनसे उनके पैसे छीन लिये। हमसे बुरा व्यवहार किया।"

अफसोस से भरा स्वर था थोड़ा अजनबी का,

"नहीं नहीं बाई, हम तो ऐसा नहीं कहते।"

उतना ही तीखा स्वर था शबनम बाई का,

"अरे एक तुम नहीं कहते तो क्या दुनिया के लुच्चे-लफंगे कुछ नहीं कहेंगे। हमें बरबाद कर दिया है इस बेरहम दुनिया ने।"

शबनम बाई ने महसूस किया जैसे भावुकता में वह कुछ अधिक ही कह गई थी। तभी हसीना पानी से भरा गिलास ले आई थी।

"पानी पीजिये।"

पानी से भरे गिलास की ओर न देख कर पहले उसने हसीना के चेहरे को गौर से देखा था। उसके द्वारा अपनी ओर टकटकी लगाकर देखने का आशय वह समझ गई थी। कहना चाहती थी कि वह रात वाली नहीं है। पर मौके की नजाफत को भांपते हुए उसने चुप्पी साध ली थी।

संभलते हुए शबनम ने इतना ही कहा था,

"खैर हमारी जाने दो। तुम्हारे दस हजार रुपये महफूज़ हैं।"

उसकी बात सुनकर अजनबी की आंखों में उम्मीदों के चिराग जल उठ थे। चिंता का बोझ जैसे हट गया था। होंठों पर मुस्कान बिरकने लगी थी। उन्होंने सुना उसका स्वर खुशी में उभरा था,

"मुझे आपसे यही उम्मीद थी। मैं कैसे धन्यवाद अदा करूं कि इन कोठों पर अभी भी ईमान बाकी है।"

थोड़ी देर चुप्पी के बाद शबनम बाई का गंभीर स्वर उभरा था,

"हमारी सलाह मानो तो एक तरह से धन्यवाद अदा कर सकते हो।"

तत्काल पूछा था अजनबी ने,

"कैसे ?"

जवाब भी जैसे तैयार था,

"मेरी मानो तो आज के बाद अपनी रातें अपनी बीबी के साथ ही बिताया करो।"

सुनते ही आश्चर्य से उसके मुँह से निकला था,

"क्या ?"

फिर से बोली थी शबनम,

"हां भाई जी। बेहतर होगा हमारे लिए भी और तुम्हारे लिए भी। लोग अपने-अपने बीबी बच्चों में हंसी-खुशी रहे। वे अपने परिवार में ही संतुष्ट रहें। वर्ना किस-किस के नाड़े की गांठे खोलते फिरोगे इन चकलों में।"

शबनम बाई के मुंह से सीधी-सपाट बातें सुनकर सामने वाले की आंखों में आश्चर्य के भाव तैर उठे थे। आशा के विपरीत कोठे पर एक वेश्या ने यह बात कही थी। वह कुछ जवाब न दे सका था। उसकी अपनी चुप्पी ही उसे कुरेदने लगी थी। उसे चुप देख कर शबनम बाई ने पूछा था,

"क्यों भाई जी हमने क्या गलत कहा ?"

तभी उधर से आवाज आई। लगता था जैसे कोई कुएं से बोल रहा हो।

"नहीं बाई, आपने बिल्कुल वजा फरमाया। गलती तो हमी से होती रही, जो जहां-तहां भटकते रहे।"

थोड़ा सहज होते हुए कहा था शबनम बाई ने,

"अब भटकना छोड़िये। भटकने और ताक-झांक करने की भी एक उम्र होती है। आप उस उम्र को उलांघ चुके हैं।"

शबनम बाई के सामने बैठा हुआ पुरुष सोचने लगा। कितनी बड़ी बात कह दी थी चकले की एक बाई ने। उसके अब तक का जीवन दर्शन ही उलट-पलट गया था। वह अवाक रह गया था यह सब सुनकर। संत और महात्मा भी पीछे रह गये थे जैसे एक वेश्या से। वह वेश्या कहां थी। वह तो वासना की दलदल से उसकी जीवन नैया को पार उतारने वाली ममतामयी मां थी। वह अपने ही द्वंद्व से घिर गया था। अगर वह बाई उसे रास्ता न दिखाती तो न जाने वह कब तक भटकता रहता।

कुछ देर की चुप्पी के बाद उसी आदमी ने भर्राए हुए गले से कहा था,

"बाई आपने मुझे रास्ता दिखा दिया। बहुत अच्छा किया।"

शबनम बाई जवाब में बोली थी,

"हम कौन हैं किसी को रास्ता दिखलाने वाले। जब भी आदमी की इस गफलत से नींद खुल जाए, तभी सवेरा समझो।" सुनकर बोला था वही,

"पर मैं तो आपका शुक्रगुजार रहूंगा। वह उसके पैर छूने को हुआ तो शबनम

बाई ने अपने पांव पीछे हटाते हुए कहा था,

''अरे-अरे, यह क्या कर रहे हैं आप। आपको यह सब शोभा नहीं देता। मैं ठहरी एवं रंडी।''

जवाब में बोला था वह,

''नहीं नहीं आप मेरे लिए सब कुछ हैं। आप से अधिक महान कौन होगा भला ?'' व्यंग्य से भरा स्वर उभरा था तभी,

''भाई जी हम कहां है महान। महान तो वे हैं जो संसद में बैठकर देश का मान-सम्मान बेच रहे हैं।'' जैसे उसे कुछ याद आ गया था।

''पार्वती, इनकी अमानत तो ला दे इन्हें।''

सुनकर पार्वती जैसे ही आई, उसी आदमी ने उसे पहले ध्यान से देखा था फिर कहा था,

''मुझे तो बहुत कुछ मिल गया। अब इनका क्या करूंगा।''

उसके हाथों में दस हजार रुपयों की गड्डियां थीं। शबनम बाई के भीतर से दर्शन उभरा था।

''जो कुछ आपको मिल गया। वह आपकी समझ है। जल्दी ही आपके भीतर चेतना का स्रौत फूट पड़ा हमें अच्छा लगा, पर ये रुपये तो आपके ही हैं। इन्हें रखें। नेक काम में लगाएं। तुम्हारा जीवन सुखी होगा।''

सुनकर अजनबी बोला था,

''मेरे रुपये कहां हैं अब। यह सब तो आपके हुए। आप चाहती तो मना भी कर सकती थी। किसने रोका आपको ?''

फिर स्वयं ही उसने जवाब दिया था,

''आपके जमीर ने।''

शबनम बाई ने थोड़ा संजीदगी से कहा था,

''देखिये भाई साहब वह तो सब ठीक है। हमारा जमीर हमारे साथ और आपका जमीर आपके साथ। पर जिसकी जो अमानत है उसे वह लेनी ही चाहिए।''

थोड़ा ठहर शबनम फिर बोली थी,

''लीजिए भाई जी अपने रुपये।''

नोटों की गड्डियां लेते हुए उसी आदमी ने कहा था,

''अच्छा ठीक है मैं आपकी बात मान लेता हूं। आप लोग भी मेरी बात मान लें।''

जिज्ञासा भाव में शबनम ने पूछा था,

''क्या ?''

तभी उन रुपयों में से एक हजार के नोट गिनकर शबनम की तरफ बढ़ाते हुए कहा था,

"अब इंकार मत करिये। वर्ना मेरे दिल को ठेस लगेगी। मैंने तुम्हें अपना माना है।"

शबनम कुछ पल सोचती रही। नजदीक ही हसीना, पार्वती तथा मुमताज खड़ी थीं। पुनः जोर देकर कहा था उसने,

"लीजिए।"

शबनम को वे रुपये रख लेने पड़े थे। दबाव ही कुछ ऐसा था। न रखती तो क्या करती। उसने अजनबी की आखों में स्पष्ट रूप में पश्चाताप के भाव देखे थे।

सावन ने दस्तक दी तो वेश्याओं के भीतर और बाहर अलग-अलग रंग-रूप छिटकने लगे थे। उनकी बोलियों में परिदों जैसी चहचहाट उभरने लगी थीं। सोने-चांदी से उनके बदन चमकने-दमकने लगे थे। उनके बदन का अलमस्त स्वभाव, अतीत की खोह से उभरी यादों ने जैसे उन्हें बेचैन कर दिया था।

लगता था उनके भीतर मल्हार की गूंज अभी बाकी थी और झूले पर झुलते अतीत के चित्र भी उन्होंने संजो कर रखे हुए थे। उनकी ज़मीन भले ही उनसे छूट गयी थी, पर उनके संस्कार, परंपराएं अभी खट्‌टी-मीठी यादों का पूरा संसार उनके साथ था। जो जीवन में धूप-छांव की तरह जुड़-से गये थे। समंदर में किश्ती-सा जीवन था उनका। कहीं किसी पत्थर से टकराती तो कहीं स्वयं लहरें उन्हें उछाल देती। फिर भी अनगिनत हिचकोले खाते हुए जैसे नांव अपना-अपना अस्तित्व बचाये रखती ठीक वैसे ही टुटते-बिखरते भी वे अपने आप को जिंदा रखने का प्रयास करती थी। जीवन का लंबा सफर तय कर लिया था किसी-किसी ने कुछ का शुरू हुआ था।

उत्सवधर्मी समाज में जब-जब भी विभिन्न त्यौहारों और उत्सवों की गूंज होती, वेश्याओं का मन किसी कोयल की तरह कूकने लगता। उनके भीतर जैसे पंख लग जाते। वे जोश में होश गंवाकर जैसे उड़ने का प्रयास करतीं, लेकिन उड़ते हुए उन्हें महसूस होता कि उनके तो बहुत पहले पंख ही कतर दिये गये हैं। तब उन्हें पता चलता कि वे कहां हैं, समाज में उनकी क्या हैसियत हैं ? उन्हें अधिक मगरूर होने की जरूरत नहीं हैं। वे अपने-अपने पिंजरों में रहें।

बाजार के ईर्द-गिर्द बस्तियां थीं। बस्तियों में गलियां थीं। गलियों में हाते थे और हातों में चप्पे-चप्पे पर रचे-बसे उनके संस्कार थे। बस्तियों के चूल्हों से धूआं उठता तो उनकी जीवंतता का अहसास होता। सावन में बस्तियां चुप रहें, ऐसा कभी हो ही नहीं सकता था। पड़ोस से गीतों की गूंज परिवेश में होती तो पार्वती के मन में हूक-सी गूंज उठती। शबनम बाई भीतर फैलती के भी होती, पर वे उस उम्र को उलांघ चुकी थी। उनके भीतर व्यथा थी और व्यथा की कथाओं को बुनने की उन्हें आदत-सी हो गई थी। जबकि पार्वती उम्र के उस पड़ाव पर थी जहां कथाएं बनती नहीं थी बल्कि बनाई जाती थीं।

पार्वती ने इन कोठों पर भला कितने सावन बिताये थे। पतझर की तो भला कोई गिनती ही नहीं थी। वह तो उसी दिन से शुरू हो गया था जिस दिन से वह गांव के पटेल के द्वारा बंबई के चकला घर में भेज दी गई थी। बंबई में कुछ पता नहीं चलता था। आस-पास बाजार थे। जिनमें हर समय भीड़-भाड़ रहती थी। उस भीड़ में केवल खरीद-फरोख्त थी। जिस्म को बेचने वालियां थीं और खरीदने वाले होते थे।

बंबई से उत्तरी भारत के एक शहर में वह लायी गई तो उत्सव धर्मिता से धीरे-धीरे जुड़ने लगी। दक्षिण भारतीय होने के नाते उन वेश्याओं के अपने उत्सव होते थे। उन उत्सवों पर अभी भी मातृसत्तात्मक समाज का प्रभाव था। जहां योनि पूजा होती थी। वर्षा ऋतु के आगमन पर वेश्याएं अपने-अपने आंगन में आग जलाती और गीत गाते हुए अपने नीचे के कपड़े को उठाकर अपनी-अपनी योनियों को आग में तापती थी। इसके पीछे मान्यता थी कि वे योनि को पवित्र करती हैं। दक्षिण में लिंग पूजा का चलन नहीं था। अधिकांश औरतें योनि पूजा करती थी। पार्वती स्वयं गर्मियों के बाद इस अनुष्ठान को करती थी। देखा-देखी मुमताज और साधना भी करने लगी थी। धीमी आंच में योनि की सिकाई करते हुए एक अजीब तरह की तृप्ति के साथ रोमांच भी होता था। वे गीत गाते हुए आग से आग का रिश्ता बनाती।

थाने में नया पुलिस अधिकारी कब आया और कब चला गया, कुछ पता ही नहीं चल सका था। शबनम बाई ने पहली बार उसे मंदिर में देखा था। तब पहचान नहीं पाई थी। पहचानती भी कैसे न वह थाने जाती थी और न थाने वालों से उसकी कोई बातचीत होती थी। वही पुलिस अधिकारी पुनः कोठे पर आया था। उन्हें आश्चर्य हुआ था एक बड़े पुलिस अधिकारी को वहां आये देखकर। कोठे पर उस रेंक का कोई अधिकारी स्वयं नहीं आता था। हां उसे अगर कोई जरूरत होती थी तो वह वेश्याओं को बुलवा लिया करता था। ढेर सारी राखी उसके पास थीं। हर कोठे पर जा-जा कर वह राखी बंधवा रहा था वह। उनके कोठे पर भी आया था। उस दिन कोठे पर सभी थीं। एक-एक ने बारी-बारी से पुलिस अफसर की कलाई पर राखी बांधी थी। राखी बांधते हुए उनकी आंखों में आंसू थे। गांव, बस्ती और मौहल्ले से जुड़े अतीत के चित्र उनकी आंखों के सामने तैर गये थे। राखी बांधने के बदले में उन्हें मिली थी उनकी सुरक्षा का वचन। पर वचन निभाने वाले का जल्दी ही किसी अन्य थाने में ट्रासफर कर दिया गया था। बरसों बाद वेश्याओं को उनका शुभचिंतक मिला था। उनका वही हित-रक्षक उन्हें छोड़ चला गया था।

अभी आधी रात बीती होगी कि दल्ला एक नई लड़की ले आया।

शबनम बाई ने देखा तो वह पूछ बैठी,

''इसे कहां से ले आया ?''

मुस्कराते हुए बोला था वह,

''हीरा है यह शबनम बाई हीरा कहां से लाया हूं इसे यह जानकर क्या करेगी?''

ध्यान से देखा था शबनम बाई ने उसकी तरफ। उम्र होगी लगभग अठारह वर्ष। चांदनी में डूबा हुआ संगमरमरी बदन था। झील सी बड़ी-बड़ी आंखें। तीखे नयन-नक्श। सिर से पावं तक सोना ही सोना थी। कोई खोट नहीं था उसमें। अभी वह रुप-लावण्य की उस नदी को निहार ही रही थी कि दल्ले की आवाज से उसका ध्यान टूटा। उसने सुना। वह कह रहा था,

''क्यों क्या ख्याल है शबनम बाई ? पसंद आया नया माल।''

शबनम बाई चुप रही। एक शब्द भी नहीं बोली थी। लगता था उसे देख उसके अपने दिनों की याद आ गई थी। वह भी तो कभी नया माल थी। बिल्कुल इसी की तरह। झिझकती, कांपती कितना अपने आप में सिमटी थी वह। पर किसने सिमटने दिया था उसे यहां। कोठा औरत के सिमटने के लिए नहीं होता। खुलने के लिए होता है। आने वाली लड़की जितना यहां खुलती है उतनी ही धन-दौलत उस पर बरसती है। दल्ला कह रहा था,

''ध्यान रखना शबनम बाई। सुबह आऊंगा।''

कहते हुए वह चला गया था।

अगले दिन वह जल्दी ही आ गया। उसकी आंखों में कसाई जैसी चमक थी। जबकि लड़की दहशत में थी। पर उसकी आंखों में जैसे ज्वाला तैरने लगी थी। आते ही वह उसे रंडी बनाने की जद्दोजहद में लग गया।

और भड़कना-तड़कना शुरू कर दिया था,

''तुझे जिस्म बेचना ही होगा''

लड़की के स्वर से आत्म विश्वास उभरा था,

''नहीं मैं अपना जिस्म नहीं बेचूंगी। जब तक मैं जिंदा हूँ तब तक मुझे कोई छू भी नहीं सकता।''

''तू जिंदा भी रहेगी और तेरे इसी शरीर को मैं नुचवाऊंगा भी।''

दल्ला आंखे दिखाते हुए भभका था,

''तू दल्ला है ना, तूने तो अपनी मां और बहनों को भी कोठे पर बैठाया होगा।''

अच्छे खासे रोष में जैसे उबल पड़ी थी वह,

इस बार वह अंगार हुआ था,

''तेरी यह हिम्मत, तू मेरी मां बहनों को कोठे पर बैठाइगी।''

कहते हुए उसने उस के बाल पकड़ कर उसके गाल पर जोर से एक थप्पड़ मारा था।

अपने को छुड़ाते हुए वह भी भभकी थी,

''क्यों तेरी मां बहन कोठे पर नहीं बैठ सकती और मैं बैठ सकती हूँ। क्या मैं किसी की बहन नहीं बोल ?''

कुछ पल ठहर उसने फिर गुस्से में कहा था,

"बोल न भड़वे बोलता क्यों नहीं ?"

दल्ले के पास जवाब में एक भी शब्द न था। होता भी कैसे। अपने सभी को प्यारे लगते हैं। उन पर लगी सुई की चुभन से भी तड़प होती है। दूसरों के तलवार भी लग जाए तो मुंह से आह भी नहीं निकलती। रिश्तों का वजूद ऐसा ही होता है। इस बार कल्लू बोला नहीं था। जलती हुई आंखों से कुछ देर देखा था उसकी तरफ। उन आंखों में कसाई के जैसा पैनापन था। ऐसी कि पल भर देखने से ही दहशत में हो जाए। पर आने वाली लड़की के भीतर-बाहर कहीं भय नहीं था। अब वह भय से मुक्त थी। दूसरी ओर गुस्से से कल्लू के बदन की नसें तनने और फड़कने लगी थीं। उसका शरीर जैसे भट्टी बन गया था। तभी उसके खुरदरे हाथ उठे और उसके शरीर को जैसे छीलने लगे। मारते-पीटते दल्ले के हाथ दुखने लगे तो लात चली और लातों के बाद फिर हाथ, पर लड़की के मुंह से वेश्या बनने की सहमति नहीं निकली थी। जबकि कल्लू के मुंह से पिटाई के साथ गालियां भी निकल रही थी।

"स्साली तुझे हिंया सती सावत्री बनकर नई रैना, रंडी बनकर रैना है।"

कुछ पल ठहरा था वह। इसलिए कि पिटाई करते हुए उसे सांस चढ़ आया था। उखड़ी सांसों को संभालते हुए कहा था उसने,

"जो काम हिंया सब करते हैं वई तुझे भी करना होगा।"

थक-हार कर वह चला गया था। पीछे रह गई थी घायल तन और मन लिए वही अजनबी लड़की। कोठे पर अन्य वेश्याएं मूक थीं। अचानक उसके आंसुओं का बांध टूट पड़ा था। उसके मुंह से हृदय विदारक चीख निकल पड़ी थी।

"मैं किससे अपनी इज्जत बचाने की भीख मांगू, क्या मेरा कोई नहीं है ?"

उन सबकी ओर देखते हुए वह बार-बार यही सब दोहरा रही थी। उसके आसपास बैठी औरतें चुप थीं। जैसे कहना चाह रही थीं, हम सब बेबस हैं। इस कसाईघर में हम तो बरसों से जिबह हो रही हैं। तुझे भी जिबह होना है। यही हम सब की नियति है।

शबनम बाई ने बहुत गहरे तक महसूस किया था। जैसे, आने वाली नई लड़की उसी से कह रही हो। उससे आंखे मिला नहीं पा रही थी वह। अजीब तरह की चुनौती इन आंखों की थी। इस भाषा को अच्छी तरह समझती थी वह। उसकी मूक आंखें कह रही थी,

"शबनम बाई क्या तुम भी मुझे मुक्त नहीं करा सकोगी ?"

मुक्ति की याचना को बार-बार उसकी आंखों में पढ़ा था उसने। पर आने वाली लड़की में न हीनता थी और न दीनता। कमाल का आत्मबल था उसके भीतर टूटना तो जैसे जानती ही नहीं थी वह। अंतिम समय तक जैसे अपनी अस्मिता की रक्षा करने में वह सक्षम हो। वह दल्ले के सामने न रोई थी और न गिड़गिड़ाई थी। अपनी आबरु बचाने के लिए उसने खुशामद भी नही की थी। जैसे लोहे की बनी हुई हो वह।

खुरदरे हाथों की मार का कोई असर ही न हुआ था उस पर।

दोपहर हो गई थी। सिवाय आने वाली नई लड़की के सब सो गयी थीं। पार्वती को कल नहीं पड़ रही थी उसके शरीर के भीतर बेचैनी भरी थी। लगभग यही स्थिति सभी की थी। बीच-बीच में पार्वती की नींद उचट जाती थी। वह बार-बार नई लड़की की आंखों में झांकती। उन आंखों में उसे निर्णय की स्पष्ट झलक दिखाई दी थी। कई बार पार्वती का मन किया कि वह उससे बातें करे, उसका नाम पूछे, वह कहां से आई है ? पर यह सब पूछते-पूछते उसके भीतर वितृष्णा उपजने लगती थी। रंडियों के धंधे में यही सब सवाल थे, जो बार-बार पूछे जाते थे। शबनम बाई भी कल से मौन थी। चुप न रहती तो भला क्या करती, कैसे छुड़ाती दल्ले की मार से ? बीच में एक शब्द भी बोलने का अंजाम वह समझती थी। पर कब तक वह चुप रहेगी ? उसके सामने ही किसी अबला पर कहर ढाया जा रहा हो, कहां तक बर्दाश्त करेगी? आखिर सहन करने की भी कोई सीमा होती है। वह बरस-दर-बरस इन बदनाम गलियों के अंधेरे में छटपटाई है। आखिर क्यों कोई इन्हीं बदनाम और अंधेरी गुफाओं में तड़प-तड़प कर अपनी जान दे दे। तभी उसके भीतर से आवाज आई थी,

''शबनम बाई, तू तो रंडी बन गई। पर एक भली लड़की को तो रंडी होने से बचा।''

तभी उसने जवाब में स्वयं से कहा था,

''पर मैं कर ही क्या सकती हूं ?''

फिर से उसके भीतर से आवाज उभरी थी,

''तू बहुत कुछ कर सकती है। बरसो से तू इस कोठे पर है। तूने यहां की अच्छी-बुरी हालत देखी है। मासूम लड़कियों को सिसकते देखा है।''

पार्वती के भीतर भी वैसा ही उभर रहा था। तभी पार्वती पास आई थी। दोनों ने एक-दूसरे की ओर देखा था। जैसे वे कहना चाह रही हों। अब कुछ-न-कुछ करना ही पड़ेगा। परस्पर आंखों की भाषा ने सब कुछ समझ लिया था। शबनम बाई पार्वती की मौन सहमति से जैसे बल मिला था। पार्वती तो कल से ही बेचैन थी। उसे तो चकले में बाद में बैठाया गया। पहले मंदिर में बैठी। वहां भी काम वही था, पर समझ देर से आयी। तब तक उसे वेश्या बना दिया गया था। देवदासी या भोग दासी फर्क कुछ न था। दोनों की नियति एक जैसी थी। भीतर विद्रोह होते हुए विद्रोह नहीं कर सकी। क्या करती वह ? देवताओं के रंगमहल में वह भ्रमित हो गई। शबनम बाई संकेत से उसे अपने पास बुलाया था। पर नई लड़की टस से मस नहीं हुई थी। वह किसी यंत्र की तरह अपनी जगह पर स्थित थी। देखा भी नहीं था उसने शबनम बाई की तरफ। अजीब हिकारत भरी थी उसकी आंखों में। कल से वह वेश्याओं के बीच थी। किसी चाबी से चलित संभांगरत गुड़ियां जैसी स्वयं शबनम बाई ने उसके नजदीक जाकर पूछा था।

''क्या नाम है तेरा बेटी ?

दूसरी ओर चुप्पी थी। शबनम बाई थोड़ा निकट हुई थी उसके। कंधे पर हाथ रख पूछा था,

''क्या नाम है तेरा बेटी ?''

शबनम बाई के स्पर्श से जैसे उसे कोई अपना मिल गया था।

जवाब में बोली थी वह,

'पूनम''

उसके नजदीक आकर फुसफुसाते हुए कहा था उसने,

''देख अभी दोपहर ढल जाएगी। फिर सांझ घिरेगी और फिर रात।''

कुछ पल के बाद फिर से कहा था उसने,

''मुक्ति चाहती है न तू हिंया से।''

धीरे से उसका स्वर उभरा था,

''हां।''

शबनम बाई ने इधर-उधर देख फिर धीरे से कहा था,

शहर तेरे लिए अजनबी है। पर तुझमें हिम्मत है। रात में मौका देखकर...।''

रात कब बीत गई। पता ही नहीं चला। सुबह हुआ। पंक्षी उड़ गया था। शबनम बाई को एक मादा की अनुपस्थिति से जैसे राहत मिली थी। मुक्त वह भी हुई थी अपने-आप से। दो दिनों से उसके द्वंद्ध उसे भीतर ही भीतर खाये जा रहे थे। स्वयं मुक्त भले ही न हुई, पर दूसरों को पिंजरे में कैद रखने का क्या अधिकार है उसे? मां न सही, पर कुटनी भी नहीं बनना चाहती थी वह। मुक्ति के गीत उसके भीतर से उभरने लगे थे। सुबह अपना सिर नवाते हुए सबसे पहले उसने तुलसी को पानी दिया था. कोठे पर अभी तक जाग नहीं हुई थी। तब सब जगेगी। वे अपने-अपने सवाल करेंगी। दल्ला भी आएगा। वह भी सवाल करेगा। सभी को जवाब उसे ही देना है। वह जवाब देगी। जीवन में सही समय पर उसने यह सही निर्णय लिया था।

रंडियों की बैठक में राष्ट्र के नाम संदेश सुना जा रहा था। फूल छालिया काट रही थी। नजदीक बैठी मुमताज ने अभी पान मुंह में ही डाला था। तभी दरवाजा उलांघ कर कोई ग्राहक आंगन में आ गया। घर होता तो आने वाला पहले दरवाजे पर दस्तक देता। कोठे पर तो लोग मुंह उठाये अंदर तक घुसे चले आते है। दो-तीन वेश्याओं को वहां बैठे देख उसने आंखों से कुछ कहा।

तभी पार्वती बोली थी,

''क्यों क्या बात है, क्या चाहिए तुझे ?''

ग्राहक तैश में बोला था,

''क्यों क्या भाव बढ़ गया है तेरा ?''

पुनः कहा था पार्वती ने

"भाव की बात छोड़। तू बतला ना तुझे क्या चाहिए ?"

ग्राहक ने फिर तैश में जवाब दिया था

"हद हो गई यार। आज तक किसी रंडी ने इस तरह बात नहीं की जैसा तू कर रही है।"

पार्वती भी तड़ से बोली थी,

"आज तक नहीं की तो अब एक रंडी इसी तरह बात कर रही है। तू बतला क्या चाहिए तुझे ?"

अजनबी आदमी ने नाराज होते हुए कहा था,

"बाहर से आने वाले आदमी से ऐसे ही तू-तड़ाक से बातें की जाती हैं ?"

पार्वती ने भी तुरंत जवाब दिया था,

"तू क्या चाहता है ? तेरी आरती उतारु मैं।"

बीच में बोल उठी थी शबनम बाई

"अरे छोड़ ना पार्वती, इसके मुंह क्यों लग गई ?"

तभी ग्राहक गुस्से में बोला था,

"बाई समझा न इसे।"

शबनम बाई ने जवाब दिया था,

"हां हां समझाएंगे।"

तत्पश्चात् ग्राहक ने एक अदद औरत की मांग करते हुए बेसब्री से कहा था,

"बाई किसी और को भेज ना मेरे साथ।"

जवाब दिया था स्वयं शबनम बाई ने

"आज नहीं।"

पूछा था ग्राहक ने,

"क्यों, आज क्या बात है ?"

"आज राष्ट्रीय अवकाश है।"

वह शुद्ध हिंदी बोल रही थी। बीच में व्यवधान हुआ तो पार्वती बोल उठी,

"तेरे ज्यादा आग लगी है। बाहर जा, कोई कुतिया मिल जाएगी। खाज मिटा लेना।" इस बार हसीना बोल उठी,

"देख नहीं रहा, राष्ट्रपति का संदेश सुना जा रहा है।"

आने वाला जैसे उपहास में बोला,

"रंडियां और राष्ट्रपति का संदेश"

तभी पार्वती ने कहा था,

"क्या रंडिया राष्ट्रपति का संदेश नहीं सुन सकती है ?"

ग्राहक तपाक से बोला था,

"सुन सकती है"

सवाल किया था पार्वती ने,

"तो"

ग्राहक का स्वर इस बार धीमा था,

"पर आज यहां कुछ नहीं होगा क्या ?"

तभी मुमताज बीच में बोल उठी थी,

"होगा क्या माने ?"

ग्राहक का स्वर फिर तेज हुआ था,

"ओफ, भई यहां क्या होता है, यह भी बतलाने की जरूरत है ?"

पार्वती फिर से बोली थी,

"हिंया बहुत कुछ होता है।"

बीच में ग्राहक ने कहा था,

"लेकिन...।"

तुरन्त जवाब तैयार था,

"कहा ना, आज राष्ट्रीय अवकाश है।"

"वह आदमी गाली देते हुए सीढ़ियों से नीचे उतर गया था। पार्वती के कान में उसके शब्द पिघले हुए गर्म शीशे की तरह पड़े थे। उसका मन हुआ, उसके सिर पर ईंट उठा कर मार दे। शबनम बाई भीतर जाकर लेट गयी थी। उसकी कमर में थोड़ा दर्द था। वह जानबूझ कर नहीं उठी। न मालूम कितने सिरफिरे ग्राहक आते हैं। किस-किस को जवाब देगी आखिर वह।

राष्ट्रपति का सन्देश जैसे ही खत्म हुआ, पार्वती ने उठकर रेडियो का स्विच ऑफ करते हुए कहा था, तभी नजदीक बैठे बाबू ने पूछा था,

"एक बात बतलाओ दीदी।"

मुस्कराते हुए पार्वती ने कहा था,

"आज एक नहीं दो बातें पूछ।"

जिज्ञासा में स्वर उभरा था बाबू का,

"आज दो क्यों दीदी ?"

तुरंत जवाब दिया था पार्वती ने,

"अरे बुद्धू इतना भी नहीं जानता। आज 15 अगस्त जो है।" तत्परता से बोला था बाबू,

"मुझे मालूम है दीदी। तभी तो हमारे स्कूल की आज छुट्टी है।"

बच्चों जैसे स्वर में पूछा था पार्वती ने,

"तुझे मालूम है तो फिर तूने पूछा क्यों ?"

जवाब दिया था बाबू ने,

"ऐसे ही दीदी।"

पुनः जैसे उसे याद हो आया था,

"बताओ ना दीदी ?"

कहा था पार्वती ने,

"भई पूछो ना, क्या बात है ?"

तभी बाबू बोला था,

"क्या हम राष्ट्रपति से मिल सकते हैं ?

जवाब में बोला थी वह,

"क्यों नहीं मिल सकते हैं हम राष्ट्रपति से। हम भी इस देश के नागरिक हैं।"

तभी खुले दरवाजे से होकर दो आदमी और आ गये। आते ही पूछ बैठे,

"आज दरवाजे पर कोई नहीं...।"

जवाब में बोली थी पार्वती,

"आज राष्ट्रीय अवकाश है।"

समझ में आने पर दो में से एक ने पूछा था,

"क्या है बाई ?

पुनः कहा था पार्वती ने,

"राष्ट्रीय अवकाश।"

दोनों ने एक दूसरे की तरफ देखा। तभी बाबू ने कहा था,

"आज 15 अगस्त की छुट्टी है।"

सुनकर दोनों को आश्चर्य हुआ था। वैसे ही स्वर में इस बार दूसरा साथी बोला था,

"क्यों बाई यह छोकरा ठीक बोलता है।"

इस बार जवाब दियाथा हसीना ने,

"हां, आज छुट्टी है।"

तत्काल मुमताज बोल उठी थी,

"हां सभी की छुट्टी है।"

अब वे अपना सा मुंह लेकर वापस चले गये थे। बोलने के लिए उसके पास कुछ था ही नहीं। उनके जाने के बाद पार्वती ने क्षुब्ध होते हुए कहा था,

"सारे देश में लोग छुट्टी मना रहे हैं। फिर हम नहीं मना सकते।"

"कोठे पर जितने लोग आते हैं सब धड़धड़ाते हुए आते हैं स्साले।"

शहर में अचानक दंगा भड़क उठा था। उसी दंगे की आग में झुलसने की तैयारी करता शहर उसके लिए हर कोण से अजनबी था। चौराहें, बाजार, सड़कें और गलियां सभी कुछ उसके लिए अपरिचित थे। कहीं कुछ भी जाना पहचाना नहीं था। अनजान सी दिशाओं के बीच वह किंकर्त्तव्यविमूढ़ सा था। घंटा भर ही तो हुआ था उसे अभी

ट्रेन से उतरे हुए। रिक्शा वाला शायद गलत दिशा में ले आया था। हो सकता है वह भी शहर से अनभिज्ञ हो या शहर में एक-आध सप्ताह पहले आया हो। उसके रिश्ते शहर और शहरवासियों से उतने प्रगाढ़ न हुए हों। तभी रिक्शा को खींचते हुए वह दूसरी तरफ ले आया। उसने देखा, लोग इधर-उधर भाग रहे थे। बच्चों और महिलाओं के भीतर बाहर हड़बड़ाहट को अच्छी तरह से देखा जा सकता था। घबराए हुए बीच में ही उतर गया था वह। सभी तरफ चीख-पुकार मची थी। पलक झपकते ही शहर का मंजर ही बदल चुका था। हर एक व्यक्ति बदहवास था। अभी कुछ देर पहले तक जो सवारियां रिक्शाओं पर बड़े आराम से बैठी थीं, वे ही अब कूद-कूद कर भागने लगी थीं। स्वयं रिक्शा चलाने वाले हैरत में थे। पर जल्दी ही उन्हें दंगे का अहसास हो गया था। जो लोग शहर में रहते हैं उन्हें शहर के भीतर हल्की-सी चिंगारी के फूटने का अहसास भी हो जाता है। वे भी अब तक सब कुछ समझ गये थे। उनमें से बहुतों के पांव अब रिक्शा के पैंडल पर न होकर जमीन पर थे। रिक्शा को एक तरफ पटक वे वैसे ही दोड़े जा रहे थे। चारों तरफ शोरगुल तथा चीख पुकार सुन महिलाओं के शरीर कांपने लगे थे। बुर्केवालियों का तो और भी बुरा हाल था। कुछ ने बुर्के को एक तरफ फेंक दिया था और कुछ ने अभी भी उसे उतार कर हाथों में लिया हुआ था। वे औरतें अपने-अपने गंतव्य की ओर भागी जा रही थीं। कुछ महिलाएं भागते हुए हांफने लगी थीं। फिर भी वे ठहरना नहीं चाहती थीं। उनके पावं में चैन नहीं था। उनके बदन में बेचैनी थी। उनके माथे पर पसीने की बूंदे चुहचुहाई थीं। उन सभी औरतों के होंठों पर अपने पेगम्बर और देवताओं के नाम बार-बार आ रहे थे। उनका लिबास अस्त-व्यस्त हो गया था। पावों के सैण्डल निकल गये थे। वे नंगे पांव दौड़ रही थीं। खरीदा हुआ सामान अब उनके पास न था। उसे या तो उन्होंने फेंक दिया था या फिर हड़बड़ाहट में छूट गया था। कुछ के हाथ में केवल पर्स थे। जिसे वे सख्ती से पकड़े थीं। वह स्वयं भी रिक्शा से कूद कर जिधर राह मिली उधर ही भागा था।

बाजार से वह गली में आ गया था। गलियां सूनी होती जा रही थीं। घरों के दरवाजें बंद हो गये थे। दूकाने धड़ाधड़ बंद हो रही थीं। वह भाग कर कहां जाए। वह भागते हुए फिर बाजार के बीच आ गया था। वैसी स्थिति वहां भी थी। जहां कुछ देर पहले चहल-पहल थी वहीं सन्नाटा पसरने लगा था। वह असमंजस में था। तभी मौका देख एक गली में घुस गया था। आगे अंधेरा था और सीलन भी। अनायास उसे ऊपर जाने के लिए सीढ़िया दिखाई दीं। वहां का दरवाजा बंद न था। दरवाजे के दोनों पट खुले थे। उसके भीतर वहीं आसरा मिलने की आस जगी। उसने फुर्ती से दरवाजे की तरफ छलांग लगाई और दरवाजा पार कर सीढ़ियां चढ़ने लगा। उन्हीं सीढ़िया पर चढ़ते हुए उसका शरीर पसीने से लथपथ हो चुका था। ऊपर आया तो दरवाजा बंद देखा। नीचे सड़क पर अभी भी लोगों के भागने-दौड़ने की आवाजें आ रही थीं। तभी उसने

दोनों हाथों से पूरी ताकत लगाकर दरवाजा थपथपाया था। उसकी निगाहें कभी बंद दरवाजे पर तो कभी नीचे सड़क की ओर चली जाती थी। उसके तन और मन दोनों में सिहरन भर गयी थी। दरवाजा खुलने की उम्मीद में एक बार फिर उसने जोरों से दरवाजा खटखटाया था। भीतर से कुछ महिलाओं के मिले जुले स्वर आ रहे थे। फिर उसने पांवों की आहट महसूस की। तभी भड़ से दरवाजा खुल गया। जैसे ही दरवाजा खुला, बदहवासी में वह चौखट लांघ कर भीतर आ गया और जल्दी से उसने स्वयं दरवाजा भी बंद कर दिया। दंगे के दौरान किसी पराये पुरुष को इस तरह आये देख कर वे घबरा उठी थीं। कुल जमा पांच औरते थीं। उनमें सबसे अधिक उम्र की औरत अनचाहे पुरुष को सामने देख वह पूछ बैठी थी,

"अरे भई कौन हो तुम ?"

हड़बड़ाए स्वर में उसने जवाब में कहा था,

"मैं पत्रकार हूँ। बाहर से एक अखबार में नौकरी के लिए आज ही आया था कि अचानक दंगा भड़क उठा। मुझे क्या पता था इस शहर में पलक झपकते ही सब कुछ घट जाएगा। जिधर भी देखा, उधर ही लोग अपने-अपने मकान तथा दूकान बंद करने में लगे थे। कोई उनके घर में न घुस जाए। वे सतर्क और सावधान थे। भागते हुए यहा तक पहुंचा नीचे का दरवाजा खुला देखा तो इधर आ गया।"

अब वे कैसे कहें कि नीचे चले जाओ। खुद भी मरोगे और हमें भी मरवाओगे। वेश्याओं के पास हर कोई संकट की घड़ी में ही आता है। विशेष रूप में जब आदमी अस्थिर होता है या उसके भीतर बवण्डर भरा होता है। आज तो शहर के भीतर ही बवण्डर उठ खड़ा हुआ था। हर किसी को किसी दुर्घटना के होने की आशंका थी। सचमुच वे धर्म संकट में थी। पांच जोड़ी आंखों ने गौर से एक नौजवान को देखा था। और अपने-अपने तरह से तोलने का प्रयास किया था। गोरा चिट्टा छरहरे बदन का एक नौजवान उनके सामने खड़ा था। शरीर पर पेंट बुश्शर्ट, पांवों में सेंडल उसके पास केवल एक ब्रीफ केस था, जिस पर अभी भी उसकी अंगुलियों की पकड़ कसी हुई थी। जिसकी आंखों में काईंयापन जैसे भाव न थे। उसके भीतर अभी भी हड़बड़ाहट भरी थी।

अपने अनुभव की आंखों से जांच पड़ताल कर शबनम बाई ने अंतत: स्वीकृति दे ही दी थी,

"भीतर आ जाओ।"

सुनकर तसल्ली हुई थी उसे।

पुनः कहा था उसने,

"प्यास तो लगी होगी।"

सुनकर भी वह कुछ बोल न सका। असल में उसके भीतर अभी भी बद हवासी भरी थी। जल्दी ही पार्वती पानी ले आई। उसने देखा, पानी से भरा गिलास लिए उसके

सामने एक खूबसूरत औरत खड़ी थी। पहले पानी से भरे गिलास को देखा, फिर उसकी आंखों में कहीं जैसे स्वयं सिमट गई हो। जैसे उसकी आंखें कहना चाहती हों। यहाँ सभी तो प्यासे आते हैं।

''पानी।''

सपने से जागते हुए केवल 'हूँ' कहते हुए उसके हाथ से पानी से भरा गिलास ले लिया था। असावधानी से गिलास थामा तो पानी छलक पड़ा। वैसे छलक कुछ और भी रहा था दोनों के भीतर। पानी फिर न छलक पड़े, यह सोचकर गिलास को होंठों से लगाकर उसने एक ही सांस में गटागट पानी पी लिया था। पानी पीकर खाली गिलास वापस देते हुए उसके होंठ पुनः हिले थे,

''धन्यवाद।''

खाली गिलास लेते हुए पार्वती उत्सुकता वश कुछ पूछना चाहती थी। पर चुप ही रही, तभी उसका ध्यान टूटा। शबनम बाई कह रही थी,

''इन्हें चाय पिलाओं। हमारे मेहमान हैं।''

यह सुन आंखों में सुखद आश्चर्य के भाव उभर आए थे। अजनबी को सुनकर अच्छा लगा था। पार्वती को कुछ ज्यादा ही सुःखद अनुभूति हुई थी। भारतीय समाज में मेहमान की आगवानी की परंपरा तो सदियों से रही है। परिवार से कटने के कारण उसी परंपरा से बहुत दूर चली आई थी वह। उसके भीतर दबी हुई उमंगों का जैसे फौव्वारा फूट पड़ा था। वह भागी-भागी किचन में गई। और सभी के लिए चाय बनाने में जुट गई। चाय के बर्तन में पानी खौल रहा था और नीचे सड़क पर, बाजारों तथा गलियों में कुछ दंगाईयों का खून खौल रहा था। पीछे से फूल भी आ गई। वह कप प्लेट धोने लगी। भीतर के बड़े कमरे में जहां पहले नाच गाना होता था। मुमताज हसीना और शबनम बाई बैठी थीं। मुमताज बाइसवें में लगी थी जबकि हसीना की उम्र होगी यही तेइस या चौबीस वर्ष और शबनम बाई पचास को पार गई थी। उनकी आंखों में अब आने वाले मेहमान के प्रति आश्चर्य नहीं था। अनुभवी आंखों ने उसे भीतर बाहर से पहचान लिया था। दंगे की आग से बचने वाला शरीफ आदमी था वह। जल्दी ही पार्वती चाय तैयार कर प्याले में डालकर ले आई थी। सलीके से उसने पहले छोटी मेज रखी। फिर उस पर छोटा सा मेज पोश बिछाया। तत्पश्चात प्लेट के ऊपर चाय से भरा प्याला रख दिया। बाद में वह अलग से चार प्यालों में चाय ले आई थी।

चाय गर्म थी। इसी बीच चाय का प्याला लिये शबनम बाई बाहर आंगन में आ गई थी। खिड़की में से झांक कर देखा था उसने हमेशा चहल-पहल वाले बाजार को। अब वहां जीवंतता नहीं थी। मृत-सा हो गया था। सब कुछ। समूचा बाजार बंद हो गया था। इसी बाजार में कितनी गहमागहमी रहतीं थी। भीड़ इतनी कि कभी-कभी लोगों को सड़क पर चहते हुए रास्ता नहीं मिल पाता था। अपने-अपने सिरों पर टोकरा रख बोझा ढोने वाले भैयन सड़क पर तेज कदमों से चलते हुए जोर-जोर से आवाजें करते

थे। रिक्शा चलाने वाले सवारियों को इसी बाजार में उतारते और यहीं से आगे ले जाते। रिक्शाओं पर लगी घण्टियां टुनन-टनन बजती। परिवेश में उनका संगीत गूंजता। उसी संगीत के भीतर उन्हें लगता कि जीवन अभी शेष है। हालांकि वेश्याएं समाज से कटी हुई थी, पर कट कर भी वे जुड़ी हुई थी। उनके चारों ओर स्पंदन तो था। लोगों की आवाजाही भी खूब होती थी। उन्हीं पर टिकी थी उनकी जीविका। नफरत और प्रेम का अनोखा संगम था वेश्याओं के कोठे।

बाजार की रौनक दंगाईयों ने लील ली थी। वह इसी दर्शन में खोई हुई थी कि फूल ने नजदीक आकर कहा था,

''आपा चाय ठंडी हो रही होगी।''

उसने सुना। तो सूने बाजार से उसकी निगाहें हटकर पहले सूने आंगन पर चली गई फिर चाय के प्याले पर टिक गई थी। दो-तीन बार में चाय गले के नीचे उतार कर हसीना को खाली प्याला दे दिया था। वह भी आश्चर्य में थी। रोज थोड़ी-थोड़ी कर चाय पीने वाली शबनम बाई ने आज दो-तीन बार में ही प्याला खाली कर दिया था। शबनम बाई अजीबोगरीब जद्दोजहद में खोई हुई थी। सूने हुए बाजार की तरह जैसे वह भी खाली हो गई थी। अब तक अजनबी ने भी चाय पी ली थी। वह मौन था। समय जैसे थम गया था। घर में सभी मादाएं थीं। पुरुष एक भी नहीं। यह सब देख और महसूस कर उसके भीतर आश्चर्य के भाव उभरने लगे थे। अंततः वह पूछ ही बैठा,

''घर का कोई पुरुष अभी तक नहीं लौटा।''

शबनम ने जवाब में कहा था

''हिंया मर्द आते हैं और चले जाते हैं।''

तत्काल युवक का स्वर उभरा था,

''मैं कुछ समझा नहीं।''

इस बार शबनम बाई ने सीधे-सीधे कहा था।

''यह कोठा है और हम सब वेश्याएं।''

तभी उसके मुंह से आश्चर्य में निकला था,

''क्या ?''

उसकी आंखें अब भीतर के परिवेश में कुछ-न-कुछ तलाश करने लगी थीं। उन आंखों में कौतुहल था और न खत्म होने वाले सवाल।

बाबू की नींद टूटी तो अपने सामने एक अजनबी को बैठे पाया। ऐसे अजनबी को जो मौन था काफी देर तक वह टकटकी लगाए देखता रहा। वैसे उसे देह व्यवसाय का थोड़ा बहुत ज्ञान होने लगा था। परिवेश में वैसे भी चुप्पी व्याप्त थी। जो खल रही थी। तभी अजनबी युवक ने सात-आठ वर्षीय बच्चे की ओर देखते हुए पूछा था,

''क्या नाम है आपका ?''

तत्काल बच्चा पूछ बैठा,

''पहले अपना नाम बताओ।''

अजनबी ने धीरे से जवाब में कहा था,

''सुमीत।''

बाबू ने धीरे से दोहराया था,

''सुमीत।''

सुमीत ने फिर से पूछा था,

''अब अपना नाम बता दो।''

बाबू ने हिचकिचाते हुए बताया था,

''बाबू...।''

तभी पार्वती ने रेडियो का स्विच ऑन कर दिया था। खबरें आ रही थीं। सभी ने ध्यान से सुना। अफवाहों से बचने और अफवाहे न फैलाने की बात बार-बार दोहराई जा रही थी। करीम गंज, गुड़मंडी, जवाहर नगर, रहमतनगर बस्तियों में दंगे भड़कने की खबरें थीं। प्रभावित बस्तियों में अनिश्चित कालीन कर्फ्यू लगा दिये जाने तथा उन्हीं स्थानों पर पीएसी का बंदोबस्त करने की बात भी खबरें में थी।

शाम ढल गई थी। अंधेरा घिरने लगा था। आकाश में काले बादल घुमड़ने लगे थे। लगता था जैसे काली आंधी आएगी। बाहर कोलाहल था और भीतर अजीब-सी चुप्पी, जो खाने को दौड़ती थी। चप्पे-चप्पे से भय उपज रहा था। धर्म के नाम पर लगाये जा रहे नारे शरीर में सिहरन पैदा कर रहे थे। यह नारे हमलावरों के थे, जो एक दूसरे को जलाने/मारने/काटने का आव्हान कर रहे थे। उनके एक-एक शब्द जहर में बुझे हुए थे, जिनकी धार तीर या तलवार से भी कहीं अधिक तेज थी। दूर से कहीं मंदिर में घंटे बजने तथा मस्जिद से अंजान की आवाजें आ रही थीं। सड़क पर गश्त लगाते पीएसी के जवानों के जूतों की ठक-ठक की अजीब-सी आवाजें चप्पे-चप्पे में रची-बसी निस्तब्धता को बीच-बीच में तोड़ देती थी। लगता था वह बाजार ही नहीं शहर भी कहीं ठहर गया है। शाम जैसे-जैसे बीतती, बाजार सजता संवरता था। पायलों की मन को झंकृत करने वाले संगीतमय स्वर। ढोलक और हारमोनियम का मिश्रित संगीत। नृत्यांगनाओं के गले से फूटते दिलकश गीत। इसी बाजार में सड़क पर चलते हुए लोग कुछ समय के लिए ठहर जाते थे। कभी ठुमरी तो कभी दादरा ओर कभी फरमाईश करने वालों की ओर से फिल्मी गीतों की धुने परिवेश में गूंजती तो सभी कुछ तैरने लगता था।

इन सबके विपरीत आज की शाम बेबस थी। पायल चुप थीं। जिन पावों में घुंघरू बांधे जाते थे, वे बेजान-से थे। गले के भीतर स्वर न थे। यहां तक कि कमरों में उजाले तक की मनाही थी। सभी कुछ अंधेरे में डूब रहा था। धंसते हुए पानी के जहाज की तरह वेश्याओं की बस्ती हो गई थी। वे सब खामोश थीं। एक-दूसरे की

ओर बस टकटकी लगाए देखने को मजबूर। इंसानी बस्तियां जैसे कब्रिस्तान में परिवर्तित हो गई थीं। वे जैसे अपनी-अपनी कब्र में लेटे हुए खुद अपना मर्सिया पढ़ने को मजबूर थे।

कल तक चपलता और चंचलता में डूबा रहने वाला परिवेश आज अपनी ही कश्मकस में खोया हुआ था। देर रात गये सभी ने एक साथ भोजन किया। धीरे-धीरे वे मेहमान से परिचित हो रही थीं। मेहमान का नाम सुमीत कुमार था। अलीगढ़ से काम की तलाश में शहर आया था। लिखने का शौक बरसों से था। जो अब उसका व्यवसाय भी बनता जा रहा था। लेखन में जैसे जैसे अनुभव आ रहा था वैसे-वैसे कहानी से कविता और कविता से लेख, कभी संस्मरण और साक्षात्कार के रूप में साहित्य और पत्रकारिता की विधाओं में परिवर्तन हो रहा था। सुमीत ने उनके बारे में नहीं पूछा। न ही वेश्याओं में से किसी ने बतलाया। अपनी कथाएं सुनाना उन्हें अच्छा नहीं लगता था। कथा-कहानियां सुनाते-सुनाते थक-हार गई थीं। जीवन में बहुत कुछ था, लेकिन सब खत्म हो गया था। दु:खद कथाएं सुनाकर भी अब तक क्या मिला, जो आगे प्राप्त होगा। वे बिना माझी के ऐसा नाव थीं, जिनकी दिशा लहरों के वेग पर टिकी थीं। समंदर में जैसे हर किश्ती अकेली, वैसे ही वे भी अकेली थीं।

शबनम बाई ने निश्चित किया। मेहमान पार्वती के छोटे कमरे में सोएंगे और वे चारों बड़े कमरे में। फूल अपने बेटे के साथ अलग कोठरी में सोती थी। पार्वती ने स्वयं बिस्तर ठीक ठाक किया था। बिस्तर क्या था सिर्फ एक तख्त और उस पर बिछा दाग-धब्बो वाला कई बरस पुराना गद्दा। सिरहाने की ओर उधड़ा हुआ तकिया पड़ा था। जो तेल से चिक्कट हो चला था। कोठे पर सभी कुछ तो पुराना था, पर सुमीत के लिए नया अनुभव था। सच कहा जाए तो किसी कोठे पर आने का उसका यह पहला अवसर था। वेश्याओं के जीवन को करीब से जानने-समझने के लिए उसके भीतर जिज्ञासा थी अवश्य। कभी-कभी छुटपुट लिखा भी था। परिस्थितिवश आज वह स्वयं वेश्याओं के बीच था। पर लगता नहीं था कि राष्ट्र की उन बेटियों में वेश्यावृत्ति भाव थे। भारतीय समाज में जैसा आम परिवारों में होता है वैसा ही पुरुषहीन इस परिवार में भी उसने महसूस किया था। महिलाओं के भीतर अभी भी शर्म और हया शेष थी। महिला होने का अहसास उनके भीतर मौजूद था। उनकी भाषा, हाव-भाव सभी कुछ तो वैसा ही था। जैसा आम गृहणियों में होता है। पर यहां वे कठपुतलियां थीं। दलालों/भड़वों/पुलिसियों बाजार के दस्तूर के हिसाब से उन्हें यही सब करना पड़ता था।

रात में जैसे-तैसे वे सो गईं, पर उसे नींद नहीं आई। पुरुष पराया भले ही हो, पर मादाओं के बीच एक नर के होने का अहसास था उन्हें। दल्ले का कहीं अता पता नहीं था। रात घोर निस्तब्धता में डूब गयी थी। पर बीच-बीच में सांप्रदायिक उन्मादियों के हल्ले से उभरी खौफनाक आवाजों के कारण वह निस्तब्धता भंग हो जाती थी।

आधी रात में उसे प्यास लगी। नजदीक ही प्लास्टिक के जग में पानी रखा था। जग को होंठों तक लाकर उसने पानी पिया जैसे वेश्याओं का जीवन, वैसे ही बिखरी हुई अन्य वस्तुओं का अस्तित्व था। एक दूसरे के पर्याय थे वे सब। मिट्टी के खिलौनों की गंध और वेश्याओं के शरीर से आती बास में कुछ अधिक अंतर न था। भेद जरुर था, जो जीवंत और मृत खिलौनों को एक-दूसरों से अलग करता था। चालीस वाट का बल्ब बीमार-सी रोशनी दे रहा था। पानी पीकर सुमीत ने इधर-उधर ध्यान से देखा। बहुत छोटा-सा कमरा था। कमरा भी कहना कहां तक उचित था। मटमैली-सी दीवारें, कड़ियों पर टिकी छत जो दीवारों से अधिक काली हो गई थी। जेल की किसी काल कोठरी जैसी थी वह। सामने टूटा हुआ दरवाजा, जो उढ़का हुआ था। उसी दरवाजे पर टाट लटका हुआ था। टाट का प्रयोग इसलिए कि बाहर से कोई भीतर की स्थिति देख न सके। ईंट और गारा की दीवारें, पर सब उखड़ी हुई, फर्श जगह-जगह से टूटा हुआ। वेश्याओं के कोठों की बदहाली कुछ दिन में देखी तो कुछ रात में। मेज पर बिखरी दो-तीन पुरानी किताबें, पेपर, अम्बेडकर का चित्र, डायरी, टूटे हुए खिलौने, हाथी-घोड़े-ऊंट लगता था कहीं किसी मेले से खरीदे गये थे। वे पुराने जरूर हो गये थे। पर अभी भी उनका अस्तित्व था। उसकी अंगुलियों ने एक छोटी मेज पर पड़ी डायरी के पन्नों को टटोला। कुछ अक्षर और फिर वाक्या पढ़े। उसके होंठ बुद बुदा उठे,

"वेश्या और डायरी।"

उसके भीतर जिज्ञासा बलवती हुई। आगे के पृष्ठों पर आंखें टिक गयी थीं।

डायरी में बहुत कुछ था। संभोगरत पुरुषों की सूची, उनके व्यवसाय, रुचियां, सभी कुछ दर्ज था। जिन्हें वह पढ़ता रहा, वे सब बेसुध थीं। बीच-बीच में नींद उचट जाने पर थोड़ी देर के लिए जाग उठती थीं। फिर एक दूसरे की जांघों पर अपनी टांगे रख सोने का प्रयास करतीं। कभी नींद में ही एक-दूसरे को बाहों में ले लेती।

नींद नहीं आ पा रही थी सुमीत को। वेश्या की डायरी के अन्य पन्नों पर लिखी इबारत पढ़ी तो हतप्रभ रह गया। राष्ट्र पुरुष कहे जाने वाले राजनीतिज्ञों के साथ सोने वाली वेश्याओं के चौंका देने वाले विवरण थे। विधान सभा से लोकसभा के कुछ सदस्यों का नाम दर्ज था। उनकी रखैलों के पते भी थे। वे किस मौसम में किस औरत के साथ सोना पसंद करते थे, यह भी विवरण डायरी में था। शहर के नामी गिरामी लोगों के नामों के साथ देह व्यापार से जुड़े बड़े अफसरों की सूची थी। उनके नेताओं से बनते-बिगड़ते रिश्ते भी थे। कहीं संक्षिप्त तो कहीं अच्छे-खासे ब्यौरे के साथ। डायरी में सिर्फ वेश्याओं के बारे में ही नहीं था। कार्लगर्ल्स के बारे में भी लिखा था। उससे भी आगे ऐसी गृहणियों का ब्यौरा भी था जो कार्लगर्ल और वेश्या दोनों की भूमिका निभाती थी। ऊपर से हरा-भरा खूबसूरत शहर, भीतर से कितना सड़-गल रहा था, उसका आभास कितने लोगों को था। शरीफ घराने की लड़कियां घर से निकल

कर कालिज जाती हैं या इन चकलों और होटलों में पार्ट टाइम देह व्यापार में लिप्त होती हैं, किसे अगाज था इन सबका ?

डायरी का अगला पृष्ठ खाली छोड़ा हुआ था। उसके आगे चार पंक्तियां लिखी थीं। पेड़ पर चिड़िया,

आकाश में मंडराता बाज।

घोसला बनाने को प्रयास करती चिड़िया,

पेड़ की ओर तेज गति से आता बाज।

शायद कविता लिखी होगी। नीचे वर्ष के साथ तारीख दर्ज थी।

रात बहुत बीत गई थी, लेकिन आग लगाने वाले दस्तों की अभी भी आवाजें आ रही थीं। बीच-बीच में पुलिस टीम के सड़क पर चलने की आवाजें, जो इस बात की तसल्ली देती थीं कि डरने की कोई जरूरत नहीं है। सड़क पर हम हैं। बावजूद इसके भय की सिहरन लोगों के शरीरों को कंपा देती थी। वेश्याओं के भीतर भी भय था। पुलिस के नीचे सड़क पर चौकसी करने से उन्हें तसल्ली नहीं हो पा रही थीं। अपने-अपने घोंसलों में चिड़ियों की तरह वे दुबकी थीं। वे सब मादाएं थीं। इधर-उधर से आकर भटकी हुई अबलाएं, जिन्हें मार-पीट कर वेश्या बना दिया गया था। तभी टूटे हुए दरवाजे पर आहट हुई। डायरी के पृष्ठों से उसकी आंखें हट कर उधर चली गयीं। उसने देखा। सामने पार्वती खड़ी थी। उसके बदन पर सिर्फ पेटीकोट और ब्लाउज था। कुछ पल वह देखता ही रह गया पार्वती की ओर। तभी उसने कहा था,

''आप अभी तक सोये नहीं।''

सीमित जवाब दिया था सुमीत ने,

''नींद नहीं आई।''

अब क्या जवाब देता वह। जवाब पार्वती ने ही दिया था,

''वेश्या के कोठे पर पहली बार आये हो इसलिए।''

सुमीत के होठों से धीमा स्वर उभरा था,

''हां।''

थोड़ी देर उनके बीच चुप्पी रही। पार्वती वैसे ही दरवाजे के बीचोंबीच खड़ी रही। तभी पूछा था सुमीत ने,

''तुम पढ़ती भी हो।''

पार्वती वहीं से बोली थी,

''यह कोठा मेरे लिए पाठशाला है।''

फिर सवाल किया था उसने,

वैसा ही बेबाक जवाब आया था पार्वती की ओर से,

''जब मेरे जख्म मुझे पीड़ा देने लगते हैं तब लिखता ही पड़ता है।''

कुछ पल फिर चुप्पी छा गई थी। भीतर-बाहर ठहरी हुई निस्तब्धता के बीच वे

एक दूसरे की ओर देखने लगे थे। तभी पार्वती के दरवाजा उलांघ कर स्विच ऑफ करते हुए कहा था,

"अब सो जाओ। रात बहुत हो चुकी है।"

सुमीत ने उसके कदमों की आहट से महसूत किया। वह वापस चली गई थी। अब वह सोने का प्रयास करने लगा था।

सुबह हो गई थी। कुछ जोड़ी नींद भरी आंखों ने देखा। नौजवान जागा हुआ था। आंगन में एक कुर्सी पर बैठे हुए वह कुछ पढ़ रहा था। पढ़ते हुए बीच-बीच में कुछ लिखता भी जाता था। उन्हें इस बात से बल मिला कि दंगे की शाम को आया हुआ नौजावान अभी तक उनके पास है। महिलाओं के बीच किसी पुरुष की गंध होना न सिर्फ उन्हें रोमांचित करता है बल्कि नर के अस्तित्व का तीव्रता से अहसास भी जताता है। औरत लाख चाहे पुरुष से नफरत करें, पर पुरुष की मौजूदगी उनके बीच सम्मोहन की स्थिति भी पैदा करती है। वैसा ही इन महिलाओं के बीच भी हुआ। वे वेश्या भले ही हों आखिर थीं तो वे औरत ही। वैसी औरतें जो सिर्फ हाड़ मांस की नहीं थी। उनमें खूब-सारी संवेदनाएं थीं। अधिकांश पकी हुई उम्र की थी। अच्छी-बुरी बातों को समझती थी।

सबसे पहले उठी थी शबनम बाई। फिर पार्वती जागी। फूल भी उठ चुकी थी। हसीना और मुमताज अभी सोई हुई थीं। शबनम बाई ने उन्हें जगाना उचित नहीं समझा। बाजार तो बंद ही रहेगा। उठकर क्या करेंगी वे। दूध वाला आज नहीं आया था। आता भी कैसे ? बाहर सड़क पर कर्फ्यू लगा था। गलियों तक में आना जाना मना था। पीएसी के जवान बंदूके लिये मुस्तेदी से बाजार तथा गलियों में राउण्ड ले रहे थे। वातावरण में अजीब-सी चुप्पी व्याप्त थी। चाय की तलब लगी तो उसने पार्वती को आवाज दी। और चाय बनाने के लिए कहा। थोड़ी देर में पार्वती ने बिना दूध की चाय बना ली और तीन प्यालों में चाय डाल कर वह ले आई। शबनम ने चाय का प्याला लेते हुए बाहर की तरफ खुलने वाली खिड़की की झिर्री में से झांक कर देखा। सड़क पर कोई नहीं था सिवाय गश्त देती पुलिस के।

"चाय लीजिये।"

आवाज सुनकर चौंकते हुए देखा था सुमीत ने। सामने चाय से भरा प्याला लिये पार्वती खड़ी थी। चाय का प्याला लेते हुए धन्यवाद कहा था उसने। कुछ ही दूर बैठकर स्वयं पार्वती चाय पीने लगी थी।

आंगन में बिना दूध की चाय पीते हुए तीन प्राणी। वे अपनी-अपनी विचार तंद्रा में डूबे हुए थे। देह पर धूप चढ़ने लगी थी। सितम्बर माह का मध्य था। शबनम के प्याले की चाय खत्म हुई तो वह पूछ बैठी,

"आप भी सोचते होंगे भाई जी कि नये शहर में आकर कहां फंस गया।"

किसी अपरिचित महिला के मुँह से भाई जी शब्द सुना तो अच्छा लगा। चाय सिप करते हुए उत्तर में कहा था उसने,

"ऐसा नहीं है। बल्कि मैं तो महसूस करता हूँ कि एक घर से दूसरे घर में ही आ बैठा हूँ।" कुछ पल ठहर फिर कहा था सुमीत ने,

तभी भारी गले से शबनम बोली थी,

"घर तो घर होता है भाई जी। अब यह घर भला ...कहा...?"

बीच में स्वर उभरा था सुमीत का,

"दुनिया के लिए भले ही यह कोठा हो, पर मेरे लिए तो ऐसा घर है, जिसमें रहने वालों ने संकट की घड़ी में मुझे आश्रय दिया। आश्रय ही नहीं बल्कि इज्जत दी।" वरना आपके अलावा किसी और का घर होता तो यह जरूरी बात थी कि वे मुझे पनाह नहीं देते।"

शबनम बिना कहे न रह सकी,

"भाई जी आदमी इज्जतदार हो तो उसे इज्जत ही मिलती है। हम कौन है किसी को इज्जत देने वाले।" हमें तो इज्जत आबरू से वैसे ही काट कर दूर रखा हुआ है।"

जवाब में कहा था सुमीत ने,

"दूर के ढोल बड़े ही सुहावने मालूम देते हैं। मैंने देखा है बहुत इज्जतदार घरानों को। उनके स्वयं के घरों में कितनी सड़ांध भरी हुई होती है। बाहर से सब कुछ कहां दिखता है।"

तभी शबनम बाई का गंभीर स्वर उभरा था,

"अब इन बातों को कौन देखता है बेटे। हम तो बदनाम हैं।"

शबनम बाई का सम्बोधन भाई जी से बेटे पर आया तो सुमीत को और भी अच्छा लगा। उसे संतोष हुआ। नये शहर में कोई तो उसे बेटा कहने वाली है। वर्ना किसी अजनबी को एक गिलास पानी तक को कोई न पूछे। कल ही देखा था उसने कैसे घरों के दरवाजे खटाखट बंद होने लगे थे। अगर यह दरवाजा खुला न होता तो वह कहां जाता, किसके यहां आश्रय मिलता ? शायद आज वह सलामत भी न होता। कुछ देर सोचने के बाद जवाब में कहा था सुमीत ने,

"यह समाज दो मुंहा है। एक दूसरों को बदनाम कहने या करने के और दूसरे स्वयं की गंदगी को ढांपते रहने के।"

सुमीत से दो पल बात कर शबनम बाई को भी अच्छा लगा। उसने यह सोच कर संतोष किया कि एक अजनबी को पनाह देकर उसने कोई गलती नहीं की। सुमीत पक्के ईमान वाला लगा उसे।

चाय समाप्त हुई तो पार्वती खाली प्याले उठा ले गई। तभी हसीना और मुमताज जग गईं।

आंखें मलते हुए मुमताज पूछ बैठी,

"हलीम वाला भाई आकर गया क्या ?"

उसके भोलेपन पर शबनम बाई की हंसी सन्नाटे को चीरते हुए निकल गई। हंसी थमी तो वह पूछ बैठी,

"अरे मुमताज, जहाँ परिंदा भी पर नहीं मारता हो, वहां हलीम भाई कैसे आ सकता है अपने ठेले को लेकर।" तभी बिस्तर से उठकर कहा था मुमताज ने,

"क्यों नहीं आ सकता हलीम वाला भाई, वह तो रोज ही आता है।" शबनम को फिर से कहना पड़ा,

"हां हां वह रोज आ सकता है, पर आज नहीं।" पूछा था इस बार मुमताज ने,

"आज क्या बात है ?"

जवाब देते हुए शबनम बोली थी,

"इसलिए कि कल दोपहर से ही बस्ती में कर्फ्यू लगा है। सड़क और गली कूंचों में आवाजाही बंद है। पुलिस का भारी बंदोबस्त है।"

मुमताज को याद ही न रहा था। कल दंगा भड़क गया था। चारों तरफ कर्फ्यू लगा है। ऐसे में हलीम वाला भाई कैसे आता। सुबह के समय वही तो था जो अपनी आवाज से उसे जगाता था। कोठे के नीचे आकर भारी तवे पर चिमटा बजाता तो पता चलता था कि हलीम वाला भाई आ गया।

उसकी आवाज सुन कर वह आंगन से दो-तीन सीढ़ियां उतरते हुए कहती,

"ए हलीम वाले भाई, जरा ऊपर ले आना एक तश्तरी हलीम ।" अंतिम सीढ़ी के पास खड़ा सत्तार जवाब में कहता,

"नहीं बीबी, ऊपर नहीं आऊगा।"

सुनकर वह थोड़ी नाराजगी के स्वर में बोल उठती,

"क्या अल्ला ताला ने मना किया है तुझे ?"

वह फिर कहता, "ऐसा ही समझ लो बीबी।"

तब वह शेष सीढ़ियां उतरते हुए स्वयं नीचे चली जाती और थोड़ा नाराजगी में कहती, "अय सत्तार भाई इस उम्र में भी तुम्हें हमसे डर लगता है।" तभी वह कह उठता, "तुमसे नहीं बीबी लोगों से। इस उम्र में भी कहीं बदनाम न कर दें।"

तभी थोड़ा मुस्कराते हुए वह कह उठती,

"हां सत्तार भाई, अब लोगों का क्या भरोसा गज भर की दाढ़ी रखने वाले को भी बदनाम करने में कहां देर लगती है लोगों को।"

बाजार में सुबह कम ही लोग होते। जो भी होते वे ही उसके ग्राहक होते। उनमें से कुछ तो यहीं बराण्डे में सोते थे। दिन भर वे मेहनत मजदूरी करते। रात होते-होते थके हारे जमीन पर ही लेट जाते थे। यही उनका बिस्तर था और फुटपाथ ही उनका घर था। इसी पर गुजर-बसर होती थी उनकी। सुबह हलीम वाला आता तो वे जग जाते। और नजदीक के सार्वजनिक शोचालय में जाकर तुरता-फुरती में गुसल आदि

कर तैयार हो जाते। मंदा जमाना था। एक रुपये में उनका भरपूर नाश्ता हो जाता। नजदीक ही गुल्ले खां का साइकिल पेंचर खोका था। वह भी घर से जल्दी तैयार होकर आ जाता और वहीं आकर नाश्ता करता था। गफ्रन भी इसी फुटपाथ की वाशिंदा थी। वह दिन भर भीख मांगती और रात होने पर यही पड़ जाती। कहा जाता है वह ऊपर के कोठे पर पहले वेश्या थी। दल्ले से किसी बात पर झगड़ा हो गया। स्वयं नीचे आ गई। दल्ले के मुंह पर थूकते हुए कहा था उसने,

"भीख मांग लूंगी, पर अब रंडी बनकर नहीं रहूंगी।"

तब से वह वेश्या से भिखारिन बन गई थी। और भिखारियों की दुनिया में शामिल हो गई थी। मुमताज के पास चीनी का कटोरा होता। उसी में सत्तार दो बड़े चमचे हलीम डाल देता। फुर्ती से सीढ़ियां चढ़ते हुए वह बड़बड़ाती, "कम्बख्त को देखों तो, जैसे मैं इसको हलाल कर रही हूँ।"

अब तक बराबर के कोठे से सुमन, क्रेजी और जरीना भी आ गई थीं। तीनों अधिक उम्र की वेश्याएं थीं। आते ही पूछा था क्रेजी ने,

"आपा, तुम्हारे यहाँ थोड़ा दूध है क्या ?"

पार्वती ने जवाब दिया था,

"दूध वाला आज आया नहीं।"

तपाक से पूछा था उसने,

"फिर चाय नहीं पिया ?"

पार्वती ने फिर जवाब में कहा था,

"पिया।"

इस बार बोली थी,

"पर दूध तो था ही नहीं।"

अब शबनम बाई बोली थी,

"काली चाय बनाई थी। वही पी हमने।"

क्रेजी फिर बोली थी,

"इट्स मीन ब्लेक टी।"

शबनम बाई ने जवाब में कहा था,

"येस ब्लेक टी।"

इस बार जरीना ने पूछा था,

"कैसी लगती है ब्लेक टी ?"

शबनम ने थोड़ा मुस्कराते हुए कहा था,

"पीकर देखो।"

तभी उसकी निगाह बड़े कमरे में बैठे किसी पुरुष पर पड़ी। तुरन्त पूछ बैठी,

"आपा यह कौन है ?"

जवाब दिया था शबनम बाई ने

''मेहमान।''

थोड़ी शरारत पूर्ण मुस्कान के साथ वह बोली थी,

''रात का मेहमान।''

इस बार गंभीर स्वर उभरा था,

''मेहमान तो मेहमान होता है। रात या दिन का नहीं।''

सुनकर क्रेजी के साथ जरीना भी चली गई थी। सुमन वहीं रह गई थी। क्योंकि हसीना के साथ वह रोज कचोड़ी जलेबी से नास्ता करती थी। आज नौरंग की दूकान से कोई नहीं आया था। ठीक दस बजे नौरंग की दुकान से दोने में कचौड़ी के साथ जलेबी आ जाती थीं। वे मिलकर नाश्ता करती थीं। लंबी इंतजार के बाद उन्हें भी काली चाय से संतोष करना पड़ा। चाय पीते हुए सुमन ने हसीना को कुहनी मारते हुए पूछा था,

''यह मेहमान तुम सबका है या किसी एक का।''

हसीना जवाब में पार्वती की तरफ संकेत करते हुए बोली थी,

''यह तो पार्वती ही बतला सकती है। उसी से पूछ।''

पार्वती की ओर जाते हुए कहा था सुमन ने,

''ठहर पूछती हूं।''

नजदीक जाकर पार्वती के कान में कुछ कहा था उसने। जिसे सुनते ही पार्वती के गाल सुर्ख हो गये थे। तभी जवाब दिया था,

''ऐसा-वैसा कुछ भी नहीं है सुमन। शहर में दंगा शुरू हुआ कि वह फंस गया।''

सुमन ने थोड़ा शरारत के स्वर में कहा था,

''दंगे में फंस गया। यह बात तो समझ आती है। पर यहीं क्यूं आकर यह मेरी तो समझ के बाहर है।''

जवाब में पार्वती सिर्फ इतना ही बोली थी,

''सब धीरे-धीरे समझ आ जाएगा।''

सुमन ने जैसे फिर शरारत की थी,

''तेरे या हमारे।''

संक्षिप्त जवाब दिया था पार्वती ने,

''हम सबके।''

अब तक धूप पूरे आंगन में फैल गयी थी। अभी दिन गर्म था। वे उठकर भीतर के पड़ोस की छतें/आंगन/मुंडेर/छज्जे सूने थे। सिर्फ आकाश में पक्षी थे। जिनसे जीवंतता का अहसास होता था।

पुलिस की फाइल में कोठा नम्बर आठ पर रह रही शेष वेश्याएं बाहर का नहीं

खाती थी। उनके चूल्हे में क्या-क्या बनता था, यह भी पुलिस वाले सूंघ लेते थे। वे अपना चूल्हा सुलगाती और उनके चूल्हे से निकलता धूआं पुलिसकर्मियों को दिखाई देने लगता था। ऐसा नहीं था कि शेष वेश्याओं के चूल्हे ठण्डे रहते। मौसम के हिसाब से वे सुलगते थे। सांझे चूल्हे थे उनके। यहां कुल मिलाकर पांच वेश्याएं और दो चूल्हे थे। वे साथ-साथ खाती, साथ-साथ सोती और साथ-साथ गाती। उनके गीत खुशी के भी होते और गम के भी। पीड़ा को मिल कर बांटती वे मिलजुल कर एक दूसरे के गम को नहीं बांटेंगी तो कौन बांटेगा। फिर औरतों की पीड़ा औरतों से अधिक कौन समझ सकता है। आदमी तो आएगा सिर्फ अपने शरीर की आग शान्त करने। वासना संतुष्टि हुई नहीं कि वह भाग खड़ा होता है। दुनिया के इतिहास में रंडियों के कोठे पर अधिकांश देह के रिश्ते बनते रहे हैं। उनके मन पर क्या बीतती है, किसी को जानने की फुर्सत नहीं होती और जानने की कोशिश भी करें तो किस रिश्ते से ? रंडियों की दुनिया में यह अहम सवाल था। उनके यहां आते ही पुराने सभी रिश्ते अपने आप टूट जाते थे। घर से भागी/या भगाई गई या फिर बेची गई लड़की को कौन याद करना चाहता है ? वे लड़की से औरत इन्हीं कोठों पर बनती। और फिर जहालत की जिन्दगी बसर करने को मजबूर होती। जितना इस दल दल में रंडी बन धसती, उतना ही वे बेगैरत कहलाती।

शबनम बाई सबसे अधिक उम्र की थी। कहते हैं कि पहलवान और रंडी का बुढ़ापा दुखदायी होता है। पर शबनम के साथ यह बात नहीं थी वह खुश थी। उसका कारण था। सबको अपना समझती थी। सबसे कम हिस्सा लेती थी। जानती थी कि अब यहां से उसकी मैयत ही उठेगी। तीस साल पहले 50 रुपये पर दल्ले ने यह चार कमरे किराये पर लिये थे। आज बढ़ते-बढ़ते चार सौ रुपया हो गये है। सभी मिलबांट कर किराया चुकाते थे। बनियां किराया वसूलने स्वयं नहीं आता था। नीचे उतर कर देना पड़ता था।

तीस बरस यानी तीन दशक पूर्व वह इसी कोठे पर लाई गई थी। तब उसकी उम्र बीस वर्ष थी और अब पचास को भी पार कर गई थी। तीस साल पहले इसी कोठे पर अज्जन बाई का राज चलता था। दल्ले का नाम था गफ्फार खां। जो रंडियों की दुनिया में गफ्फार भाई के नाम से जाना जाता था। दस कोठे थे उसकी जागीर में। उस जागीर में कहीं अनुशासन भंग नहीं होता था। रंडियों की इस रियासत में दलालों तथा भड़वों का राज चलता था। वे सब पुलिस की शह पर पलते-बढ़ते थे। उनके हाथ लंबे थे। वक्त पड़ने पर जो सियासत तक चले जाते थे। अतीत की याद आ जाती तो शबनम बाई को लगता कि उसके जख्मों को कोई छेड़ रहा है। आजादी की खुमारी अभी खत्म नहीं हुई थी। जेलों तक से कैदी छोड़ दिये गये थे। लेकिन गुलामी के इन पिजरों से रंडियों की मुक्ति नहीं हुई थी। वे अभी भी अपने-अपने पिंजरों के भीतर थीं और मुक्त होने को बेताब थी। आश्चर्य की बात थी कि किसी भी राष्ट्र

पुरुष को इन रंडियों की मुक्ति का ख्याल नहीं आया। देशभर में उस समय कई लाख रंडियों रही होंगी। वे सब पिंजरों में कैद थी। गोरे चले गये, पर उन्हें मुक्ति नहीं मिली। काले शासकों को आजादी की गूंज में उनके दुख दर्द सुनाई ही नहीं दिये। न ही ध्यान रहा कि देश में कई लाख ऐसे भी नागरिक हैं, जो दोहरी गुलामी की जंजीरों में कैद हैं। उनकी किसी को कोई चिंता नहीं थी। कुछ कोठों से बाहर तो कुछ कोठों के भीतर। कोई कहां से आई और कहां चली गई, किसी को कुछ मालूम नहीं। वे ऐसे सफर के संगी साथी थे जिनका रास्ता तूफान से होकर गुजरता था। उन्हें अपनी नाव पर मस्तूल बांधने का अधिकार भी न था। तूफान चाहे जहां ले जाए। अगली यात्रा की खबर स्वयं उन्हें भी नहीं होती थी। हां रंडियों को अपनों से बिछुड़ने का अहसास तो अवश्य ही होता था।

दोपहर का भोजन सबने मिलकर लिया। पार्वती और सुमीत को छोड़कर सभी गहरी नींद सो गये। पिछले बीस-बाईस घण्टों में एक अजनबी से उन्हें आश्वस्तता जो मिली थी। विश्वास की परत इस दौर में और भी गहरे चढ़ी थी। रात में वे दोनों सो सके नहीं थे। मन के भीतर धुकड़-धुकड़ ती रही थी। सुमीत का कोठे पर रात में सोने का यह पहला अवसर था। उसके अपने शहर में भी वेश्याओं का बाजार था। पर वहां कभी जाने का अवसर नहीं मिला। पार्वती के जीवन में सुमीत पहला पुरुष था, जिसने आते ही उसे प्रभावित किया था। जब से उसने सुमीत को देखा था तभी से उसके भीतर हूक-सी उठने लगी थी। उसके रूप-रंग नयन-नक्श, हाव-भाव तथा उसके बोलने के अंदाज से वह प्रभावित हुए न रहे सकी थी। सुमीत के पास शब्दों से अधिक विचार थे। जीवन के प्रति उसका दर्शन अन्य से अलग था। उसके भीतर उग्रता नहीं थी ठहराव था। वह सोचती, सुमीत उसके जीवन में पहले क्यों नहीं आया। अगर आ जाता तो कम-से-कम वह वेश्या तो नहीं बन पाती। कभी लगता, यह सब सपना है।

वह रात वाली कोठरी में ही था। चालीस वाट का बल्ब अभी भी जल रहा था। वैसे ही मैले-कुचेले बिस्तर पर वह विचारमग्न हुए लेटा था। कभी-कभी जब उसे उजाला काटता तो आंखें बूंद लेता। इस बार आंखें खोली तो सामने पार्वती थी। नजदीक आकर वह बोली थी,

''नींद नहीं आ रही ?''

करवट बदलते हुए जवाब दिया था सुमीत ने,

''नहीं''

फिर से सवाल किया था पार्वती ने,

''नया शहर है इसलिए या वेश्या के कोठे पर फंस गये..।''

''कुछ समझ नहीं आता कि क्या जवाब दूँ।''

तुरंत बोली थी वह,

''आप तो लिखते हैं।''

धीमे से सुमीत ने कहा था,

''केवल लिखने का प्रयास करता हूं।''

इस बार मुस्कराई थी पार्वती,

''चलो जो भी हो।''

कुछ देर उनके बीच चुप्पी रही। जिसे तोड़ा था, सुमीत ने,

''तुम अपने बारे में बतलाओं।''

संजीदगी में कहा था पार्वती ने,

''यहां रहोगे तो धीरे-धीरे सब समझ जाओगे। मैं कौन हूँ, कहां से आई हूँ ? तुम पहले आदमी हो, जो मेरे बारे में प्यार और अपनत्व से पूछ रहे हो। वरना आते ही लोग हुक्म चलाते हैं। बदन पर पहने हमारे एक-एक कपड़े की सीवन उधेड़ते हैं। हम उनके लिए खूब मजेदार मनोरंजन के व्यवसाय की स्रोत हैं न। इसलिए वे चटपटी बातें खूब करते हैं और वैसा ही सब कुछ अपने पत्र-पत्रिकाओं में छापते हैं। ग्राहक आते हैं तो आते ही हुक्म चला देते है। चल कपड़े निकाल। पीठ के बल बैठ, मेरे पास लेट।''

धीरे से कहा था उसने,

''मैं सब समझता हूँ। तुम्हारे अपनी जड़ों से विस्थापन होने की परिस्थितियां और तुम्हारी पीड़ा भी। अकेले इस शहर में ही तो कोठे नहीं हैं। सभी शहरों में वेश्याओं के बाजार हैं। शहर ही क्यों अब तो गांव और कस्बों में भी वे सब हैं।''

पार्वती ने पूछा था,

''तुम तो पढ़ते-लिखते हो। वेश्याएं कब से होंगी इस समाज में ?'' गंभीर सवाल कर डाला था पार्वती ने।

उसका सवाल सुनकर एकबारगी तो आश्चर्यचकित हो उठा था वह। अच्छा भी लगा था। तत्काल उसके भीतर से स्वर उभरा था,

''मुझे मालूम नहीं था कि तुम ऐसा भी सवाल कर सकती हो।''

पूछा था पार्वती ने,

''क्यों मैंने क्या गलत सवाल पूछ लिया ?''

जवाब दिया था सुमीत ने,

''नहीं तुमने बहुत अच्छा सवाल किया और यही तुम्हारी मुक्ति का सबब बनेगा।'' जिज्ञासा भाव से उभरा था उसका स्वर,

''मुक्ति का सबब...।''

जवाब दिया था सुमीत ने,

''तुम बहुत जल्दी इन पिंजरों से आजाद हो जाओगी।''

सुनकर उसे सुःखद आश्चर्य हुआ था। इन पिंजरों से मुक्ति के लिए तो उसने

बरस-दर-बरस प्रयास किये थे, लेकिन अभी भी तो वह इन इन्हीं पिंजरों में कैद है। उसके होंठो से तुरंत निकल पड़ा था,

''सच...।''

जवाब में कहा था, सुमीत ने,

'हां यह सच है।''

पर बाद में उसे चिंताओं ने घेर लिया था। मुश्किलों ने स्वयं उसके मन के दरवाजों पर दस्तक दी थी। इसीलिए उसके भीतर से उभरा था,

''पर...।''

उसे अपने ही द्वंद्व में फंसे देख कहा था सुमीत ने,

''पर क्या ?''

पार्वती बोली थी,

''बहुत से लोग कहते हैं...।''

सुमीत पूछ बैठा था,

''क्या कहते हैं लोग ?''

बीच में अधीर मन से कहा था पार्वती ने,

''यही कि वेश्याओं को सपने नहीं लेने चाहिए।''

सुनकर उसका स्वर गंभीर हो उठा था,

''तो क्या वेश्याओं को सिर्फ सपने बांटने चाहिएं ?''

''हां सुमीत जी, हमें सिर्फ सपने बांटने चाहिएं। जो लोग हमारे पास आएं, उन्हें खुश रखना चाहिए।''

अपनी बात पर बल दिया था सुमीत ने,

''पार्वती, परंपराओं और कुप्रथाओं को ओढ़ने-बिछाने वाले लोग यह सब कहते हैं। कुछ पल ठहर कर पुनः वैसे ही सधे हुए स्वर में कहा था,

''लोग तो यह भी चाहते हैं कि वेश्याएं समाज में हमेशा रहें। पर जो गलत है वह तो गलत ही है। भले ही वे हमारी प्राचीन परंपराओं का महत्त्वपूर्ण हिस्सा ही क्यों न हों।''

सुनकर पार्वती सुमीत के थोड़ा और नजदीक खिसक आई थी। उसका हाथ अपने हाथ में लेते हुए पूछा था उसने,

''क्या यह सच हो सकता है ?''

जैसे अटल विश्वास था सुमीत के स्वर में,

''तुम लोगों की मुक्ति एक-न-एक दिन होकर ही रहेगी पार्वती।''

जैसे हजारों घंटियों के मीठे स्वर उभरे हों उसके आस-पास खुशी से वह बोली थी,

''मैं मुक्ति की उस घड़ी का इंतजार करूंगी।'' उसकी आंखों में झांकते हुए

सुमीत ने कहा था,

''इंतजार नहीं तुम्हें संघर्ष करना होगा।''

पार्वती के भीतर की छटपटाहट उभरी थी,

''तुम साथ दोगे तो मैं सब कुछ करूंगी।''

बाहर सूना-सूना था। भीतर हलचल थी, बेचैनी थी और हाहाकार था। पार्वती के स्मृति चित्र जैसे पुनः लौट आए थे। उसकी आंखों में मुक्ति के सपने थे, जिनका सूत्रधार सुमीत था।

अंधेरे के बाद सूरज निकला था। सूरज ने उजाला दिया था, लेकिन इस शहर का उजाला भी सन्नाटे में डूबा था। सुबह नहाने के बाद पार्वती गुसलखाने से बाहर आई। सामने वाश बेसिन था। तोलिये से बाल पौंछने के बाद शीशे के सम्मुख खड़े हो बालों में कंघी करने लगी थी वह। गोरा रंग, तीखे नैन-नक्श थे उसके शीशे के बिल्कुल नजदीक जाकर अपने-आप को देखने का लोभ न संवार सकी। दर्पण बहुत कुछ कहने लगा था। उसकी आंखों के नीचे पड़े निशान छुप न सके। वैसे ही बालों में कहीं-कहीं बिछी सफेदी भी बिछने लगी थी। वह ध्यान से देखने लगी एक-एक बाल को। एक हाथ में बाल, दूसरे में कंघी। कंघी में टूटे हुए बाल फंसे थे। काले-सफेद दोनों तरह के बाल थे। हालांकि सफेद बाल कम ही थे। अंगुलियों में कुछ समय तक वह स्वयं के ही बाल लिये रही उसे याद हो आया मां देखते ही सफेद बाल तोड़ दिया करती थी। और जब वह मां के सफेद बाल तोड़ने लगती तो मां उसका हाथ पकड़ लेती और कहती,

''चल रहने दे, कितने बाल तोड़ेगी। जीवन की संध्या में हूँ,''

तब माँ की उम्र पचास को पार कर गयी थी और वह सोलहवें में कदम रख रही थी। जीवन कितना कुरुप और भयावह होता है। उसे इसका अहसास तक न था। सामने दीवार में लगा दर्पण नहीं बल्कि उसके मन के भीतर का दर्पण बतलाने लगा था। स्मृतिपटल पर सब कुछ अंकित होने लगता है। एक-एक दिन की घटनाएं, उसके सुख-दुख, बेचैनी से बितायी गई रातें।

मां अब कहां होगी ? शायद मर-खप गई होगी। मरघट में किसने दफनाया होगा? पिता तो पहले ही छोड़कर चले गये थे। पचास के ऊपर गांव में कोई जीवित रही है, जो मां जिन्दा बची होगी। गांव में सभी औरतें एक-एक कर चली गई होंगी। पुरुष बच जाते हैं। औरतें देवदासी बन मंदिरों जाकर एय्याशी कर साधन बन जाती हैं। मंदिर में रहे तो भी संतोष की बात है। नया घर पास ही होता हैं रिश्तेदार भी वहीं, देवी देवता भी वहीं। सब कुछ वहीं होता है। फिर देवदासी को गांव में बुरा भी नहीं मानते। देवताओं की दासी जो ठहरी। देवताओं को सुबह उठाने से लेकर रात में सुलाने तक। चकलों में तो सारा जीवन ही अभिशप्त हो जाता है। पर इसमें उसका क्या दोष था, वह क्यों देवदासी बनी? वह अपनी मर्जी से कहां बनी देवदासी ? उसे तो बस

बना दिया गया था देवदासी नहीं भोगदासी। उस समय उसके भीतर उतनी समझ भी कहां थी। एक अजीब-सा सम्मोहन होता था देवता और देवदासियों के प्रति। नरक की क्रूरता और स्वर्ग की सप्तरंगी कल्पना से सराबोर रहती थी वह। स्वर्ग के इन्द्रधनुषी सपने बार-बार आते थे। जिस मंदिर में उनकी जाति के लोगों का प्रवेश नहीं उसी में पूजा-पाठ कीर्तन, भजन नृत्य अच्छा लगता था। मंदिरों में चढावा भी खूब आता था। फल, नारियल, मिठाइयां, साड़ी, ब्लाउज, चोली लहंगा, अच्छे कपड़े-लत्ते रंगीन ओढ़नी, घाघरा, सिंदूर, कुंकुम टीका, कलाईयों में चूड़ियां, सोने-चांदी की चीजें, कहाँ से आती थी यह सुख संपदा। मंदिर, पंचायत, धर्मशाला, गांव के बाग, नदी, तालाब जैसे सब कुछ उसके थे। वे सब जीवंत चित्र थे, पर बावजूद इन सब के सब कुछ सपना था इसलिए कि वे चित्र स्थायी न थे। तब इन सबका उसे ज्ञान न था। पिता भी नहीं थे। निर्णय लेने में मां अकेली रह गई थी। वह स्वयं निर्णय लेने लायक नहीं थी। शायद गलती हुई थी। रूप, रस और गंध इन सबसे प्रभावित थी मां। शिव पार्वती के प्रणय को उत्सुक थी।

प्रथम भोग था शिव का। जैसे मंदिर का प्रसाद वैसे ही भोग के लिए देव दासी यानी मैं। भोग से संभोग, पहले मीठा दर्द फिर संभोग प्रवृत्ति उस पर हावी होने लगी थी। हर रात में आकश से नहीं इसी घरती से नया पुरुष आता था। जो अपने-आपको भगवान का प्रतिनिधि कहता था। उसे नया सुख मिलने लगा था। नया सुख मिलता भी क्यों नहीं भला। वह पुरुष कोई आम पुरुष नहीं होता था। खास जाति के दबदबे वाले पुरुष होते थे। सामंत और पटेल अधिक रहते थे। कभी-कभी एक ही रात में अनगिनत पुरुष हो जाते थे। उन पुरुषों को झेलती थी वह उत्पीड़क था और औरतें सिर्फ पीड़ा तथा दर्द को बयान करने वाली। उनके पास वेदना थी। गांव-खेड़े के सवर्णों के अलावा इस रासलीला में स्वयं उसी मंदिर का पुजारी भी पीछे न था। पुजारी देह विद्या से तंत्र विद्या में पारंगत था। दो-दो पत्नियां होने पर भी पेट नहीं भरता था उसका। फिर देवदासी रख छोड़ी थी यानी मैं। मेरे शरीर में उसका भी हिस्सा था। भगवान् के सबसे अधिक नजदीक जो ठहरा। भगवान् ने उसे संभोग से समाधि करने की स्वीकृति जो दी थी। विराट आध्यात्मिकता और देह से बनते उनके रिश्ते। धर्म उनकी रासलीला में कहीं आड़े नहीं आता था। ऋषियों और मुनियों तक यही सब तो होता रहा है। फिर उनकी संतान पीछे कैसे रहे। गांव भर के लोगों का भविष्य बतलाता था और हम दलित देवदासियों का भविष्य खराब करने पर तुला रहता था वह। गांव भर की औरतें शगुन-अपशगुन पूछने जाती, उसके हाथों से ताबीज बंधवाती। पुजारी मौका देख गांव की औरतों के अंगों को छेड़ बैठता, औरतें थोड़ा भी सहन करती तो उनके उरोजों को सहलाने लगता। गले में जनेऊ, माथे पर बड़ा टीका, सिर पर बीचों बीच गांठ देकर खड़ी की गयी चुटिया। इन तीनों को रखने का अधिकार दलित समाज को नहीं था। केवल ब्राह्मण को था। और ब्राह्मण गांव बस्ती की सभी औरतों

के साथ संभोग करने का प्रथम अधिकारी था।

देवदासी को कोई भी रखे, देवता कुपित नहीं होते थे। पर दलित समाज की कोई लड़की देवदासी न बने तब वे नाराज हो जाते थे। देवदासी को विवाह करने की मनाही थी, पर देवदासी के साथ दस-दस लोग संभोग करें, न पत्थर के देवताओं को एतराज था और न शंकराचार्यों को। शायद दुनिया के किसी में ऐसा विधान न था। कुंवारी और जवान लड़कियों को देवदासी बनाने के साथ जवान लड़कों को भी जोगता बना दिया जाता था। पत्थर के देवताओं से लेकर हाड़मांस के पुजारियों/पुरोहितों/जमींदारों/पटेलों से तो मैं रोज बात करती थी। वे मेरी देह पर दस्तक देते, मेरे अंगों को सहलाते, भोगते और प्रसाद पाकर चले जाते। एक दिन मैंने शंकराचार्य को पत्र लिखा था। तुम हिन्दू धर्म मठ के सबसे बड़े स्वामी हो। मुझे मुक्ति दिलाओ। मुझे अबला से सबला बनाओ। मठ से कोई जवाब नहीं मिला। फिर दूसरे शंकराचार्य को पत्र लिखा। जवाब के लिए एक पखवाड़े तक प्रतीक्षा की। लेकिन वहां से भी जवाब आना ही नहीं था। देश के चार कोनों में चार पीठ और उन पीठों पर चार ही शंकराचार्य विराजमान थे। वे चारो ही ब्राह्मण जाति से थे। इसके बाद तीसरे शंकराचार्य को पत्र लिखा और तीसरे के बाद चौथे शंकराचार्य को पत्र लिखा। कहीं से भी पत्र का उत्तर नहीं मिला। गांव में डाकिया आता। मैं भागी-भागी उसके पास जाती और पूछती,

''शकराचार्य जी का मेरे नाम पत्र आया।''

सुनते हुए वह हंसकर टाल देता। बहाना बना देता। कभी कहता आएगा। बाद में मेरे बार-बार पूछने पर वह मेरी ही मजाक उड़ाने लगा। बस्ती में कहता फिरता,

''देखो, परिया की बेटी, देवदासी बन गई तो क्या। अरे शंकराचार्य क्या अछूत देवदासी को पत्र लिखेंगे।''

डाकिया के कारण सारी बस्ती में वह उपहास का कारण बन गई थी। लोगों की बात छोड़ो महिलाएं तक उसका मजाक उड़ाती थीं। वे सब परंपराओं से बंधी थीं। उनके हिस्से में सुनना था, कहना नहीं। उसने कहने की हिम्मत जुटाई थी। बस्ती की पुरुष औरतें एक ही स्वर में कहतीं,

''तू देवदासी है और देवदासी को शिकायत करने का अधिकर नहीं होता। वरना देवता कुपित हो जाएंगे। स्वयं यलम्मा देवी तुझसे नाराज हो जाएगी। तेरा सत्यानाश हो जाएगा। तू कहीं की भी नहीं रहेगी।''

मैंने डाकिया से अब पूछना ही छोड़ दिया था। वैसे भी हमारी बस्ती में डाकिया डाक लेकर नहीं आता था। श्मशान के पास बरगद के पेड़ के नीचे हम लोगों की चिट्ठी-पतरी फेंक कर चला जाता था वह। बस्ती में हमारी जाति के अधिकांश लोग तो अनपढ़ थे ही। जानते हो क्यों जवाब नहीं भेजा शंकराचार्यों ने ?

क्योंकि वे सबके सब महिलाओं की मुक्ति नहीं चाहते। उन्हें गुलामी की बेड़ियों

मैं बांधने में ही अपने धर्म की भलाई समझते हैं।

जब-जब भी देवदासी अनुष्ठान होता। तब-तब वह धार्मिक उत्सव के रूप में मनाया जाता। आस-पास के गांवों से लोग जुटते, वहीं उत्सव मेले का रूप ले लेता। रंग-बिरंगे कपड़े पहन स्त्री-पुरुष मनौती मांगने आते। उसी मेले में देवदासियों की तलाश होती थी। उन्हें खूब सजने-संवरने के लिए प्रेरित किया जाता था। ऐसे मेले को दलित समाज की औरतों के खरीदने तथा बेचने के उद्देश्य हेतु हाट भी कह सकते हैं। उस मंडी में अनेक उत्सव होते थे और प्रत्येक उत्सव के बहाने किसी न किसी महिला को शोषण होना ही होता था। जिस उत्सव में महिला नहीं, वह उत्सव ही नहीं माना जाता था। भारतीय समाज की इस उत्सव धर्मिता में महिला और उसकी देह सदियों से खूब रची बसी रही है। देवदासी रहने तक वह भी हिंदू धर्म भी खूब निभाया था उसने।

बंबई बड़ा शहर है। उस शहर में कुछ न कुछ रोजगार मिल ही जाता है। मंदिर वेश्यालय से मुक्ति का सुंदर समाधान भी था मेरे सामने। मैं मुक्त हो जाऊंगी। न पुजारी, न पुरोहित, न पटेल के बस में रहूंगी। सबकी कैद से छुटकारा मिल जाएगा।

देखो तो मेरे जीवन की विडम्बना। घर से मंदिर, मंदिर से वेश्यालय और वेश्यालय से मरघट नहीं अभी नहीं ? शायद एक दलित महिला को और भी पीड़ा भोगनी होती हैं। कहते हैं न कि जब तक ऊपर वाला नहीं चाहता। एक पत्ता भी नहीं हिलता। पर कौन है ऊपर वाला, उसके भगवान् होने का औचित्य क्या है, क्या उद्देश्य है उसके अस्तित्व का ? घर परिवार में कोई बड़ा भी होता है तो उसकी भी महत्वपूर्ण भूमिका होती है। परिवार चलाने की जिम्मेदारी उसी की होती है। वह अपनी पत्नी के साथ उन्हें भी पालता-पोसता है। बच्चों का ब्याह करता है और जब तक अपनी जिम्मेदारी पूरी करता रहता है अब तक उनके बच्चे अपने पैरों पर पूरी तरह से खड़े न हो जाते। पिता कभी भी बच्चों की प्रगति में बाधा नहीं बनता। उन्हें आगे बढ़ाने में वह मददगार ही सिद्ध होता है। यही एक अच्छे इन्सान के जीवन की सिद्धी होती है। पर स्वयं देवताओं के नाम की ताकत की कौनसी सिद्धी है ? देवताओं की दासी और भोगे कोई और...।

देवता यह सब कैसे बर्दाश्त करते हैं। कमजोर से कमजोर पुरुष भी यह बर्दाश्त नहीं कर सकता।

हमें पहले देवदासी बनाया, फिर वेश्या। एक ही जाति की कुआंरी लड़कियों को देवदासी क्यों बनाया जाता है ? उसने कई बार मंदिर में जाकर यह सवाल पूछा था। एक व्यक्ति को सजा या उसके परिवार को या फिर उसकी जाति को या उसकी जाति की एक पीढ़ी को। यहां तो दलित जातियों की सभी पीढ़ियों को यह सजा भोगनी पड़ती रही है। पीढ़ी-दर-पीढ़ी सजा भोगने की कितनी भयानक प्रक्रिया है यह। क्या धर्म का यही मानवीय दर्शन है ? जवाब दो, जवाब दो, तुम आखिर जवाब

क्यों नहीं देते ? वह अतीत के सुःखद और दुःखद चित्रों में उलझी थी। और भगवान् से सवाल-जवाब कर रही थी। वह बड़बड़ाने लगी थी। तभी नजदीक जाकर आवाज दी भी सुमीत ने,

'पार्वती.....।'

चौंकते हुए उसके मुंह से निकला था,

''हूँ..।''

सुमीत ने फिर पुकारा था,

''पार्वती।''

इस बार मुंह से कुछ न कह सुमीत की तरफ देखा भर था पार्वती ने। सुमीत ने भी उसकी आंखों में गहरे तक झांका था। उसे लगा जैसे व्यथा और पीड़ा का समूचा इतिहास खुलने लगा है। तभी धीरे से पूछा था उसने,

''कहां खो गई ?''

संक्षिप्त उत्तर दिया था उसने,

''अपने अतीत में।''

सुमीत ने जोर देते हुए कहा था,

''अतीत से बाहर निकलो पार्वती। अब तुम्हारे सामने वर्तमान है।'' पूछा था पार्वती ने,

''कैसा वर्तमान, यह तो घिनौना वर्तमान है।''

इस बार वह अधिकार के स्वर में वह बोला था,

''कुछ भी घिनौना नहीं होता पार्वती। तुमने अपनी मर्जी से तो कुछ नहीं किया। सब कुछ परिस्थितियों पर निर्भर होता है। इसलिए तुममें बुराई नहीं है।''

भरे गले से उसका स्वर निकला था,

''बुराई कैसे नहीं है। जिस महापुरुष की मूर्ति को अपने पास रखे रही, पर उसके सिद्धान्तों को नहीं माना।''

पुनः समझाया था,

''जब जागो तभी सवेरा समझो पार्वती।''

संजीदगी से भरा स्वर उभरा था उसका,

''हमारे तो न जागने का पता चलता है और न सोने का। लगता है हम सभी यंत्र हैं। कोई चाबी देता है। हम कुड़कने, फुदकने लगती हैं। चाबी खत्म हो जाती हैं तो हमारे भीतर कुछ शेष नहीं बचता। केवल परछाई की तरह जीवन हो जाता है।''

सुमीत ने महसूस किया। पार्वती के भीतर से बहुत कुछ उभरने, निकलने लगा था। उसकी आंखों में साफ-साफ पीड़ा दिखाई दे रही थी। पार्वती एक उदास नदी बन गई थी, जो ढलकना और बहना भूल गयी थी। किनारों से दूर अपने-आप में सिमटी हुई। रंग-तरंगों से छिटकी हुई सकंटों और मुश्किलों के बीच अपने ही द्वंद्व से

जूझती नदी। फीके से उसके होठ। उन अधरों की लाली न जाने कहां गायब हो गई थी। पत्थरों के देवताओं की दासी बन स्वयं भी पत्थर बन गई थी। न वह अहिल्या थी और न ही सावित्री मैं.... फिर भी कुछ तो करना होगा।

"पार्वती तुम्हारे भीतर मैंने बहुत कुछ महसूस किया है।"

जवाब में वह बोली थी,

"हमारे पास क्या है केवल जिस्म के...।"

सहज भाव से कहा था सुमीत ने,

"नहीं तुम्हारे पास बहुत कुछ है। जिस्म ही सब कुछ नहीं होता।"

तुरन्त जवाब दिया था उसने,

"पर इस बाजार में जिस्म ही सब कुछ है। जिस्म के अलावा और किसी को नहीं पूछते लोग।"

सुमीत के स्वर में ठहराव था,

"मैं तो तुम्हारे जिस्म की बात नहीं मन में लगी गांठों के बारे में पूछ रहा हूँ।"

व्यंग्य से भरा स्वर उभरा था उसका,

"बहुत आए इस बाजार में मन की गांठों को खोलने वाले। आये और चले गये।" सुमीत का स्वर थोड़ा गंभीर हो गया था,

क्या मेरी भी उन्हीं में गिनती कर ली है ? धीर से बोली थी वह,

"कुछ पता नहीं चलता इस बाजार में कौन पारस है और कौन पत्थर ?"

इस बार उसका स्वर थोड़ा उबरा था,

"प्रयास करो।"

जवाब में सिर्फ इतना ही बोली थी वह,

"हूँ।"

सच तो यह था कि पार्वती जितना अपनी गांठों की खोलने का प्रयास करती, उतना ही उलझ जाती थी उनमें। सुमीत जबसे आया था। उसके भीतर द्वंद्व होने लगा था। सुमीत के भीतर जितना वह उतरती उतना ही डूबती जाती। पता ही नहीं लगता सुमीत कौन है ?

शाम होते-होते फिर से सन्नाटा पसरने लगा था। दिन तो किसी तरह हंसते-बोलते बीत जाता था, लेकिन रात भारी पड़ती थी। जैसे-जैसे अंधेरा होता वैसे-वैसे ही परिवेश में सन्नाटे का दबाव और अधिक महसूस होने लगता था। कर्फ्यू ने उनका हंसना-बोलना और चहकना सब कुछ छीन लिया था। अंधेरे में दीवारें किसी अनजाने साये जैसी लगती थीं। अंधेरा घना हुआ तो बाजार किसी टापू में परिवर्तित हो जाता था। उनके चारों तरफ खौफ पसरने लगता था, जिससे घिरे वे छटपटा ही सकते थे। छटपटाहट शरीर में कंपन पैदा करता और कंपन होते ही वे सिहर जाती थीं। अब रात में वे सभी एक साथ बड़े कमरे में सोती थीं। अनचाहे भय से घिरे हुए किन्तु अनजाने

रिश्तों में बंधे हुए राष्ट्र की बेटियां रात की यात्रा पूरी करतीं। उनके बीच एक ऐसी डोर होती, जो उन्हें साथ-साथ रहने पर मजबूर करती।

बनाते-बनाते गैस खत्म हो गई। चावल अधपके थे। पार्वती ने चावलों को कड़छी से उलट-पुलट कर इस उम्मीद में कि भाप में थोड़ा ठीक हो जाएंगे। फिर से ढक दिया था। पर विशेष फर्क नहीं पड़ा था। चावल अभी भी अधपके थे। रात के बारह बज गये थे। बाहर गहरा सन्नाटा पसरा था। सभी ने भय से जकड़े परिवेश के बीच उदर पूर्ति की।

अगले दिन भी कर्फ्यू नहीं खुला था। सड़क पर पुलिस थी और गलियां सूनी थी। रेडियो पर वे खबरें सुन लेते थे, पर खबरों का आदान प्रदान न होता था। परिवेश में थीं तो सिर्फ अफवाएं। हर बस्ती में धुंआ था। न मालूम वह धुआं चूल्हे में से उठता था या कहीं और से। मारकाट जारी थी। हिंदू और मुसलमानों की बस्तियों से आते नारें खूब तपा रहे थे। नारों की आवाजें खूब आती थीं। उन नारों में द्वेष था और रंजिसं भी। वे परस्पर वार करने के लिए उतावले थे। धर्मांध लोग आव्हान करते और उनके अनुयायी धर्मयुद्ध करने के लिए निकल पड़ते थे। इतिहास बार-बार दोहराया जा रहा था। इतिहास की उसी खौफनाक प्रक्रिया से नफरत और घृणा खूब उभरती थी, जिन्हें चारों ओर फैलाने का कार्य भी वही धर्मवाले करते थे। धर्मांधता का जहर नई पौध में भी विकसित हो रहा था। वही पौध पेड़ बनने को आतुर थी। दूकानें जला दी गई थीं। घर मकान लूट लिये गये थे। कहीं-कहीं महिलाओं के साथ बलात्कार भी हुए थे। घर-घर में मिट्टी के देवता थे, जिनके सामने आततायी कसमें खाते थे और माथे पर तिलक लगाते हुए चढ़ाई करने निकल पड़ते थे। उनके भीतर मानवीय बोध न था। पुस्तकें पढ़-पढ़ कर वे सब कुछ भूल गये थे। विराट संस्कृति के रक्षक भक्षक बन बैठे थे। मानवीय समाज खौफनाक जंगल बन गया था। और हर तीसरा घर गुफा। संस्कृति का चरित्र बदल रहा था।

कोठे पर वेश्याओं के पेट में भूख कुलबुलाने लगी थी। हसीना बराबर के कोठे से मिट्टी का तेल मांग कर ले आई थी। तब जाकर वही काली चाय नसीब हुई थी। रसोई में कुछ था ही नहीं केवल नमक, मिर्च, हल्दी थीं। एक थेली में मसूर की दाल थी। छोटे-बड़े सभी डब्बे खाली हो गये थे। गनीमत कि कनस्तर में आटा मौजूद था। पर वह भी मुश्किल से दो वक्त का था।

लगता था जैसे वक्त ठहर गया हो। एक-एक पल मुश्किल से बीत रहा था। उन महिलाओं के बीच अब सुमीत अजनबी न रहा था। परस्पर संवाद धीरे-धीरे उन्हें एक दूसरे के नजदीक ला रहा था। वे जिज्ञासु बन रहे थे। उनके भीतर जीवन का नया दर्शन उभर रहा था। बाजार की देह संस्कृति कहीं दूर चली गई थी। उन्हें अपनों को यादें सताने लगी थीं। जो कुछ वर्षों से नहीं हो सका था वह सुमीत की मौजूदगी में होने लगा था। उच्छंखल जीवन को परिवारिक जीवन की तरह जीने की लालसा उनके

भीतर उभरने लगी थी।

दिन की समाप्ति हुई तो अंधेरा घिर आया। रात में डायरी के पन्ने, लगता नहीं कि केवल हर्फ थे बल्कि उनके भीतर बाहर आग बिखरी थी। एक-एक शब्द से आंदोलन की गूंज सुनाई पड़ने लगी थी। पार्वती देवदासी के जीवन को बदलना चाहती थी। पर देह का रहस्य उसके भीतर आग बिछा रहा था। आगे के पृष्ठों में उसने लिखा था। देवता को अर्पण हुई थी मैं, मुझे बताया गया था संभोग एक समाधि हैं और मुझे उसी समाधि में रहना है। मंदिर का गर्भ गृह, समाधि से कम न था। बाहर से आती घंटियों की सुरीली आवाजें। कैसा आकर्षण था। उस समय में सुरीली आवाजें, फूलों की मदमस्त करने वाली गंध सब कुछ भूल जाने पर विवश करती थी। पूजा घरों में रह जाता था सिर्फ उन्माद। मेरी भीतर बाहर देवता थे। मेरी देह के मालिक थे वे। उनका मुझ पर हक था। धर्म से भी और कर्म से भी। धर्म और कर्म दोनों में सिद्धहस्त थे वे। तभी तो हर स्त्री-पुरुष में अपने होने का अहसास जगा देते थे। उनके सामने सब नतमस्तक होते थे। अपार श्रद्धावश ढेर सारी दौलत लाकर रख देते थे। जैसा वे कहें, वैसा ही उन्हें सुनना पड़ता था। और फिर गर्दन झुका कर आदेश का पालन करना होता था।

अंततः यह समाधि टूट गई थी। अब मैं पारदर्शी हो गई थी। मेरे भीतर बाहर देखा जा सकता था। मेरे भीतर मेरे वजूद का अहसास कराने वाला भाव उभरने लगा था। मैं देवदासी नहीं रहना चाहती थी। देवता पत्थर के हों या हाड़मांस के। वे सब रतिक्रिया में सिद्धहस्त होते थे। अलग-अलग तरह से संभोग करने वाले अनुभवी देवता कोक शास्त्र में दर्ज संभोग के सभी आसनों में पारंगत।

मुझे नये शहर भेज दिया गया। इसी बाजार में मेरा नाम पार्वती देवी था। मुझे देवी-देवताओं से नफरत हो गई थी। इसलिए अपने नाम के साथ भी देवी लगाना मुझे स्वीकार न था। पार्वती, सिर्फ शिव की नहीं सभी की थी। अब मैं सिर्फ पार्वती थी। कई बार दलाल से मार खाई थी। पुलिस अफसरों के घर भी पहुंचाई गई थी। उनकी भाषा में उस समय मैं नया माल थी। नये देह की तलाश सभी को होती है। कुछ को बताया जाता था। जबकि कुछ सूंघते-सूघंते मुझ तक पहुंचते थे। और वे मेरी देह पर चढ़ते थे। मैं हांफने लगती और थक जाती, पर वे नहीं थकते थे। थक कर भी मुझे संभोग में उनके साथ रत रहना पड़ता था। औरत चाहे कितनी भी थक जाए, उसे अंतिम सांस तक पुरुष को संतुष्ट करते रहना चाहिए। यही पुरुष की संभोग संस्कृति थी और यही कोठे का दस्तूर भी था। उसी दस्तूर को यहां आने वाली प्रत्येक लड़की को निभाना पड़ता था। मैं भी निभा रही थी। एक ओर निभाती थी दूसरी तरफ थूकती थी। थूकती इसलिए कि मेरे भीतर कड़वाहट भर गई थीं।

तभी उसने सुना,

''बेटे''

डायरी पर अंकित अक्षरों से आंखे हटाते हुए देखा था सुमीत ने। नजदीक ही शबनम बाई खड़ी थी। उसकी आंखों में अपनत्व था। उसी अपनत्व के भाव में डुबा हुआ उसका स्वर बाहर आया था,

"कितना पढ़ोंगे उसकी डायरी ?"

उसके मुंह से केवल हुंकार निकली थी। कुछ पलों की चुप्पी के बाद शबनम बाई फिर से बोली थी,

"बेहतर होगा पार्वती के मन की गांठें खोलो।" इस बार उसके भीतर से उसका मंतव्य उभरा था,

सुमीत के होंठों से बस इतना निकला था,

"जी...।"

शबनम बाई पुनः बोली थी,

"औरत के शरीर को खोलने से खेलने वाले तो बहुत होते हैं, पर औरत के मन को पढ़ने तथा महसूस करने वाले कम होते हैं। उसके भीतर जाओ और पढ़ो।"

जवाब में वह बोला था,

"आप ठीक कहती हैं।"

इस बार उसका स्वर गंभीर हो चला था,

"मुझे लगता है तुम उसके जीवन में बदलाव के रूप में आए हो। शायद वक्त को यही मंजूर था।"

पुनः उसके मुंह से निकला था,

"जी...।"

शबनम बाई ने उसके थोड़ा और करीब आकर कहा था,

"पार्वती के बन्द हुए दरवाजों पर दस्तक दो। उसका शरीर तो बहुत खुल गया है, पर मन के दरवाजें तो बंद ही हैं। उसके मन की भाषा समझो। हम रंडियों को बहुत जख्म मिलते हैं। यहां हमारे जख्मों को कुरेदने तो बहुत लोग आते हैं, पर उन जख्मों पर मरहम लगाने में किसी को रुचि नहीं होती।"

रात में कंधे पर अपना हाथ रख कर जैसे शबनम बाई ने बहुत कुछ कह दिया था, बाद में वह चली गई थी। उसके स्पर्श से जैसे उसे बल मिला हो। रंडी सही, पर सुमीत ने उसकी आंखों में मां का प्यार देखा था। मां नहीं थी उसकी। बहुत पहले ही चल बसी थी वह। आज जैसे लौट कर आ गई थी। उसका मन बार-बार कह रहा था,

"क्या रंडी मां नहीं हो सकती ? रंडी भी तो औरत होती है और प्रत्येक औरत मां होती है।"

वह कोठरी से बाहर निकल आया था। रात घनी हो गई थी। चारों तरफ खामोशी व्याप्त थी। पार्वती, हसीना मुमताज सब सोये थे। उसने दरवाजे के पास आकर देखा।

पार्वती मुमताज और हसीना के बीच सोई हुई थी। शबनम बाई ने देखा अधखुली आंखों से। कोई पुरुष छाया दरवाजे तक आई थी और पल भर ठहर कर वापस चली गई थी। वह स्वयं से बातें करने लगी थी।

''कितना भोला है वह। अब तक कोई और होता तो दस बार इन सबके शरीरों पर चढ़-उतर गया होता। पर उसने ऐसा नहीं किया।''

स्वयं से पूछ बैठी,

''पर क्यों नही किया उसने ऐसा ? सभी पुरुष तो करते हैं और वह भी पुरुष है।''

तुरन्त उत्तर मिला था,

''पुरुष है लेकिन अपनी जिम्मेदारी समझता है। वह रंडियों के चकले में नहीं आया है। एक परिवार समझ कर आया है। इसलिए उसने कुछ नहीं किया।'' फिर उसके भीतर से जैसे अंकुर उभरता,

''अभी जवानी की सीढ़ियों पर चढ़ने की शुरूआत है। रफ्ता-रफ्ता सब सीख जाएगा।'' स्वयं को ही वह उत्तर दे देती,

''जो अब तक नहीं सीख पाया अब क्या सीख पाएगा। पुरुष देर सवेर सब कुछ सीख ही जाते हैं।''

सुबह हो गई थी। पर कैसी सुबह। अजीब-सी सुबह थी। आकाश में पक्षियों का कलरव जरूर था, लेकिन धरती चुप थी। परिवेश में खामोशी व्याप्त थी। लगता था जैसे सब कुछ ठहर गया हो। शहर के धड़कने का अहसास ही नहीं हो पा रहा था। कहां गयी गलियां में बच्चों के रोने-चिल्लाने की आवाजें, कहां गये पिताओं के उन्हें डांटने के कर्कश स्वर, कहां गई मांओं की लोरियां, उनके अधरों से उभरे गीत, कहां गयी बर्त्तनों के बजने, खड़कने की आवाजें ? शहर निस्तेज बन गया था। श्मशान जैसी नीरवता में डूबा मानवीय समाज। न रिक्शाओं की घण्टियों की आवाजें, न तांगे वालों के परिवेश में गूंजते स्वर। वे सब कहां चले गये थे। यह पूछने वाला कोई नहीं था। दंगे में मारकाट मचाने वाले कट्टरपंथियों के आतंक से सब भयभीत थे। लोकतंत्र का चौथा खंबा भी अलग-अलग था। शब्द कागजों पर उभर नहीं रहे थे। न छप रहे थे। अखबारों के संपादकीय कक्ष सूने थे। उनके भीतर बाहर एक जैसा ही परिवेश था।

हसीना आंगन में आ गई थी। उसने गरदन उठाकर ऊपर की ओर देखा था। रोज की तरह आकाश नीला था। परिंदों को नीले आकाश में उड़ते देख कहा था उसने,

''सच कितना अच्छा लगता है न कोई ग्राहक आकर उल्टी करता है और न गालियां देता है।''

मुमताज ने उसकी बात में अपना स्वर जोड़ते हुए कहा था,

''चारों तरफ शान्ति है। अच्छा लगता है।''

हसीना ने कहा था, ''पर इसकी कीमत भी तो कितनों ने चुकाई होगी।''

''दंगा भी तो एक जलजले की तरह होता है। तूफान जब आता है तो कितनों को रौंदते हुए निकल जाता है।

कुछ पल ठहर वह फिर बोली थी,

''शुक्र है आज बिना दूध की चाय नसीब हो गई।'' जैसे-जैसे धूप चढ़ने लगी थी, उनके पेट में भूख से कुलबुलाहट होने लगी थी। गैस पहले ही खत्म हो गई थी। मिट्टी का तेल भी खत्म हो गया। पड़ोस के कोठे से मांगने का मन न हुआ। मांगते भी क्या। सभी कोठों पर खाने-पीने की वस्तुएं खत्म हो रही थीं। पहले आटे के कनस्तर खाली हुए, फिर मिट्टी का तेल, नमक, मिर्च भी खत्म होने लगीं। कोठों पर अभाव पसरने लगा था और अभाव से तिलमिलाहट उभरने लगी थी।

दोपहर होते-होते उनके पेट में भूख बढ़ने लगी थीं। जितना भूख बढ़ती, उतना ही वे बेचैन होते जाते। मुमताज ने चुपके से बराबर के कोठे की खबर ली थी। वहां भी वही हाल था। भूख और बैचेनी सभी तरफ बढ़ने लगी थीं। वे दंगा करने वालों को कोसने लगी थीं। कोसते हुए जैसे तसल्ली होती थी। उनके भीतर कुछ घट-बढ़ जाता था। पर शरीर शिथिल-सा होने लगा था। वहीं भीतर ही भीतर आग बढ़ रही थी।

आग को कैसे शान्त किया जाए। पेट के भीतर जैसे जलन होने लगी थी। वे बार-बार पानी पीती और पेट में लगी आग को शान्त करने का प्रयास करती। हसीना भीतर गई। गिलास में आटा और पानी का घोल बनाकर पी गई। बीच में खांसी आई। सब कुछ उगल दिया। यह सब देख पार्वती को मितली आने लगी थी। मुमताज एक कोने में चुपचाप सिमटी थी। फूल और उसका बेटा परेशान थे। बेटा भूख से बेहाल हो गया था। बेटे की यह हालत देख फूल की आंखों में आंसू छलछला उठते। वह स्वयं धीरज रखती और बेटे को धीरज रखने के लिए कहती। स्वयं के आंसुओं को रोकने का प्रयास करती, पर वे रुकते नहीं। जैसे नदी अपने ऊपर बने बांध को तोड़ना चाहती हो। शबनम बाई बारी-बारी से सबके पास आती और उन्हें ढांढस बंधाती, पर ढांढस बंधाते-बधाते वह स्वयं चक्कर खाकर गिर पड़ी। सिर में हल्की चोट लगी। अच्छा हुआ खून नहीं निकला पर चोट लगी जगह में सूजन आ गई थी। सुमीत ने पहले उन्हें बिस्तर पर बैठाया। फिर धीरे-धीरे पानी पिलाया। पानी पीते हुए शबनम बाई की आंखों में आंसू झिलमिलाने लगे थे। आवाज में भारीपन आ गया था।

''बेटा तुम हमारी इतनी चिंता क्यों कर रहे हो ? मर जाने दो हमें। बदकार हैं हम।''

जवाब देते-देते सुमीत भावुक होने लगा था,

''नहीं आप केवल मां हो। इसके अलावा कुछ नहीं।''

रुंधे गले से बोली थी वह

''क्या कह रहे हो बेटा तुम ?''

वैसे ही जवाब में बोला था सुमीत,

''मैं वही कह रहा हूं, जो मुझे कहना चाहिए।''

शबनम फूट-फूट कर रोने लगी थी।

सुमीत के भीतर नये तरह के सवाल उभर रहे थे। ये लोग भूख से तड़प-तड़प कर मर जाएं तो कौन जिम्मेवार होगा ? किस कानून में लिखा है कि कर्फ्यू में भूख-प्यास से मर जाना चाहिए ? सरकार क्या करती है उनके लिए, अदालतें चुप क्यों रहती हैं ऐसे समय, मानवाधिकार आयोग क्या कर रहे होते हैं ? देश भर में सरकार से पैसा बटोरने वाली संस्थाएं और उनके कर्ताधर्ता क्या कर रहे होते हैं ऐसे माहौल में ? सरकार दंगा भड़काने वाले अपराधियों को सजा न दें और वे निरपराध लोग यूंही मरते रहे।

दोपहर भी ढल गयी। कहीं कोई परिवर्तन नहीं दिखाई दिया। बाहर वैसे ही सन्नाटा पसरा था। सूरज छिपते-छिपते भूख बर्दाश्त के बाहर होने लगी थी। पिछली गली में शायद परचून की दुकान पर मिट्टी का तेल मिल जाएं। यही सोचकर सुमीत तेल की खाली कनस्तरी उठाकर सीढ़ियां उतरने लगा। हालांकि उसे बहुत समझाया था। जवाब में उसने कहा था,

''बिना खाये दिन तो गुजर गया, पर रात नहीं गुजरेगी।'' उसे नीचे जाते देख उन सबकी धड़कनों की गति बढ़ गयी थी। वे चुप थीं और असहाय भी। पिंजरे में बंद पक्षियों की तरह फड़फड़ा ही सकती थीं वे। उनके सामने कोई विकल्प न था। सिवाय इसके कि भूख से तड़पना और भीतर ही भीतर छटपटाना। पर आखिर कब तक छटपटाएंगी वे ? कर्फ्यू समाप्त होने की कोई उम्मीद न थी। और कर्फ्यू से भी छुटकारा कैसे मिले। दंगाई अभी अपने-अपने चाकू-छूरे तेज करने में लगे थे। हर एक घंटे के ब द शहर में आगजनी की घटनाएं हो रही थीं।

सुमीत नीचे आया तो सड़क खाली थी। दूर-दूर तक कोई दिखाई नहीं देता था। केवल एक कुत्ता था, जो खाने के लिए कुछ मिलने की आशा में उसकी तरफ पंजों के बल दौड़ते हुए आया था। सड़क के पीछे गली थी। इस गली के पीछे तीन-चार बस्तियां और थीं जहां हिंदू भी रहते थे और मुसलमान भी। अभी वह गली में पहुंचा ही था कि सामने से आ रहे पुलिस इंस्पेक्टर और साथ में दो सिपाहियों ने किसी को गली में आते देखा उनका चौंकना लाजमी था। वहीं से दोनों सिपाहियों ने आवाज दी। आवाज सुनकर वह वहीं रूक गया था। पुलिस कर्मी तेजी से उसकी तरफ लपके। पास आकर इंस्पेक्टर पूछ बैठा,

''कहां से आया बे, तुझे दिखाई नहीं देता कर्फ्यू लगा है।''

जवाब में कहा था उसने,

''पिछली गली से।''

इंस्पेक्टर ने फिर से पूछा था,

"पिछली गली में कहां से ?"

हड़बड़ाहट में उसके मुंह से निकला था,

"वो ऊपर...।"

इस बार पुलिस कांस्टेबिल ने कड़क कर पूछा था,

"वो वो उपर क्या लगा रखा है। ठीक तरह से क्यों नहीं बतलता कहां से आया है तू ?"

तभी सुमीत के मुंह से निकला था,

"वो ऊपर यानी कोठे से।"

अब दूसरा कांस्टेबिल बोला था,

"बाहर आग लगी है स्साले तू वहां क्या करने गया था ?"

सुमीत ने दो टूक उत्तर दिया था,

"मैं उनका रिश्तेदार हूं।"

तभी इंस्पेक्टर ने व्यंग्य में कहा था,

"रंडियों का कोई रिश्तेदार नहीं होता। अगर होता है तो भड़वा या दलाल..." कुछ पल उसे तोलते हुए इंस्पेक्टर का स्वर फिर उभरा था,

"तू कौन है ? बता, भड़वा है या दलाल।"

सुमीत के सर में जैसे किसी ने हथोड़ा मार दिया हो। उसका सर झनझना उठा था इंस्पेक्टर की बात सुनकर। तभी आक्रोश में उभरा था स्वर उसका,

"इंस्पेक्टर इसका मतलब, तुम्हारा रिश्ता क्या भड़वे और दलालों से ही पड़ता है? इसके अलावा और किसी से नहीं।"

उसका उत्तर सुनकर भड़क उठा था इंस्पेक्टर,

"बताता हूँ स्साले हवालात में चल।"

तभी एक सिपाही पूछ बैठा था,

"यह क्या है ?"

जवाब दिया था सुमीत ने,

"मिट्टी के तेल की खाली कनस्तरी।"

जैसे इंस्पेक्टर को कोई सिरा मिल गया था,

"स्साले आग लगाने के लिए आया था। मुसलमान है क्या तू ?"

वहीं खड़े हुए जवाब में बोला था वह,

"नहीं।"

फिर से इंस्पेक्टर ने पूछा था,

"तो कौन है ?"

सीधी सपाट जवाब दिया था सुमीत ने,

"सिर्फ एक आदमी।"

इंस्पेक्टर इस बार उसकी मां-बहिन पर उतर आया था। उसने प्रतिरोध किया तो उसकी बांह पकड़ कर धक्का देते हुए भभका था कांस्टेबल,

"चल थाने।"

प्रतिरोध था उसके स्वर में,

"पर मैंने किया क्या है, क्या गलती है मेरी ?"

इस बार धक्का देते दूसरा सिपाही बोला था,

"थाने चल वहीं बताएंगे।"

अब सुमीत बोला था,

"पर मैने ऐसा कौन-सा अपराध कर डाला...?"

"थाने चलोगे तो सब कुछ वहीं पता लगेगा।"

तभी अपना परिचय देते हुए कहा था उसने,

"देखिये इंस्पेक्टर साहब मैं पत्रकार हूं। बाहर से आया हूं। इधर से गुजर रहा था कि दंगा भड़क उठा। और...।

इस बार इंस्पेक्टर ने अपना अंतिम आदेश सुना ही दिया था,

"देखिये आप जो कुछ भी हैं, थाने तो चलना ही होगा। शराफत इसी में है कि बिना हील हुज्जत के चला जाए।"

सुमीत विवश था। अब और अधिक प्रतिरोध करने का कोई अर्थ न था। हालांकि प्रतिरोध करने का अर्थ भी वह जानता था। असल में गलती तो उससे हो गई। वह कर्फ्यू में बाहर निकल पड़ा। वह भी क्या करता। अपनी और दूसरों की भूख उसे बेचैन किये थी। उसे क्या मालूम था कि नीचे आते ही पुलिस वाले मिल जाएंगे।

थाने पहुंचते ही उसने अपनी व्यथा फिर बयान की थी,

"देखिये इन्सपेक्टर साहब, आज सुबह से ही उन्होंने कुछ नहीं खाया है। इसलिए मुझे नीचे आना पड़ा था कि कुछ इंतजाम हो जाए।"

उसकी बातें लापरवाही से सुनते हुए इन्सपेक्टर ने हवलदार से कहा था।

"हवलदार इनका रात के लिए हवालात में इंतजाम कर दीजिये।"

बेचैनी से भरे स्वर में वह फिर बोला था,

"इन्सपेक्टर साहब आप जरा मेरी बात तो सुनिये।"

पर न इन्सपेक्टर उसकी बात सुनने को तैयार था और न हवलदार। शेष पुलिस कर्मी उसकी ओर ऐसे देख रहे थे कि जैसे दंगा भड़काने का काम उसी ने किया हो।

अंधेरा घिर आया था। उजाले की एक भी किरण शेष नहीं बची थी। सब कुछ अंधेरे ने लील लिया था। सड़क तथा गलियों की लाइट्स नहीं थी। अंधेरे में मकान तथा बिजली के खम्बे अजीब से लग रहे थे। अंधकार का जंगल चारों ओर से घिर आया था। पुलिसवालों ने सुमीत को एक अंधेरी और बदबूदार कोठरी में डाल दिया था। जैसे वह बहुत बड़ा अपराधी हो। उसके भीतर भूख थी और बाहर बदबू से भरा

अजीब सा परिवेश। नीचे टूटा हुआ फर्श, वह भी सीलन से भरा। अंधेरे से घिरी किसी खौफनाक घाटी में जैसे वह फिसलता ही जा रहा था।

उधर उसकी प्रतीक्षा करते-करते सारी रात काटी थी उन सबने। पेट में अन्न का एक दाना तक नहीं गया था। एक अनजान व्यक्ति और मात्र दो दिन और दो रात का रिश्ता। अजीब सा मोह हो गया था उनका उससे। वह कहां गया, कहीं उस पर कोई आफत तो नहीं आ गई ?

सुबह हुआ। गिलास भर पानी पीकर ही उन्होंने तस्सली कर ली थी। शबनम जग गई थी। शेष सभी सोये थे। धूप आंगन में आकर कभी की फैल चुकी थी। शबनम ने झुक कर झिर्री में से बाहर देखा। सड़क पर कुछ लोग चलते फिरते नजर आए। तभी बराबर के कोठे से नगमा ने आकर कर्फ्यू खुलने की जानकारी दी। उसने इधर उधर खोजभरी आंखों से देखा। फिर पूछा,

''कहां गया तुम्हारा वह मेहमान ?''

भारी गले से आवाज निकली थी,

''कल का गया अभी नहीं लौटा।''

नगमा के मुंह से सहसा ही निकल पड़ा,

''हाय अल्लाह।''

फिर थोड़ी देर बाद बोली थी वह,

''खुदा उसकी खैर रक्खे। एक भला आदमी बरसो बाद मिला...।

शबनम बाई की आंखों में आंसू झिलमिलाने लगे थे।

''न मालूम कहां होगा वह ?''

उसे ढांढस बंधाते हुए बोली थी नगमा,

''तस्सली रख शबनम बाई, खुदा ने चाहा तो खैर सल्ला घर लौटेगा।''

तत्काल ही वह यह करते हुए चली गई थी, ''कर्फ्य खुल गया है। मुझे भी कुछ खाने-पीने के सामान का बंदोबस्त करना है।''

तभी पार्वती भीतर से आंखे मसलती हुई आई।

''वे आये नहीं अभी ?''

उसके सवाल से शबनम बाई के भी भीतर और बेचैनी उभर आई थी। धीरे से इतना ही कह पाई थी वह,

''नहीं बेटा।''

तभी पार्वती का आश्चर्य से स्वर उभरा था,

''क्या ?''

अचानक उसकी आंखों में आंसू छलक आये थे। फिर हिचकी आई और वह रोने लगी थी। उसे रोता देख शबनम बाई ने उसके कंधे पर हाथ रखते हुए कहा था।

''रो मत पार्वती। सब ठीक हो जाएगा।''

रोष में उसका स्वर उभरा था,

"क्या ठीक हो जाएगा। एक ही आदमी मेरी जिन्दगी में आया और वही....।"

कहते हुए उसने बाहर सड़क की ओर देखा था। तभी अंदर से बाबू ने आते हुए पूछा था,

"बड़ी अम्मी जी अंकल कहां गये ?"

उसकी आवाज सुनकर दोनों की आंखों में फिर से आंसू झिलमिलाने लगे थे। शबनम कुछ कहना चाहती थी। पर गला जैसे रुंधने लगा था। सिसकने जैसा स्वर उभरा था उसका,

"अभी आएंगे बेटे।"

पुनः पूछा था बाबू ने,

"पर वे कहां चले गये बड़ी अम्मी जी ?"

शबनम कहना चाहती थी कि हम भूख से तड़प रहे थे उससे देखा नहीं गया। पर कह न सकी। बाबू की उदास आंखे और फीके होंठ बता रहे थे कि रात-भर वह मासूम भूख से बेचैन रहा होगा। पार्वती की ओर देखते हुए बोली थी वह,

आधा दिन के लिए कर्फ्यू खुल गया था। मैं जरा वकील को फोन कर आंऊ। नीचे तुरता फुरती में सबसे पहले वकील को फोन किया था शबनम बाई ने। वकील ने संदेह प्रकट किया था। शायद थाने में ही हो। और हुआ भी वही। शबनम बाई भागी-भागी अकेले ही थाने जा पहुंची।

भूखे-प्यासे सुमीत को हवालात में बन्द पाया तो शबनम बाई का कलेजा मुंह को आ गया। वह जैसे फट पड़ी थी,

"हम कौन हैं तुम्हारी ?"

दूसरी ओर चुप्पी थी बेहद चुप्पी। फिर से कहा था उसने,

"बताओ न, हम कौन हैं तुम्हारी, तुमने इतना बड़ा खतरा क्यों लिया ?"

सुमीत कुछ बोल न पा रहा था। वह अपने ही भीतर उठ रहे तूफान को झेल रहा था।

"बताओ न, अगर ये खाकी वर्दी वाले तुम्हें गोली मार देते तो जानते हो क्या होता ?"

केवल आंखें उठाकर देखा था उसने।

"जख्मी हालत में पहले तुम तड़प-तड़प कर अपनी जान दे देते। फिर ये ही सरकारी लोग लावारिश लाश बता कर कहीं से दो टायर लाकर जला तुम्हें देते।"

पर वहां अभी भी चुप्पी थी।

"अरे हम रंडियां हैं। हमारा भला कोई रिश्तेदार हुआ है आज तक ?"

तभी सन्नाटा तोड़ा था सुमीत ने। उसके स्वर में आक्रोश था।

"तुम सब रंडियां नहीं हो, राष्ट्र की बेटियां हो। मैं पूछता राष्ट्रपिता से अगर वह

जीवित होता। हां राष्ट्रपति से अवश्य ही पूछूंगा कि तुम अगर राष्ट्र की बेटियां नहीं हो तो क्या तुम सब राष्ट्र की पत्नियां हो ?''

शबनम बाई की आंखों में आंसू छल-छला आए थे। दुपट्टे से पौंछते हुए उसका गला भर आया था। आंसुओं की नदी ने जैसे बांध तोड़ दिया था। फफकते हुए वह फूट पड़ी थी,

''बस-बस रहने दीजिये न हमें राष्ट्रपिता ने समझा है और न ही राष्ट्रपति ने। एक पिता और दूसरा पति, हम किनकी संतान हैं ?

फिर इंस्पेक्टर साहब की ओर मुखातिब होते हुए बोली थी वह,

''इंस्पेक्टर साब, आप ही बतलाएं क्या किसी को जीने का भी अधिकार है या नहीं ?'' तभी इंस्पेक्टर का स्वर उभरा था,

''हां हां आज कल तो सभी को अधिकार है।''

वह फिर बोली थी,

''कल सारा दिन हमने कुछ खाया-पिया नहीं। घर में गैस खत्म हो गई, फिर मिट्टी का तेल भी। ये आदमी हमें भूख से तड़पता नहीं देख सकता था। इसलिए मिट्टी का तेल लेने के लिए नीचे गया।'' बीच में बोल उठा था इंस्पेक्टर,

''हमें मालूम नहीं बाई, पर कर्फ्यू में बाहर निकलना जुर्म है। इसीलिए हमने इसे हवालात में डाला।''

शबनम बाई जैसे उबल पड़ी थी,

''और वे जो दिन-रात आग लगाते फिर रहे हैं, उनमें से कितनों को तुमने हवालात में बंद किया ?''

सुनकर इंस्पेक्टर ने नाराज होते हुए कहा था,

''हमें डीयूटी करना मत सिखाओ शबनम बाई। हमें क्या करना है। हम अच्छी तरह से जानते हैं।''

शबनाम बाई भी कहां पीछे रहने वाली थी। उसका मुखर स्वर उभरा था,

''इंस्पेक्टर अगर किसी को डीयूटी करना नहीं आता तो उसे डीयूटी करना सिखाना चाहिए। वर्दी पहन और फीत लगा लेने से ही सब कुछ नहीं हो जाता।''

तभी इंस्पेक्टर उबल पड़ा था,

''तू हमें सिखाएगी डीयूटी करना। थाने में आकर हमें बातएगी कि हमें क्या करना है। तेरी यह जुर्रत। क्या है तू ? सिर्फ एक रंडी। कोठे पर अपना शरीर बेचने वाली,''

हवालात के भीतर से ही सुमीत का क्रोधित स्वर उभरा था,

''इंस्पेक्टर अबकी अगर मेरी मां को रंडी कहा तो अच्छा नहीं होगा।''

इंस्पेक्टर ने भी जैसे पलट कर वार किया था,

''अगर यह तेरी मां ही लगती है तो पेशा करा रहा है इससे क्यों। ले जा ना इसे

अपने घर।''

हां हा ले जाऊंगा घर, फिक्र मत कर।''

तभी वकील आ गया था। उसने बीच-बचाव किया। बाद में सुमीत की जमानत हो गई थी।

वे सब टूटे हुए लोग थे। हाशिये पर रहते हुए राष्ट्रीय धारा से जुड़ने का प्रयास करते थे। पर जुड़ नहीं पाते थे। हां राष्ट्रीय पुरुषों का बिस्तर अवश्य ही बन जाते थे। सुमीत भी आज भीतर बाहर से टूट गया था। ये कौन सी दुनिया के लोग हैं जिनके लिए यह सब करते-करते वह हवालात तक पहुंच गया। ये कोई दो-चार, दो सौ या दो चार हजार तो नहीं हैं। देश भर में फैले चकलों में रहने वाली रंडियों की अगर गिनती की जाए तो लाखों में इनकी संख्या होगी। उनके बच्चें, जिन्हें लोग नाजायज कहते हैं और हरामी भी, उनकी भी संख्या लाखों में होगी। वे बच्चे बड़े होकर क्या करते होंगे, कहां उनका बसेरा होता होगा, किसे वे मां कहते होंगे और किसे बहन बनाते होंगे। ऐसे लाखों लोग क्या देश के अच्छे नागरिक नहीं बन सकते ? दलालों से भड़वा की टोली में गुम होती उनकी प्रतिभा, हिस्से में आती वही अंधेरी और बदनाम गलियां। कौन उन्हें अंधेरी सुरंग में जाने से रोकेगा ?

हवालात से फिर वही-वही कोठा। वेश्याओं को उठाने से लेकर पटकने की कथाएं। बंद पिंजरों में सिसकती वे। अपने-अपने घर रिश्तेदारों से दूर वासना के इन द्वीपों में सिमट कर रह गई थीं वे। उनके पास अपने सुख कहां थे, थे तो केवल दुख ही दुख थे। इसी गहमागहमी में पूरा दिन बीत गया था। शाम भी ढल गयी, और अंधेरा घिर आया, उसे पता ही नहीं चला था। उसके भीतर का हाहाकार अभी थमा नहीं था। जिसमें उसका अस्तित्व जैसे गुम हो गया था। सभी सहमे-सहमे से थे। उनको कहां उम्मीद थी कि एक अजनबी उनके लिए इतना बड़ा खतरा मोल ले सकता है। सुमीत से बातें करने की हिम्मत न हो पा रही उनकी। हालांकि इस घटना से उनके मन में उसकी और भी इज्जत बढ़ गयी थी। वे उसके लिए कुछ भी करने को तैयार थीं।

रात घनी हो गई थी। पार्वती ने उसके पास आकर धीरे से कहा था,

''हम सबके कारण आपको बहुत परेशानी हुई।''

जवाब में वह सिर्फ बुदबुदाया था,

''नहीं आपके कारण नहीं बल्कि समाज के कुछ दोगले लोगों के कारण।''

उसके हाथ पर स्पर्श करते हुए बोली थी वह,

''फिर भी...।''

भीतर उठे हाहाकार पर तनिक विराम लगा था। दो दिन और दो रातों में किसी स्त्री का यह पहला स्पर्श था। उसके भीतर स्पंदन हुआ था। स्पंदन पार्वती के भीतर भी हुआ था।

"मेरे जीवन में आप पहले पुरुष हैं, जिसके स्पर्श से मुझे नया अहसास हुआ है। वरना अब तक सैकड़ों लोग आंधी की तरह आए और तूफान बरपा कर चले गये।"

उसका हाथ अपने हाथ में लेते हुए कहा था सुमीत ने,

"पार्वती, हर तरह के अनुभव से हमें कुछ सीखना चाहिए।" जवाब में बोली थी वह,

"आप ठीक कहते हैं, पर तूफान से क्या सीखा जा सकता है। ऐसे तूफान से जो हमें रोंदता हुआ निकल जाए।"

जैसे किसी गहरे कुंए से आवाज आई हो,

"वैसी स्थिति में हमें तूफान से जूझना चाहिए। उसका सामना करना चाहिए।'

धीरे से बोली थी वह,

"आप भी तो हवालात में बितायी गई एक रात तूफान से जूझे हैं।"

जवाब दिया था सुमीत ने,

"तूफान से नहीं, कुछ गैर जिम्मेदार पुलिस कर्मियों के गलत व्यवहार से।" वह फिर बोली थी,

"बात एक ही है।"

सुमीत उत्तर में बोला था,

"बात एक नहीं है।"

"फिर...।"

"गलत लोग तूफान नहीं हैं वे, तिनके के बराबर हैं। मेरी जिन्दगी में तूफान उस समय आ गया था। जब मैं इस घर में, जिसे लोग कोठा बोलते हैं, आया था। तभी से मेरे जीवन में नये दर्शन की शुरुआत हुई थी। उसी दिन से मैंने निर्णय कर लिया था कि मुझे तुम लोगों की मुक्ति के लिए काम करना है।"

रात कितनी बीत गई थी। कुछ पता नहीं चलता था। चारों ओर अंधेरा था। चप्पे-चप्पे से खामोशी उभर रही थी।

दंगे में बहुत कुछ झुलस गया था। शेष अगर कुछ बचा था तो अपने-अपने जख्मों की दु:खद कथाएं उन कथाओं की गूंज गलियों तथा बस्तियों में थी। घरों में रोने तथा सिसकने की आवाजें अभी भी घर की दीवारों को कंपित किये थीं। अब्दुल सत्तार हलीम वाले को किसी ने छुरा घोंप दिया था और नौरंग हलवाई को उसी की दूकान में जला दिया गया था। कल्लु दल्ले ने अस्पताल में दम तोड़ दिया था। उसे किसी ने गोली मार दी थी। न रहमत चाचा बचा था और न उसका तांगा। तांगे की शक्लसूरत बदल गई थी। घोड़ी का कहीं अता-पता नथा। घोड़ी का नाम था शब्बो। प्यार से रहमत चाचा उसे शबनम भी कह दिया करता था। मजाल क्या कि एक बार

भी हंटर उसकी पीठ से छुआ हो। हंटर की सरसराहट को महसूस कर शब्बो तेजी के साथ खुद-ब-खुद भागती थी। मुमताज पहले पहल इसी तांगे पर बैठ कर आई थी।

न जाने कितनी लौंडियों को रहमत चाचा रेलवे-स्टेशन से तांगे पर बैठा कर लाया था। उसे क्या मालूम था कि जिन जनानी सवारियों को वह यहां तक लाता था वे कोठे वाली बनेगी। वेश्याओं को जब भी कहीं जाना होता था, वे रहमत चाचा के तांगे में ही जाती थी। रहमत चाचा भी अपना फेरा काटकर उन्हें उनकी मंजिल तक पहुंचाता था।

कोठा नम्बर आठ में सभी सही-सलामत थे केवल छोकरे को छोड़कर। उसे भी दंगाइयों ने नहीं छोड़ा था। उम्र भी क्या थी मासूम की, केवल दस बरस। कुछ ही दूरी पर बस्ती से सटे कब्रिस्तान में उसे दफना दिया गया था। हमीद नाम था उसका। हमीद वेश्याओं के बहुत काम का था। नीचे से जब कभी चाय लानी होती थी तो वही खोके से चाय लेकर आता था। डाक्टर को बुलाना हो तो वही देर-सवेर बुलाने जाता था। शाम को चाट-पकौड़ी खाने का मन हो तो उसे ही भेजा जाता था। हमीद कौन था, कहां से आया था ? किसी को मालूम नहीं था। पुलिस फाइल में वह कोठा नम्बर आठ पर रहने वाली वेश्याओं के नौकर के रूप में दर्ज था। अब रजिस्टर से उसका नाम काट दिया गया था।

दंगे में बहुत कुछ घट गया था। एक के बाद एक मृत्यु चित्र उनके सामने आते और उनके भीतर खामोशी आकर ठहर जाती।

दंगे ने बाजार के मिजाज को बदल दिया था। बाजार ने भी कीमत चुकाई थी। दंगाईयों ने बाजार को भी लूटा था। आग तक लगाई थी दूकानों को। सड़क का कुत्ता दंगाईयों पर भोंकने के जुर्म में मारा गया था। उसका जुर्म था कि उसने दंगाईयों को आग लगाने से रोका था। उसे भी कब्रिस्तान में हमीद के पास दफना दिया गया था। सब लोग उसे मोती कहा करते थे। सबको यहां मोती ही जगाता था। मोती सूंघते-सूघंते सीढ़िया चढ़ते हुए ऊपर आ जाता था। उसे अल्ला-ताला का खौफ न था। उसकी कोई जाति न थी। उसका कोई धर्म न था। सिर्फ जिम्मेदारी थी, जो उसने मरते दम तक निभाई थी।

दंगे में कल्लू भी मारा गया था। कल्लू यानी रंडियों का दलाल था। सैकड़ों लड़कियों को वेश्या बनने पर मजबूर किया था उसने। पुलिस और रंडियों के बीच एक मजबूत कड़ी रहा था वह ऐसी कड़ी, जिसने जोड़ना कुछ नहीं सीखा था बल्कि तोड़ा बहुत कुछ था। बाजार के चार कोठे उसकी जागीर में थे। चार कोठों का मतलब कुल मिलाकर चौबीस प्राणियों पर उसका हुक्म चलता था। पुलिस के कुछ अधिकारियों ने उसे पूरी छूट दे रखी थी। नियमित रूप से हफ्ता पहुंचाया जाता था उसके द्वारा और कभी-कभी आला अफसरों के पास रात में लड़कियों को भी भेजा

जाता था। सब कुछ जैसे अपने-आप संचालित होता था। वैसे जागीर के बाहर भी उसका खौफ था इस बाजार में अगर किसी की चलती थी तो वह कल्लू की। पुलिस तक उसे सलाम मारती थी इसलिए कि पुलिसवालों की जरूरतों को पूरा करता था वह। वह कौन था ? खुदा, ईश्वर या फिर दलालों भड़वों और एय्याशों की दुनिया का बादशाह।

दोपहर का समय था। वेश्याओं के कोठे सूने थे। अकेली मादाएं लेटी हुई थीं। उनकी आंखों में सपने थे। अनगिनत चित्र आखों के सामने से आते-जाते थे। तभी दरवाजे पर किसी ने दस्तक दी थी। अलसाये बदन से पार्वती ने बिस्तर से उठकर दरवाजा खेला। उसने देखा, सामने एरिये का इंस्पेक्टर था। अचानक पुलिस इंस्पेक्टर को दरवाजे पर आया देख वह सहम-सी गई। सुमीत कुछ देर पहले ही तो बाहर गया था। कहीं उसे कुछ हो तो नहीं गया है। यह विचार आते ही उसके शरीर में कंपकपी-सी दोड़ गई थी। तभी इंस्पेक्टर ने जानकारी दी थी। कल्लू की लाश मुर्दाघर में रखी है। सभी कोठों पर रहने वाली रंडियों के लिए कल्लू का मरना अच्छी खबर थी। कोई लाश देखने तक नहीं गया। अफसोस जताना तो दूर की बात थी। आंखों में आंसू तक नहीं आए किसी के। मुर्दाघर में उसकी लाश वैसे ही पड़ी रही। न जाने कितनों को लावारिश बनाया था उसने मरते-मरते स्वयं भी लावारिश बन गया था। बाद में पता नहीं चला हिंदू नियमों के तहत क्रिया कर्म किया उसका या मुस्लिम रिवाजों से उसे दफनाया गया। सुमीत की यादों में खोई वह बार-बार करवटें बदलती। लेटे-लेटे बेचैनी महसूस करती तो उठकर चहलकदमी करने लगती। घड़े से पानी पीकर अपनी कोठरी में चली जाती। डायरी में कुछ लिखने लगती। अचानक दरवाजे पर दस्तक महसूस होती। तुरन्त जाकर दरवाजा खोल देती। पर दरवाजे पर कोई न होता। दरवाजे के बीचो-बीच खड़े-खड़े वह बहुत देर तक नीचे सीढ़ियों की ओर निहारती रहती। जब कोई न होता तो दरवाजा बंद कर कोठरी में लौट आती। अकेली अपने-आप से बातें करने लगतीं।

''आखिर कौन है सुमीत, क्या रिश्ता है उससे तुम्हारा ?''

जवाब न पाकर पुनः सवाल उभर जाता,

''बोल न कौन है सुमीत तेरा, क्या लगता है वह ?''

पर वहां चुप्पी होती।

''फिर क्यों उसकी यादों में खोई है ? अरे यहां तो न जाने कितने आये और चले गये। जानती नहीं यह मण्डी है रंडियों की मण्डी।''

इस बार हल्के से उसके होंठ बुदबुदाये थे,

''उसने मेरे भीतर उम्मीदों के चिराग जलाये हैं।''

फिर उसके भीतर से आवाज उभरी थी,

''ये चिराग आखिर कितने दिन जलेंगे ?''

तभी दरवाजे पर किसी ने दस्तक दी। सभी ने एक-दूसरे की ओर देखा। हर एक की आंखों में सवाल थे। सवाल यही कि दरवाजे पर कौन हो सकता है। ग्राहक या काई और ? तभी शबनम बोली थी,

''पार्वती जाकर देख तो कौन है ? अगर कोई ग्राहक हो तो धक्के देकर सड़क का रास्ता दिखा देना।''

सुनकर हड़बड़ाते हुए पार्वती बाहर आई। उसने धीरे से दरवाजा खोल दिया था। मन का मीत दरवाजे पर था। पार्वती ने देखा। तो देखती ही रह गई। पलकें झपकना भी जैसे भूल गई थी। उसका तन और मन खुशी से झूम उठा था। सुमीत के हाथों में मिठाई का डिब्बा था। वह भी खुश नजर आ रहा था। धीरे से कहा था सुमीत ने,

''कहां खो गई ?''

उसकी बात सुनकर दरवाजे से हंटकर रास्ता देते हुए कहा था उसने,

''आइये।''

सभी ने देखा सुमीत आया था।

आंगन पार कर सबसे पहले उसने शबनम बाई के पैर छूते हुए कहा था,

''लीजिये अम्मी जान मुंह मीठा करिये। मुझे प्रतातंत्र अखबार में नौकरी मिल गयी।''

शबनम बाई की आंखों में खुशी के मारे आंसू छलछला आए थे। वह उसे आशीर्वाद देते हुए बोली थी।

''जुग-जुग जियो बेटे।''

इस खुश खबरी को सुन वे सब खुश थीं। पार्वती तो उल्लास से तर-बतर हो गई थी। सभी ने मिठाई खाई और उसके बाद चाय स्वयं पार्वती ने बनाई थी। रंडियों के बीच एक पुरुष न था। वैसा पुरुष जो उनके सुख-दुख में हिस्सा बटाए। वह आस पूरी हो गई थी।

थोड़ी देर बाद भारी मन से शबनम बाई बोली थी,

''बेटे जब तक तुम्हें इस शहर में किराए का मकान नहीं मिले तब तक तुम चाहो तो हमारे साथ रह सकते हो।'' कुछ पल ठहर कर फिर बोली थी वह,

''तुम हमारे साथ दो-तीन दिन रहे। पुरानी यादें ताजा हो आईं। मर्द की मौजूदगी एक नया अहसास जगाती है। तुम साथ में रहोगे हम सभी को अच्छा लगेगा।'' सुमीत ने देखा। उन सभी को आंखें यही सब कह रही थीं। उन आंखों में स्नेह के साथ प्यार भी था।

उसने कुछ पल ठहर कर पुनः कहा था,

''एक शर्त पर यहां रह सकता हूँ। शहर में मकान मिले या न मिले। इसकी चिंता मुझे नहीं है।''

इस बार सामुहिक स्वर उभरा था,

''कौन-सी शर्त ?''

उन सबकी आंखों में बारी-बारी से देखते हुए कहा था उसने,

''तुम सभी को यह धंधा छोड़ देना होगा।''

जवाब में कोई नहीं बोला था। उसने बारी-बारी से पांच जोड़ी आंखों में झांका था। उन आंखों में छटपटाहट थी ओर पीड़ा भी। आंखों में सब कुछ था, पर होंठ जैसे सिल गये थे। कुछ पलों की चुप्पी परिवेश में व्याप्त रही। इस बार पार्वती से पूछा था सुमीत ने,

''तुम क्या कहती हो पार्वती ?''

पार्वती के मन में द्वंद्व था और तन में कसमसाहट। उसकी आंखें जमीन की तरफ थी। सुमीत ने फिर पूछा था,

''पार्वती तुमने कोई जवाब नहीं दिया।''

वह अभी भी मौन थी। सुमीत ने एक बार फिर उम्मीद में सवाल किया था,

''बोलो पार्वती, तुम तो कुछ बोलो। कुछ तो जवाब दो हां में या ना में। आखिर अपने भविष्य के बारे में कुछ तो सोचा होगा। या फिर इन अंधेरी और बदनाम गलियों में ही सड़ने का इरादा है।''

पार्वती चुप थी। सुमीत ने उसकी आंखों में अपने सवाल का जवाब निहारते हुए उसके कंपकपाते हुए होंठों की भाषा पढ़ने का प्रयास किया। जैसे वे कुछ कहना चाहते हों।

''तुम कुछ न कुछ कहना चाहती हो, पर कह नहीं पा रही हो। आखिर क्यों ?''

आवेश में उसके होंठ हिले थे,

''नहीं नहीं, मैं कहना चाहती हूं।''

सुमीत ने फिर उकसाया था,

''तो फिर कहती क्यों नहीं। यहां किसी को डर है क्या, बतलाओ मुझे क्या उलझने हैं ?

अंततः मन की बात होंठों तक आ गई थी।

''मैं यह धंधा आज और अभी से ही छोड़ती हूं।

जैसे उसके भीतर तूफान से टकराने का जज्बा था।

तभी शबनम बाई का स्वर उभरा था,

''शबास बेटे कब से यह सब सुनने को हमारे तो कान ही तरस गये थे।''

पार्वती के होंठ बुदबुदाए थे,

''अम्मी जान।'' कहते हुए शबनम बाई के सीने में खो गई थी। ऐसे समय पर शबनम बाई का गला भी भर आया था,

''पार्वती बेटे, तूने यह धंधा छोड़ने का मन बनाया। मुझे अच्छा लगा।''

सिसकते हुए वह बोली थी,

"अम्मी जान हमारी ताकत तो आप ही हैं। हमारे सर पर जब तक आपका हाथ हो तब तक हमें क्या गम है।"

कुछ पल ठहर कर फिर बोली थी वह,

मेरे जीवन में सभी पुरुष ऐसे आए, जिन्होंने मुझे बिस्तर तो बनाया, पर उसी बिस्तर की सलवटें देखने का समय किसी में न था। सुमीत पहला पुरुष है, जिसने मेरे मन के भीतर की उलझनों को सुलझाने की कोशिशें की।

शबनम बाई ने कहा था,

"बेटे एक फरिश्ता हमारे घर आया है। अब वही हम सबकी ताकत होगा।"

फिर पूछा था पार्वती की ओर देखकर सुमीत ने,

"देख लो शर्त मुश्किल है।"

पार्वती का गंभीर स्वर उभरा था,

"शर्त मुश्किल हो या आसान केवल फैसला करना होता है और मैं फैसला कर चुकी हूं।"

अपनी बात पूरी करने के बाद शबनम बाई ने उन सबकी आंखों में बारी-बारी से झांककर कुछ तलाश करने की कोशिश की थी।

उन आंखों में वैसी चुनौती स्वीकार करने की इच्छा शक्ति न थी। उनके होठ बंद थे।

शाम होते-होते वेश्याएं सज-धज कर छज्जों पर बैठने लगी थीं। कर्फ्यू के कारण तीन दिन और तीन रात बाजार बंद रहा था। देह व्यापार की नागा हो गई थी। अब बाजार खुल गया था। पर ग्राहकों के भीतर वैसा जोश न था। बारी-बारी से वे ऊपर देखते थे, लेकिन वे सतर्क थे। इसी बाजार में पांच लोग मारे गये थे। पत्र-पत्रिकाओं ने वेश्याओं के इस बाजार पर खोज भरी स्टोरी छापी थी। लोग जिन आंखों से वेश्याओं की ओर टकटकी लगा कर देखते थे उन्हीं आंखों से अखबार भी पढ़ते थे। बाजार में भीड़ न के बराबर थी। भीड़ होती भी कैसे। लोग अभी भी डरे हुए थे। उनके भीतर दहशत भर गई थी। सामान खरीदने से घर पहुंचने में उन्हें हड़बड़ाहट थी। उनके कदमों में उतावलापन था। बाजार में पुलिस का प्रबंध भी था। ऐसे में कौन मुसीबत मोल लेता। हालांकि आंखें सेंकने वालों की कमी न थी।

आज वैसी ही रात थी, पर परिवेश में वैसी निस्तब्धता न थी। रात बहकने और चहकने लगी थी। बराबर के कोठे से संगीत की आवाजें तैरने लगी थी। कोठों पर चहल-पहल थी। भले ही आवाजाही कम हो। रफ्ता-रफ्ता ग्राहकों की दस्तक भी होने लगी थी। हसीना और मुमताज बाहर छज्जे पर थीं जबकि पार्वती अपनी कोठरी में। डायरी में उसने लिखा था। एक फरिश्ते की दस्तक और वेश्यावृत्ति से मुक्ति का फैसला। बहुत दिन के बाद कोई आदमी मिला। मुझे उम्मीद है वह हमारी तकदीरों को अवश्य ही बदलेगा। हम सभी एक-न-एक दिन मुक्त होगीं।

देर रात गये किसी ने दस्तक दी थी। नींद उचटी तो उसने सुना कोई उसका नाम लेकर पुकार रहा था।

''पार्वती।''

हुंकार भरी थी उसने,

''हूं।''

फिर उसने पूछा था,

''कौन है ?''

जवाब में सुमीत ने कहा था,

''मैं हूं सुमीत।''

सुनकर वह उठ कर बैठ गयी थी। पूछा था उसने,

''नींद से जगा दिया...।''

दूसरी ओर चुप्पी रही। पुनः बोला था सुमीत,

''कोई सपना देख रही थी क्या ?''

धीरे से होंठ बुदबुदाए थे उसके,

''वेश्याओं को सपने देखने का कहां अधिकार है ? उनकी नियति तो दूसरों को ही सपने दिखाने की है।'' तभी उसका हाथ अपने हाथ में लेते हुए कहा था सुमीत ने,

''ऐसा नहीं है पार्वती। हर एक के जीवन में सपनों का महत्व होता है।''

बोली थी पार्वती,

''केवल सपनों का महत्व ?''

थोड़ा ठहर फिर पूछा था उसने,

''और जीवन का क्या ?''

जवाब दिया था सुमीत ने,

''जीवन का भी, पर सपने हमें ऊर्जा देते हैं। हमें आगे बढ़ने के लिए प्रेरित करते हैं।'' थोड़ा नजदीक आते हुए पार्वती ने पूछा था,

''अच्छा एक बात बतलाओ।''

सुमीत का स्वर उभरा था,

''पूछो।''

वह फिर बोली थी,

''तुमने क्या कभी ऐसा सोचा था कि तुम एक दिन यहां आ जाओगे।''

उत्तर दिया था सुमीत ने,

''नहीं।''

पुनः सवाल किया था पार्वती ने,

''फिर यह सब कैसे हो गया ?''

जवाब दिया था सुमीत ने,

''मालूम नहीं।''

इस बार थोड़ा गंभीर स्वर उभरा था पार्वती की ओर से,

''ऐसा ही वेश्याओं के जीवन में होता है। मुझे क्या मालूम था, मैं एक दिन हजार मील दूर भटकते-भटकते यहां आ जाऊंगी। मैंने कहां ऐसा बुरा सपना देखा था। मां नहीं, पिता नहीं भाई नहीं, बहिन नहीं, उन सबसे दूर वासना के इस जंगल में...।'' थोड़ा रुक कर फिर बोली थी वह,

''बताओ सुमीत मेरा क्या दोष था इमें, क्या कभी कोई लड़की चाहती है कि वह वेश्या बने...?''

जवाब दिया था सुमीत ने,

''कोई नहीं।''

पार्वती ने पुनः उससे पूछा था,

''फिर।''

सुमीत ने उसके नजदीक आते हुए कहा था,

''पार्वती, अब मैं हूं न तुम्हारे पास। तुम्हारे जीवन में प्यार का जो स्त्रौत सूख गया था वह अवश्य ही फिर से फूटेगा।''

उसकी चोड़ी छाती में खोते हुए पार्वती के मुंह से निकला था,

''सच।''

सुमीत ने उसे अपनी बाहों में लेते हुए कहा था,

''बिल्कुल सच पार्वती। तुमने आज दिन में जो फैसला किया, मुझे अच्छा लगा। तुम्हारे भीतर मुक्ति की चेतना जग चुकी है।''

रात के उस पहर दो शरीर आलिंगनबद्ध थे। न सिर्फ तन से बल्कि मन से भी वे एक दूसरे के करीब आ चुके थे। उनके भीतर प्रणय के गीत गूंज रहे थे। तभी फुसफुसाई थी पार्वती,

''बाहर चलें।''

सुमीत ने सहमति दे दी थी।

मौसम खुशगवार था। तारों भरी चांदनी रात। उनके लिए सचमुच यह मदहोश करने वाली रात थी। चांदनी रात के तले सुमीत और पार्वती पुनः आलिंगनबद्ध हो गये थे। आंगन में कोई नहीं था। चारों तरफ शान्ति थी। वेश्याएं थकी हारी अपने-अपने पिंजरों में सो गई थीं।

सुमीत ने उन्हें गुलामी की नींद से जगाया था। वेश्याओं के बीच अच्छी सुगबुगाहट हुई। अच्छा बनने और मुक्ति की राह पर चलने के लिए। अपने-अपने पिंजरे में कैद उन सबको मुक्त होना था। चारों ओर मुक्ति के गीत गूंजने लगे थे। पहल हुई शबनम बाई के कोठे से। सुमीत की संगत का रंग अपना असर दिखाने लगा

था। पार्वती के भीतर के पंख फड़फड़ाने लगे थे। शबनम बाई अपने अंतिम दिनों में अच्छी मां बनना चाहती थी। हालांकि उन वेश्याओं से उसके पेट की जाया कोई नहीं थी। वह तो बंजर बना दी गई थी। बंजर जमीन भला कहां फले-फूलेगी ?

दिन का समय था। सारे आंगन में धूप छिटकी थी। मौसम में बदलाव आ रहा था। वे सब बैठी थीं। वे सब यानी शबनम, पार्वती, हसीना फूल और मुमताज। तभी पूछ बैठी थी शबनम, "तुने तो मन बना लिया न पक्का।"

पार्वती के स्वर में दृढ़ता थी,

"हां अम्मी बिलकुल पक्का मन बना लिया है।"

शबनम के मुंह से निकला था,

"शबास।"

फिर उन दोनों की ओर देखकर पूछा था उसने,

"और तुम दोनों क्या कहती हो ?"

उनके बीच कुछ पल चुप्पी रही।

शबनम बाई ने फिर कहा था,

"हसीना"

पर हसीना चुप थी।

शबनम बाई ने फिर मुमताज की ओर मुखातिब हो पुकारा था,

"मुमताज..."

पर वहां चुप्पी थी,

इस बार जोर देकर कहा था शबनम बाई ने,

"अरे कुछ तो बोलो।"

मुमताज का स्वर धीमे से उभरा था,

"अम्मी पार्वती को तो सहारा देने के लिए है, पर हमें कौन है हिंया ?"

तत्पश्चात कह उठी थी शबनम बाई,

"पगली तुझे अभी से ईर्ष्या होने लगी पार्वती से। अरे हम सब एक हैं और एक दूसरे की मदद करेंगे।"

"तू कुछ नहीं बोलेगी हसीना।"

"क्या बोलूं, मेरी तो कुछ समझ नहीं आ रहा है।"

जोर दिया था शबनम बाई ने,

"क्या समझना चाहती है तू ? इतना समय हो गया, तेरे कुछ समझ ही नहीं आया।" थोड़ा ठहरकर कहा था फिर से शबनम ने,

"देख अभी समय है। समय निकल गया तो फिर साथ नहीं आएगा।"

वहां चुप्पी थी। फिर फूल की ओर देखते हुए पूछा था,

"और तू फूल"

फूल भी असमंजस में थी।

"मैं क्या बतलाऊं।"

फिर तीनों ने एक साथ कहा था,

"हमें सोचने का मौका दे।"

भरे गले से बोली थी शबनम बाई,

"तुम तीनों मेरी बेटियां हो। और तुम तीनों ही क्यों यहां सभी जो दोज़ख की जिदंगी जी रही हैं।

नजदीक ही फूल बैठी थी। उसकी तरफ देख पुनः पूछा था शबनम बाई ने,

"तू क्या कहती है फूल ? तू तो इनसे उम्र में बड़ी है।"

फूल ने धीरे से कहा था,

"मेरा बेटा है बाई। क्या बताऊ ?"

शबनम बाई ने जवाब दिया था,

"कब बताएगी, जब तेरा बेटा बड़ा हो जाएगा और जानने-समझने लगेगा कि उसकी मां रंडी है। फूल समय है अभी भी। वर्ना कहे देती हूं बेटे से भी आंखें नहीं मिला पाएगी।"

वे तीनों मौन थीं। पर उनके भीतर अजीबोगरीब द्वंद्व था। बार-बार वे अपने-आपसे पूछती थीं। वे क्या करें। इस दुनिया को छोड़कर कहां जाए। दूसरी दुनिया क्या उन्हें स्वीकार करेगी ?

उनकी आंखों में आंसू थे और गले में दर्द। वे बिना मांझी के ऐसी नाव थीं जिन्हें बीच नदी में लहरें न जाने कहां से कहां ले जाती थी।

शाम होते ही ग्राहक आने लगे थे। पार्वती अपनी कोठरी में चली गई थी। सुमीत प्रजातंत्र के कार्यालय में था। शबनम बाई भीतर बैठे हुए गीता पढ़ रही थी और बाहर मुमताज तथा हसीना दोनों ग्राहकों को पटा रही थीं। वे उनसे जितना हंस-हंस कर बातें कर रही थीं उतना ही ग्राहक अधिक खुल रहे थे। उनके हाथ उन मादाओं के शरीरों के मादक अंगों को स्पर्श कर रहे थे। जितना ग्राहक उनके अंगों को छूते वे शोख और चंचल हुई जा रही थी। ग्राहक भी कम घाघ न थे। उनके भीतर वासना का समंदर हिलोरे ले रहा था। वे जैसे उफनती नदियां थीं। उनके बीच परस्पर मिलन की उत्सुकता और उत्तेजना थी। कर्फ्यू के दौरान देह व्यापार में जो नुकसान हुआ, अधिकांश वेश्याएं उसकी भरपाई करने में लगी थीं। ग्राहक भी बादल की तरह बरस जाना चाहते थे।

देह धर्म से लेकर देह व्यापार से जुड़ी स्त्री-पुरुषों की यह कश्मकस सनातनी थी। पुरुषसत्तात्मक समाज ने अपनी भोग-लिप्सा के लिए स्त्री को वेश्या बना दिया था, जिसे स्त्री ने भी स्वीकार कर लिया था। हर शहर में स्त्रियों का बिकना बदस्तूर

जारी था। पुरुष खरीदते थे। स्त्री बिक कर अपने आप को समर्पित करती थी। प्रजातंत्र के खोजखबर कॉलम के तहत सुमीत की स्टोरी छपी थी। जो चर्चा का विषय बनी थी। सुमीत की प्रकाशित स्टोरी ने कुछ सवालों को जन्म दिया था, जिनके जवाब तलाशने की मुहिम में समाजशास्त्री से लेकर सामाजिक कार्यकर्त्ता लगे थे। बहुतों ने इस सवाल को बाजारु भी कहा था। कुछ ने फब्तियां कसी थीं। पत्रकारिता की दुनिया में सुमीत ने नये तरीके से पहल की थी। यह साप्ताहिक कॉलम था। खोज खबर कॉलम में वेश्याओं की स्टोरी छपने के तत्पश्चात् ही पुलिसकर्मियों के द्वारा स्वयं सुमीत की खोज होने लगी थी।

सुमीत आज जल्दी लौट आया था। बाजार में चहल-पहल अभी कम हुई थी। ग्राहकों की भीड़ न थी, अलबत्ता देहव्यापार अभी जारी था। कोठा नम्बर आठ के नीचे दो-तीन ग्राहक खड़े थे। वह उनके बीच से जगह बनाते हुए अभी सात-आठ सीढ़िया चढ़ा ही था कि एक व्यक्ति से सुमीत टकरा गया था। उसने देखा भारी-भरकम शरीर लिए उस व्यक्ति ने उसकी तरफ घूरा था। गलती उसी व्यक्ति की थी। तभी सुमीत के मुंह से निकल पड़ा था,

''देख कर नहीं चलते। अगर मैं गिर जाता तो...।''

उसी व्यक्ति ने शायराना अंदाज में जवाब दिया था,

''भाई साब, अगर गिरोगे तो यहां उठाने वाले बहुत हैं। गिरकर तो देखो।'' कहते हुए वह वह व्यक्ति सीढ़िया उतरने लगा था। बीच में वही उतरते-उतरते ठहर गया था। सुमीत ने सुना। नीचे से वह कह रहा था,

''यहां तो हर आदमी गिरने के लिए ही आता है।''

शेष सीढ़िया चढ़कर वह दरवाजे तक आया तो उसने देखा। मुमताज और हसीना किसी अधेड़ व्यक्ति से हंस-हंस कर बातें कर रही थीं।

''आईये सुमीत साब, पार्वती आपका ही इंतजार ही कर रही है।''

तभी अधेड़ व्यक्ति ने हंसते हुए कहा था,

''क्यों जी क्या इसने एडवांस बुकिंग करा रखी है।''

उस ग्राहक की बात सुनकर वे दोनों मुस्काई थी जबकि सुमीत को बुरा लगा था। कुछ कहना ही चाहता था कि कह नहीं सका। यह बाजार था और इस बाजार की यही भाषा तथा दस्तूर था। वह इन सबको अचानक कैसे बदल सकता था। उन्हें तो यह सब रास आता था।

कई बरस बाद वह इस पिंजरे से बाहर निकली थी। बाहर के परिवेश में मुक्ति की सांस ली थी उसने। अच्छा लगा था उसे। सुमीत उसके साथ था। आज सुमीत अवकाश पर था शबनम बाई से पूछा था सुमीत ने पार्वती को बाहर ले जाने के लिए। शबनाम बाई ने भी बिना किसी हील हुज्जत के अपनी स्वीकृति दे दी थी।

शहर बहुत बड़ा न था। शहर में नदी थी और नहर भी, पर समंदर न था। शहर के भीतर बाजार थे, कटरे थे, टाकीज थे, पुस्तकालय और अखाड़े भी थे। शहर में प्रवेश करते ही शहर अपने-आप में खुलने लगता था। पुरानी ईमारतें ढहने की प्रतीक्षा में थी। बावजूद इसके लोगों का उन खण्डहरनुमा घरों में रहन-सहन जारी था। शहर की अपनी परंपरा थी। मन्दिरों ने यहां के लोगों को जीवन के अलग-अलग रंगों से रिश्ते बनाना सिखाया था। नदी के पश्चिमी घाट से बस अड्डे की ओर चलें तो वेश्याओं की यहां पुरानी बस्ती थी। इन्हें नृत्यशालाएं भी कहा जाता था। यहां सिर्फ मुजरेवालियां रहती थीं। वे बरसों से मुजरा कर पेट-पालन करती थी। जिस्म फरोशी वहां नहीं होती थी। मुजरेवालियों का अलग बाजार था। वह जानकारी स्वयं पार्वती ने दी थी। जिस्मफरोशी के शहर में एक-दो अड्डे और भी थे। रिक्शा उधर से गुजरा तो पार्वती ने संकेत से बतलाया था। वहां बहुत कम रंडियां शेष बची थीं। कुछ मर-खप गई थी। कुछ ने हिम्मत कर अपने आपको मुक्त कर लिया था। कुछ के विवाह भी हो गये थे और उन्होंने अपना घर बसा लिया था। कुछ वेश्याओं को घर नसीब हुए थे। कुछ नारी निकेतन में चली गई थीं। शेष तो अभी कोठे पर ही रहती थीं।

शहर की गलियां, चौराहे और पुरानी बस्तियों के रिश्तों में जीवंतता थी। सभी कुछ सुमीत ने देखा तथा महसूस किया था। विराट संस्कृति और पवित्र नदियों वाले विराट शहर को छुद्र होते हुए भी देखा था। पार्वती का न यह शहर था और न भाषा, पर वह उसी शहर में अपनत्व तलाश करने लगी थी। अपनी भाषा और अपने शहर को बहुत दूर छोड़ आई थी। अब यहीं उसका सब कुछ था। उसी शहर की मिट्टी से उसे खुशबू आने लगी थी। उसकी गंध उसके भीतर रच बस गई थी। बीच में कई बार शहर को देखा था, पर छुप-छुप कर। शुरु-शुरु में शहर से उसे डर लगता था। शहर उसके लिए किसी अजगर से कम न था। शहर के भीतर अनगिनत गुफाएं थीं। उन्हीं गुफाओं में एय्याशों का वास था। अनगिनत बार उन गुफाओं में उतरी थी वह। कभी अकेली तो कभी अन्य वेश्या साथी के साथ। देह धर्म निभाने में लिप्त होना पड़ता था उसे। शहर को हर तरह से देखा था उसने। उसी शहर को आज वह सुमीत को दिखा रही थी। बहुत अंतर था इस बार के शहर के अवलोकन में। पुरानी यादें कचोटने लगती है। तभी पूछा था सुमीत ने,

"इस शहर में नया क्या है ?"

कुछ पल सोचने के बाद जवाब दिया था पार्वती ने,

"केवल नया महसूस करने की आहट।"

सुमीत ने सुना तो वह कुछ देर सोचता रहा। तभी पार्वती ने पुकारा था,

"क्या हुआ सुमीत ?"

किसी दार्शनिक के अंदाज में बोला था वह,

"पार्वती, तुम तो एक अच्छी लेखिका हो सकती हो।" बीच में पूछा था पार्वती ने,

"कैसे भला ?"

जवाब दिया था सुमीत ने,

"तुम्हारे पास घने अनुभव हैं।"

बीच में चुप्पी रही। मीरगंज के बाहर से होता हुआ रिक्शा स्टेशन की तरफ घूम गया था। मौसम खुशगवार था। फिर कहा था उसने,

"तुम कुछ लिखती क्यों नहीं ?"

जवाब दिया था पार्वती ने,

"शहर में तूफान आ जाएगा।"

पूछा था उसने,

"कैसे ?"

उत्तर था पार्वती का

"एक वेश्या की डायरी पढ़कर।"

सुनकर जवाब दिया था सुमीत ने,

"आने दो तूफान को। कम-से-कम लोगों को पता तो चलेगा।"

शहर उनके सामने नये-नये रूप में खुल रहा था। पार्वती बीच-बीच में रिक्शा वाले को बता रही थी। दोपहर एक होटल में दोनों ने भोजन लिया। शाम होते-होते वे लौटे। सुमीत के हाथों में इमरती का दौना था और पार्वती के हाथों में कपड़ों के दो पेकैट्स।

अगले दिन नया दल्ला आ धमका। वैसे भी सब तरफ खबर फैल चुकी थी कल्लू के मरने की। हर छोटा-बड़ा दल्ला इसका उत्तराधिकारी बनने की फिराक में था। पैसा जो बरसता था इन कोठों पर। जिंदा मांस खूब बिकता था। वे मंडिया थीं औरतों की खरीद फरोख्त की। बाहर से इन कोठों पर लड़कियां आती भी थीं और यहीं से बाहर भेजी भी जाती थीं।

आते ही उसने कहा था,

"मैंने सुना है शबनम बाई, तू इन रंडियों की नेता बन गई है।"

सुनकर कुछ पल देखा था शबनम बाई ने नये दल्ले की आंखों में। फिर कहा था,

"नेता तो गू के कीड़े की तरह नालियों में भी पैदा होने लगे हैं आजकल। मैं तो इनकी अच्छी मां बनने की कोशिश कर रही हूँ।

जहरीली मुस्कान के साथ बोला था वह,

"शबनम बाई, तुझे अच्छी तरह से मालूम है। चकलों में मां बेटियां नहीं होतीं।

कुटनी और रंडियां होती हैं। धंधा कर और इनसे धंधा करा।''

पूछा था शबनम बाई ने,

''क्यों भला ?''

हंसते हुए जवाब दिया था,

''शबनम बाई, सीधी सी बात है पैसे की तुझे भी जरूरत है और मुझे भी।''

''तू कमाई खाएगा मेरी''

दल्ला मौन रहा। शबनम बाई ने फिर रोष के स्वर में कहा था,

''बोल, बोल न,''

इस बार दल्ला नराजा होते हुए बोला था,

''तुझे हिंया रहना है तो जैसा सब करती हैं, वैसा कर।''

जवाब दिया था शबनम बाई ने स्पष्ट शब्दों में,

''नहीं, जैसा सब करती हैं वैसा मैं नहीं करूंगी।''

पूछा था उसने,

''क्यूं नहीं करेगी ?''

तुरंत कहा था शबनम बाई ने

''मेरी मर्जी।''

नये दल्ले को उस पर गुस्सा आ गया था,

''स्साली जबान लड़ाती है। तू जानती नहीं सब मुझे बादशाह खान कहते हैं।''

शबनम बाई ने एक पल की देरी किये बिना जवाब दिया था,

''हराम की कमाई पर जीने वाले आदमी को बादशाह खान नहीं भड़वा कहते हैं।''

तैश में कहा था दल्ले ने,

''तेरी यह हिम्मत...।''

अब तक शबनम बाई की भी नाराजगी बढ़ गई थी,

''बहुत हो गया रज्जाक मिंया। तुम तो हज करने गये थे। और मक्का मदीना से अल्लाह ताला से भला क्या मांग कर लाये। यही कि हज करने के बाद दल्लागिरी करूंगा अपने वतन जाकर।''

उसका स्वर अब गर्माने लगा था,

मैं तेरी उमर की सरम कर दिया हूँ शबनम बाई। चुप कर नहीं तो...''

बीच में बोल उठी शबनम बाई,

''नहीं तो क्या कर लेगा तू ?''

बोला था दल्ला,

''बहुत कुछ आता है मुझे करना।''

तभी शबनम बाई ने जोर से कहा था,

"लाईयो मेरी जूती। इसकी खबर लूं।"

आंखे तरेरते हुए बोला था दल्ला,

"देख लूंगा शबनम बाई तुझे और तेरी इन बेटियों को भी।"

वैसा ही स्वर उभरा था उसका भी,

"अरे जा जा देख लियों, जब तेरी इच्छा हो तब। मैं डरती नहीं तुझ जैसे भड़वे से।"

नया दल्ला तो चला गया, पर अपने पीछे दहशत छोड़ गया। हालांकि कोठे पर इस तरह का वादविवाद होना कोई नई बात नहीं थी। कोठे का चप्पा-चप्पा इन सबका चश्मदीद गवाह रहा है। राष्ट्र की बेटियों को हजार आपदाओं से जूझना ही पड़ता था। वे आपदाएं प्राकृतिक नहीं थीं। बल्कि आदमी की ही बनाई हुई थीं।

मानव समाज के बीच यह कैसा विरोधाभास रहा है कि जब भी किसी अच्छे कार्य की शुरूआत की जाती है, पग-पग पर परेशानियां आती हैं न सिर्फ परेशानियां बल्कि खलनायकों से भी जूझना पड़ता है। कोठा नम्बर आठ से शबनम बाई ने अच्छी शुरूआत की थी। देर से भले ही शुरूआत हुई, पर अच्छा ही हुआ। आदमी जब भी जाग जाए तभी सवेरा समझो। वे जाग चुके थे। और उन्हें जागने की कीमत चुकानी थी।

धंधे का गणित बताता था कि जहां जागने से धंधा कम होता है वहीं जान पहचान के लोग भी सिकुड़ते हैं। वे सिकुड़ते है तो पैसा भी बरसना कम हो जाता है। शुरु-शुरु में परिवर्तन किसे सुहाता है ?

उनके पास जो कुछ पैसा था वह खत्म होने लगा था। पैसा कमाने का पुराना स्रोत बंद हो गया था। नये स्रोत की कहीं से उम्मीद न थी। हालांकि प्रयास जारी थे। धंधा बंद हुआ तो समस्याएं तो आनी ही थीं। पार्वती की देह कमाऊ थी। पुलिस तथा अन्य लोगों से रसूक बनने में वह मददगार भी साबित होती थी। इन्द्रधनुष में तो सात रंग होते हैं। पर रंडियों की देह और उनके स्वभाव में सात से अधिक रंगों का अस्तित्व होता है। किस रंग से किसकी शह को मात देनी है, यह वे बखूबी जानती थीं। लेकिन जब किसी रंडी का धंधा ही बंद हो जाता है तो उन रंगों का प्रभाव भी अपने-आप समाप्त होने लगता है।

कुछ दिनों बाद ही वे आर्थिक संकट से जूझने लगी थीं। जिस कोठे पर वे रहती थी, उसका किराया इस बार नहीं जा सका था। शबनम बाई असमंजस में थी। किराया न सही, आश्वासन तो देना होगा। कोठे से उतर कर लाला की दूकान तक गयी थी वह।

पार्वती ने देह व्यापार से अपना हाथ खींच लिया था। बहुत कमाई की उसने शरीर बेच-बेच कर। क्या मिला उसे ? दो वक्त की रोटी, रहने के लिए अंधेरी और सीलन भरी जगह। लोगों का उपहास अलग। घोषित रूप से वे रंडियां थीं। रंडिया होने

की तो कीमत चुकाई ही थी उसने। रंडियां न होने की भी अब कीमत चुकानी लाजमी थी। उनके भीतर बाहर हुए हर परिवर्तन का जोखिम था। जिसे उन्हें उठाना ही था। रोकर उठाएं या हंस कर। हसीना, फूल और मुमताज अभी भी धंधा कर रही थीं। कुछ पैसा वे शबनम बाई को देती थी, पर अच्छा नहीं लगता था वह सब। उनके भीतर द्वंद्व उभरता था। वह द्वंद्व उन्हें अजीबोगरीब दुनिया में ले जाता था। ऐसे में सुमीत का ही सहारा था। हर धड़कन के पीछे उसकी आहट सुनाई पड़ती थी।

सुमीत आज जल्दी लौट आया था। उसे समय से पूर्व आये देख पूछ बैठी शबनम बाई,

"आज बेटे जल्दी आ गये।"

सुमीत ने आते ही कहा था,

"हां, मुझे कुछ बातें करनी थी।"

धीरे से पूछा था शबनम बाई ने,

"क्या बातें करनी थी ?"

बताया था सुमीत ने,

"मैं चाहता हूं आप सब यह धंधा छोड़ दें।"

जवाब दिया था उसने,

"छोड़ देंगी सुमीत बेटे। बदलाव को धीरे-धीरे ही होने दो तो अच्छा है।"
आश्चर्य में पूछा था सुमीत ने,

"आप क्या कह रही हैं अम्मी जान यह ?"

शान्त भाव से बोली थी वह,

"बेटे इन्होंने अगर यह धंधा तुरन्त छोड़ दिया तो ये कहां जाएंगी ?"

उत्तेजना के स्वर में जवाब दिया था सुमीत ने,

"सरकार की इतनी सारी योजनाएं हैं। नारी-निकेतन हैं...।"

बीच में बोल उठी थी वह,

"मैं सरकार को भी जानती हूं और सरकारी योजनाओं को भी। इन्हें घर चाहिए नारी निकेतन नहीं। वर्ना होगा यही कि यहां प्राइवेट तो पिंजरे है और वहां सरकारी पिंजरे हो जाएंगे।"

"लाला इस महीने का किराया नहीं दे पाएंगे।"

थले पर बैठे-बैठे लाला ने गर्दन घुमा कर देखा। उसके सामने शबनम बाई खड़ी थी। उसका चेहरा उदास था। होठों की रंगत वैसी न थी। आंखों में सुरमा न था। चंचल और चपल रहने वाली शबनम बाई आज खोई खोई-सी थीं।

यह सब महसूस कर पूछा था लाला ने,

"क्या बात है शबनम बाई ?"

जवाब दिया था, शबनम बाई ने

''लाला अब हमने यह पेशा छोड़ दिया है।''

लाला ने सुना तो विश्वास न हुआ। बरसों से शबनम बाई उसे बिना नागा किराया देती रही थी। कोई हील हुज्जत नहीं। उसने शबनम बाई की आंखों में देखा। वहां दृढ़ विश्वास था। लाला को अच्छा लगा सुनकर। उसे याद हो आया। कुछ माह पूर्व किसी ने कहा था। लाला जीवन में नेक काम करना। फिर देखना उसका कितना संतोष होता है।

आधी रात बीत गई थी। बाजार में जाग नहीं थी। सोये हुए थे वहां सब। राष्ट्र की बेटियां थकी हारी सो गई थीं, जो अभी सोई नहीं थीं, वे सोने की तैयारी कर रही थी। कुछ निढाल-सी हो करवटें बदल रही थीं। उनके भीतर-बाहर बेचैनी भरी हुई थीं। पार्वती पानी पीने के लिए उठी। अभी वह पानी के घड़े के नजदीक ही गयी थी कि बाहर से दरवाजा खटखटाने की आवाज आई। अक्सर रात में कोई आ जाता था। उसे भगा देती थी। यही सोच कर वह दरवाजे की ओर बढ़ी।

''कौन है ?''

उधर से दरवाजा पीटते हुए कोई कह रहा था,

''दरवाजा खोल, दरवाजा खोल...।''

पार्वती ने दरवाजा खोला तो सामने इंस्पेक्टर भानु प्रताप सिंह खड़ा था। उसकी आंखें लाल थीं। नशे में धुत, वह बड़बड़ा रहा था,

''स्साली इतनी जल्दी दरवाजा बंद कर लिया। तुझे पता नहीं मुझे आना था आज इधर।''

पार्वती का स्वर उभरा था,

''तू जा इंस्पेक्टर, रात बहुत हो गई है।''

लेकिन इंस्पेक्टर दरवाजा पार कर आंगन में आते हुए बोला था,

''रात बहुत हो गई है तो अच्छा ही है न।''

जवाब में बोली थी वह,

''अब यह सब अच्छा नहीं है।''

तभी आंखे तरेरते हुए इंस्पेक्टर ने कहा था,

''क्या अच्छा नहीं है ? चल मेरे साथ बिस्तर पर।

नाराज होते हुए कहा था पार्वती ने,

''इंस्पेक्टर, अभी तू जा यहां से।''

पार्वती की ना से जैसे वह बिफरने लगा था,

''क्या तू जा तू जा बकवास कर रही है। तुझे पता नहीं मैं इस एरिये का पुलिस इंस्पेक्टर हूं। और इसी थाने में मेरी पोस्टिंग हुई है। अगर कोई ग्राहक आता तो अभी तक तू कपड़े भी उतार देती।''

जैसे वह भी क्रोध में फट उठी थी,

''हां हां कोई ग्राहक आता तो अब तक कपड़े उतार देती। पर बता स्साले तू ग्राहक है। फोकट में लेने आया है।''

जैसे आग पर घी पड़ा हो।

''देख तू स्साली रंडी है और रंडी का जो काम है वही करना, जो आदमी कहे।'' पार्वती ने वैसे ही स्वर में कहा था,

''हां हां मैं रंडी हूँ। तू बता स्साले कौन सी कानून की किताब में लिखा है कि हर ऐरे-गैरे के सामने रंडी बिछ जाए।'' इंस्पेक्टर ने आगे बढ़ उसे जैसे ही अपनी बाहों में लेना चाहा। पार्वती उसे धक्का देते हुए चीखी थी,

''भाग स्साले नहीं तो...।''

शोर हुआ तो जाग पड़ गई। सबसे पहले शबनम बाई उठी, फिर सुमीत और बाद में हसीना और मुमताज। उन्होंने देखा। इंस्पेक्टर पार्वती को अपनी ओर खींच रहा था।

''क्या बात है इंस्पेक्टर तुझे शर्म नहीं आती। अरे अपना नहीं तो अपनी वर्दी का तो ध्यान कर।''

पर इंस्पेक्टर बेशर्मी से बोला था,

''हट स्साली, इसको कह मेरे साथ अभी सोए। नहीं तो तू सो मेरे साथ।''

सुनकर शबनम ने दुख भरे स्वर में कहा था,

''इंस्पेक्टर तू क्या कह रहा है ? मैं तेरी मां के बराबर हूँ। क्या तू अपनी मां के साथ भी सोता है ?''

''तू रंडी है मां नहीं। याद रख मां कभी रंडी नहीं होती।''

बिफरते हुए बोली थी शबनम,

''मां रंडी नहीं होती यह कौन-सी डिक्शनरी में लिखा है ?''

तभी नजदीक खड़ी फूल की ओर देखकर उसने कहा था,

''यह देख यह रंडी भी है और मां भी।''

इस बार व्यंग्य में बोला था इंस्पेक्टर,

''मुझे मालूम है तुम्हारी यह भाषा बदलने वाला कौन है, कहां छुपा रखा है उसे? जरा मैं भी तो देखूं उसे।''

तभी सुमीत प्रजातंत्र कार्यालय से लौटा था। आंगन के बीचो बीच इंस्पेक्टर खड़ा था। वह शराब पिये था। उसके मुंह से बदबू आ रही थी। उसे देख शराब के नशे में इंस्पेक्टर व्यंग्य से बोला था,

''तो यह है तुम्हारा लीडर।''

जवाब में कहा था सुमीत ने,

''इंस्पेक्टर बेहतर यही होगा, तुम वापस लौट जाओ।''

नशे में बुदबुदाया था वह,

''तू कौन है बे। भड़वा, दलाल या इनका कोई लगा बंधा ग्राहक ?''

सयंम रखते हुए बोला था सुमीत,

"इंस्पेक्टर में फिर से कह रहा हूँ तुम यहां से चले जाओं नहीं तो...।"

"नहीं तो तू क्या एक पुलिस वाले को धमकी देता है।"

वह अभी भी सयंम रखे था,

"नहीं एक पुलिस इंस्पेक्टर को धमकी नहीं दे रहा हूं बल्कि उसे शराफत से अपने घर लौटने की सलाह दे रहा हूं।"

इंस्पेक्टर ने बहकते हुए फिर कहा था,

"इसे कह, मेरे साथ रात बिताए।"

जवाब दिया था सुमीत ने,

"इसने यह सब छोड़ दिया है।"

पर इंस्पेक्टर मानने वाला कब था। एक तो पुलिस की वर्दी दूसरे शराब का नशा। इन दोनों तरह के मद से सराबोर हो गया था वह। इंस्पेक्टर ने जैसे ही पार्वती को फिर से अपनी तरफ खींचने का प्रयास किया था सुमीत ने उसे जोरदार धक्का दिया था। नशे में बहकते हुए वह फर्श पर गिर गया था।

तभी सुमीत यह कहते हुए बाहर की ओर लपका था,

"यह भागने न पाए। इसे यहीं रखना।"

सुमीत ने जाते हुए बाहर से दरवाजे पर सिटकनी लगा दी थी। और फुर्ती के साथ नीचे उतर गया। सबसे पहले उसने प्रजातंत्र में फोन किया। अभी पेपर छपना शुरू ही हुआ था। संक्षेप में उसने शराबी इंस्पेक्टर की न्यूज टेलिफोन पर बता दी थी। फिर असिस्टेंट पुलिस कमिश्नर को फोन किया था। थोड़ी देर में ही पुलिस की गाड़ी आ गई थी। वह उसी पुलिस दस्ते के साथ था। इंस्पेक्टर भानु प्रताप अभी भी लाल-पीली आंखे किये था। दो सिपाहियों के साथ सीनियर इंस्पेक्टर को देखा तो उसका नशा उतर गया था।

सुबह होने पर बाजार में दो खबरें पढ़ी और सुनी गईं। पहली इंस्पेक्टर भानु प्रताप ने शराब पीकर कोठा नम्बर आठ पर बदतमीजी की और दूसरी वे सस्पेंड हो गये। इन दोनों खबरों का पुलिस और रंडियों की दुनिया में महत्त्व था। सबसे पहले बधाई दी थी डाली और क्रेजी ने। फिर सायरा आई थी। उसके बाद रुखसाना, सुनहरी, जीनत और लिली। सभी ने सुमीत को प्रशंसा की थी।

इस घटना से सभी कोठे वालियों के होंठों पर सुमीत का नाम आ गया था। सुमीत अब केवल सुमीत नहीं रहा था बल्किं बन गया था। कोई कहती,

"वह एक सिरफिरा नौजवान है।"

दूसरी कहती,

"पागल है।"

तीसरी अपना तर्क देती,

''राह भटक गया है।''

चौथी असहमति में बोल उठती,

''एक नई राह बनाने की शुरूआत है वह।''

छटी अपना मत प्रकट करती,

''जरूर प्यार में धोखा खाया होगा तभी तो कोठे पर आना पड़ा।''

सातवीं बतलाती,

''हमें प्यार करना चाहता है।''

जहां भी तीन-चार वेश्याएं एक साथ होतीं, उनके बीच सुमीत की चर्चा अवश्य ही छिड़ बैठती। जवान और बूढ़ी हो चली वेश्याएं उसकी आंखों में झांकती पर उनकी तलाश अलग-अलग होती। स्वयं तलाश करने वाली आंखों में जहां आवेग होता वहीं ठहराव भी। वे इंतजार करती, कहती कुछ भी नहीं। कईयों ने उसके बारे में खोद-खोद कर पूछा भी था। जवाब मिलता था, सिर्फ एक आदमी...। पर कुछ को विश्वास नहीं था, क्योंकि वह एक आम आदमी नहीं था कुछ और भी था। उसके भीतर से आंदोलन उभर रहा था। वह खूब तपता था। हालांकि दूसरी तरफ भी तपिश होती थी। इससे वह बेखबर था। लेकिन पार्वती की तरफ से वह बेखबर नहीं रह पाया था। रहता भी कैसे। पार्वती की खामोशी ही उसे व्यथित करती थी। एक दिन उसने कहा थी,

''पार्वती समंदर बन कर मत रहो, नदी बनो। कल-कल करती नदी, गीत गाती, स्वयं भीगती और दूसरों को भी भिगोती।''

पर वह नदी कैसे रहे। उसके तो घाट ही बदल गये थे। रास्ते में झाड़-झंगार उठ आए थे। पत्थरों ने समय-समय पर रास्ता रोकने की कोशिश की थी।

पार्वती ने आज कल अपने आसपास गंभीरता की चादर ओढ़ ली थी। किताबें पढ़ने की उसके भीतर शुरू से ही रुचि थी। अब और अधिक बढ़ गयी थी। डायरी लिखना उसने बहुत पहले से शुरु किया था। मौसम बदल गया था। अच्छी लगाने लगी थी। आज रविवार था। सुमीत आंगन में बैठे हुए अखबार पढ़ रहा था। बराबर के कोठे से समुन आई आते ही कहा। भाई जी को सुनहरी बेगम ने बुलवाया है। सुमन जैसे ही आई वह उसके पीछे-पीछे हो लिया। बराबर के कोठे पर वैसी ही कोठरियां थीं। पूछने पर पता चला सुनहरी कोठरी के भीतर लेटी थी। सुमीत वहीं चला गया था। देखा

अल्मूमिनियम के दो-तीन टेढ़े-मेढ़े बर्तन। बस इतना सा ही इस घर में था। जवानी में बुढ़ापे की तस्वीर बनी एक कंकाल-सी औरत। बाल बिखरे हुए, जिनसे झांकती सफेदी। आंखों में बेचैनी और दहशत। गंदी सी साड़ी और ढीला ढाला ब्लाउज। होठों का शहद जैसें समय ने चूस लिया हो। उसकी आंखों में झील नहीं थी केवल गद्दे थे। पलकें झपकने का अहसास ही होता था। पिचके हुए गाल, पान के कत्थई रंग में रंगे दांत, लटकती हुई घातियां। वह एक सस्ती वेश्या थी। नाम था

सुनहरी बेगम। अब न वह सुनहरी रही थी। और न ही किसी की बेगम। उसे छेद-पीट कर रिक्शा-तांगे वाले अपनी-अपनी गर्मी निकालते थे। उसका कोई रेट न था। इसलिए आने वाले ग्राहकों से मोल-भाव नहीं करती थी। ग्राहकों को भी अपनी खाज मिटानी होती थी। उन्हें न चांद से मतलब था और न चांदनी से। उन्हें एक अदद औरत की जरूरत होती थी। वे खड़ खड़ाते हुए आते थे और सड़ सड़ाते हुए चले जाते थे। सुनहरी बेगम को कोई पूरे नाम से नहीं पुकारता था। सुनहरी भी नहीं कहते थे। मुड़तुड़ और कटघंट कर केवल सुनैरी नाम उसके हिस्से में रह गया था। वह उसी से संतुष्ट थी। न सोने-चांदी की बरसात की दरकार थी और न अपना पूरा नाम सुनने की। जरूरत होती तो केवल कुछ रुपयों की, जिससे दो वक्त का भोजन और चार वक्त की चाय तथा रात होने पर थोड़ी बहुत देशी शराब का इंजजाम हो जाए। दिन में सुनहरी बेगम से लोग नशा करते और रात में शराब की बोतल से वह स्वयं नशा करती। एक छोटे तख्त पर सुनहरी बेगम लेटी थी। कोठरी के भीतर उजाला कम था। सुमती ने उसके माथे को हुआ। माथा गर्म था उसके मुंह से अनायास निकल पड़ा,

"अरे आपको तो बुखार है।"

सुमीत के हाथ का स्पर्श सुनहरी बेगम के लिए सुःखद अनुभूति था। भावुकता में बोली थी वह,

"नहीं रे। मुझे कुछ भी तो नहीं हुआ है। मैं तो बस एक बहादुर नौजवान के दीदार करना चाहती थी।"

कहते-कहते उसका गला भर आया था। बीच में खांसी आई। सुमन भागी-भागी पानी से भरा गिलास ले आई। उसके हाथ से गिलास लेकर सुमन ने स्वयं पानी पिलाया। आधा गिलास पानी ही पी सकी थी वह। गिलास सुमन को वापस करते हुए बोला था सुमन,

"मैं नीचे से डॉक्टर को ले आंऊ।"

कहते हुए वह चला गया था। जल्दी ही सुमीत डॉक्टर के साथ लौटा था। 102 बुखार था। डॉक्टर ने गोलियों के साथ पीने की दवाई भी भिजवाई थी। सुमीत ने स्वयं अपने हाथों से सुनहरी बेगम को पहले पानी के साथ गोलियां दी थी फिर दवाई की खुराक चम्मच से पिलाई थी। सुमीत की मौजूदगी से जैसे सुनहरी बेगम को बल मिला था। रात होने पर सुमीत लौट आया था।

कच्ची उम्र में ही उसे पुजारियों और पुरोहितों ने पकाने का कुचक्र जो किया था। न लिखती तो पत्थर के देवताओं से अपना सर टकरा-टकरा कर वह जान दे देती। लिखने से पीड़ा कम होती थी। डायरी लिखते-लिखते वह देवदासियों के इतिहास की सनद बन गयी थी।

उस दिन तो दल्ला चला गया था, पर आग भर गई थी शबनम बाई के भीतर। जो उसी दिन से उसे बेचैन किये थी। जैसे कांच के टूटे हुए टुकड़े उसकी शिराओं

में रेंगते थे। ऐसे समय में पुलिस ही उसकी साथी थी। पर पुलिस वाले भी क्या कम थे। प्रत्येक विभाग में अच्छे-बुरे कर्मचारी हुआ करते हैं। पुलिस विभाग में भी ऐसा ही था। कुछ कर्मठ थे तो कुछ अपनी डीयूटी के प्रति लापरवाह। पर उनमें तीसरी श्रेणी के लोग भी थे। जो तनख्वाह पुलिस विभाग से लेते थे और नौकरी दलालों भड़वों तथा रंडियों की बजाते थे। राजनीतिज्ञों से उनके रसूख थे। जो उन्हें दे शह देते थे। नया दल्ला उन्हीं रसूखों से रंडियों की सल्तनत का वजीर बनना चाहता था।

शबनम बाई ने सोचा था। नया दल्ला अब नहीं आएगा, पर यह उसकी भूल थी। एय्याशों की जमात को संभोग का साधन जुटाने वाले क्या कभी पीछे रहे हैं। फिर वह क्यों पीछे रहता। अगले सप्ताह ही नया दल्ला फिर आ गया आते ही दल्ले ने जोर देकर कहा था,

''उससे कह वह देना हमारे रास्ते में न आए।''

शबनम बाई धीमे से बोली थी,

''वह एक अच्छा इंसान है,''

उसने पलट कर वार किया था,

''अच्छा इंसान है तो यहां क्यों आता है ?''

इस बार उसके स्वर में तीखापन था,

''क्यों, क्या यहां अच्छे लोग नहीं आ सकते ?''

अजीब से स्वर में दल्ला बोला था,

''क्यों हिंया कोई अच्छा काम होता है जो अच्छे लोग तुम्हारी आरती उतारने आएं।''

शबनम ने भी तुरंत जवाब दिया था,

''जब तेरे जैसे दल्ले यहां आएंगे तो अच्छा काम कैसे होगा भला ?''

इस बार दल्ले ने अपने स्वर को थोड़ा संयत बनाया था,

''देख शबनम बाई मैं आता हूँ तुम लोगों की हिफाजत के लिए। नहीं तो पुलिस एक ही दिन में तुम लोगों की चमड़ी उधेड़ दे।''

इस बार शबनम का स्वर जैसे रोष से भरा था,

''कोई किसी की चमड़ी नहीं उधेड़ता। आखिर हम भी तो इंसान हैं। और जहां तक हमारी हिफाजत करने की बात है तुम अपने स्वार्थ के लिए हमें इन पिंजरे में बंद कर रखा है तुम जैसों ने।''

जवाब दिया था दल्ले ने,

''अगर ऐसी ही बात है तो क्यों नहीं निकल जाती इन पिंजरों से बाहर ?''

शबनम बाई के स्वर में पीड़ा उभर आई थी,

''तुम लोग पिंजरे से बाहर निकलने दो तब ना।''

दल्ले ने धीरे से जैसे कोई राज की बात कहनी चाही थी,

"देख शबनम बाई तुझे भी अपना बुढ़ापा काटना है। एक नया माल आने वाला है। तुझे भी फायदा होगा और मुझे भी। इस लौंडे को हिंया से बाहर निकाल और नई लोंडिया को रख। वह तुझे चांदी से तुलवा देगी।"

तभी नाराजगी में शबनम बाई ने कहा था,

"कान खोलकर सुन लो। मैं और मेरी ये बेटियां धंधा छोड़ चुकी हैं। मेरी सलाह मानो तो तुम भी इस धंधे से अब तौबा कर लो। ऊपर वाले को जवाब नहीं देना क्या तुमने ?"

थोड़ा मुस्कराते हुए उसे जवाब में कहा था,

"शबनम बाई, ऊपर वाले को तो मुझे बाद में जवाब देना होगा। अगर यह धंधा छोड़ दिया तो पहले नीचे वालों को की जवाब देना भारी पड़ जाएगा।"

अपने को संयत करते हुए कहा था शबनम बाई ने,

"इस धंधे से तौबा कर और खुदा से डर।"

जवाब दिया था दल्ले ने,

"शबनम बाई तू तो सब समझती है। खेली-खिलाई भी है। फिर भी अनजान बन रही है।"

कुछ पल ठहर कर शबनम बोली थी,

"मैं अनजान नहीं बन रही हूं। तब मुझे समझ नहीं थी। अब आ गई है।"

दाल न गलते देख जाते हुए धमकी दी थी उसने,

"देख शबनम बाई, दरिया में रहना है तो मगरमच्छ से बैर मत करना।"

शबनम ने भी पलट कर जवाब दिया था,

"तू भी देख हमें इसी दरिया में रहना है। मगरमच्छ चाहे तो कहीं ओर चला जाए।"

अपनी कोठरी के भीतर लिखना छोड़ पार्वती बाहर आ गई थी,

"यह क्यों आया था फिर से ?"

तैश में बोली थी वह,

"हरामी है स्साला, हराम की कमाई जब तक नहीं मिल जाती जब तक पेट नहीं भरता इसका।"

थोड़ी देर ठहर पूछा था पार्वती ने,

"बड़ी अजीब बात है ना। हम जिस धंधे को छोड़ना चाहते हैं वहीं कुछ लोग नहीं चाहते कि...।"

बात पूरी की थी शबनम ने,

"यह तो हमेशा-हमेशा से चलता आया है।"

तभी पीड़ा से भरा स्वर उभरा था,

"पर अच्छे कार्य के लिए हमें कोई मदद करने को तैयार नहीं। क़हां गये देश

के लीडर ?''

''उनके दरबारों में भड़वे और दलालों की ही पहुंच है।''

रात अधिक हो गई थी। सुमीत अभी तक नहीं आया था। आयी थी दु:खद खबर। उस पर किसी ने हमला किया था। बुरी तरह से वह जख्मी हुआ था। इस समय अस्पताल में हैं। पार्वती ने सुना तो वह भीतर बाहर से कांप गयी। गले में दर्द उभर आया था और आंखों में आंसू। रात के बारह बज गये थे। ऐसे में अस्पताल में मुलाकात भी संभव नहीं थी। पार्वती बुरी तरह से व्यथित थी। शबनम बाई ने समझाया था,

''रोती क्यों है पगली, सुबह होते ही चलेंगे अस्पताल।''

शबनम ने दिलासा दी तो आंसू थमे थे, पर गला भर आया था,

''अम्मी, एक वही तो है जो मेरी जिंदगी में उजाला बनकर आया है।''

शबनम ने उसे समझाते हुए पूछा था,

''सिर्फ तेरी जिंदगी में उजाला बनकर आया है वह ?''

सिसकियां भरते हुए पार्वती चुप थी। शबनम ने फिर पूछा था,

''बतला पार्वती, सिर्फ तेरी जिंदगी में...।''

अचानक पार्वती ने उसकी छातियों में समाने का प्रयास किया था। जहां ममता की नदी ठहर जाती है।

''देख पार्वती वह सिर्फ तेरा ही नहीं है, हम सबका है। उसके भीतर मैंने सूरज को उगते देखा है। वही सूरज जहां-जहां जाता है, वहां-वहां उजाला हो जाता है और अंधेरा दूर होता है।''

उस रात पार्वती शबनम बाई को गोद में सोई। मां की ममता जैसे पुन: लौट आई हो। रात में करवटें बदलते हुए पुकारा था कई बार,

''मां... मां..।''

मां कहां थी ? मां की चिट्ठी अभी भी चार तह हुई उसके संदूक में रखी थी। गांव भर में उस दिन स्याही नहीं मिली थी। खून का अंगूठा लगाया था सुबन्नी ने। किसी राह चलते से पत्र लिखवाया था। पत्र तो लिखा गया, पर पोस्टकार्ड पर अंगूठा कैसे लगाए। उसके लिए अपने ही खून को सुई की नोक से बाहर निकाला था। गांव के लोग उसे पगली कहते थे। इसलिए कि उसने कई बार थूका था पत्थर के उन देवताओं के ऊपर, जिनकी देवदासी बनना पड़ा था बेटी को। बूढ़ी आंखों ने सब कुछ देखा था। मंदिर के भीतर हुई रंग रलिया और बाहर भी। सचमुच वह पगला गई थी। तभी तो सारा दिन उन देवताओं पर थूकती फिरती थी, जिनकी पूजा-पाठ में गांव के सारे लोग रात दिन लगे रहते थे। कई लोगों ने पागलखाने भेजने की बात की थी। पर एक-दो भले लोगों ने कहा था,

''पागलखाने भेज कर क्यों अपने सर पर पाप लेते हो। कुछ ही दिनों में मर-खप

जाएगी बेचारी।''

गांव में उनकी जात के लोगों की अलग बस्ती थी। अलग बस्ती, अलग गली, अलग कुंए, सब कुछ अलग था। पर सवर्णों की बस्ती, गलियों, कुओं और मंदिरों में पगलाए हुए वह घूमती फिरती थी। न किसी को जौहार कहती थी और न राम-राम। बस खूब खिल खिलाती थी, पुजारी को देखकर हंसती थी। सवर्णों का उस पर काई बस नहीं था। देवताओं की चलती न थी। पागल होकर सामांजिक रुढ़ियों और बाधाओं से मुक्त हो गई थी वह। अब उसे किसी का भय न था। गांव का पटेल, जमींदार, पुरोहित और पुजारी सभी उसकी ओर कुछ पलों के लिए देखते भर थे। फिर नजरें हटाकर किनारा कर लेते थे। उन्हें अब उससे कोई दुविधा नहीं थी।

लगभग एक जैसा ही व्यवहार करते थे स्त्री-पुरुष बच्चे और बूढ़े उसके साथ। चाहे वे दलित हो या सवर्ण उनके व्यवहार में कोई अंतर न था, क्योंकि उनकी परंपराएं और लोकनीति एक जैसी हो गई थी। वे सब धर्मभीरू थे। धर्म की मान्यताओं को ओढ़ते-बिछाते थे। उत्सव धर्मी समाज में तो प्रथाएं उनके जीवन में रची-बसी थी। वे सभी मानते थे कि सुबन्नी पर यलम्मा का प्रकोप है। उससे अवश्य ही कोई न कोई गलती हुई है, जो उसकी ऐसी हालत हुई। अपनी-अपनी रुढ़ियों की गिरफ्त में बंधे हुए वे विवश थे। गांव में न कोई डाक्टर था और न हकीम। झाड़-फूंक और वेद मंत्र पढ़ने वाले बहुत थे। वे भाग्य और भगवान् में विश्वास रखते थे और यलम्मा के क्रोध के खिलाफ जाने को तैयार न थे।

वे आस्थावान थे पर चरित्रवान नहीं। गांव में देवदासियों का बनना अभी भी जारी था। गांव की लड़कियां जवान होते-होते देवताओं की अमानत मान ली जाती थीं। देवदासी प्रथा रोकने के लिए छुटपुट प्रयास हुए थे, जो ऊंट के मुंह में जीरा बन निरर्थक साबित हुए थे।

पार्वती को जब तक समझ आती वह चकले में कैद हो चुकी थी। पार्वती ने चकले से निकलने के लाख प्रयास किये। पर मुक्ति नहीं मिली इन पिंजरों से। मां को भी पत्र लिखा था। मां मैं अपने गांव लौटना चाहती हूँ। बूढ़ी आंखों की आंखों में ज्योति न थी। भीतर सिर्फ हाहाकार था उसके। गांव अब पुराना गांव नहीं रहा था। नई चीजें जुड़ गई थीं। गांव के बाहर शराब की दूकान खुलवा दी थी सरकार ने। उसी के पास जिंदा और मृत मांस की मंडी भी। किस मुंह से बुलाती गांव। जो वहां वहीं यहां। सब तरफ हाट लगने लगे थे।

सारी रात वह सो न सकी। अतीत के दु:खद चित्रों के साथ वर्तमान भी पीड़ा देने लगा था। वर्तमान की आस भी धूमिल होती जा रही थी। कल दिन में सुमीत को गुण्डों द्वारा पीटे जाने की खबर सुनकर उसे सदमा पहुंचा था। सुबह मुर्गा जैसे ही बाग देता था उसकी नींद भी टूट जाती थी। आज भी जैसे ही उसने मुर्गे की बाग सुनी,

उसकी आंखे खुल गई थी। उसने तुरन्त बिस्तर छोड़कर शबनम बाई को भी जगा दिया था। शबनम बाई ने उठते हुए कहा था,

"मैं तैयार होती हूं। तू भी जल्दीसे तैयार हो जा।"

मौसम बदल गया था। ठिठुरने वाले दिन और रातें शुरू हो गये थे। वे जल्दी से हाथ-मुंह धोकर तैयार हो गई। बाबू सुबह स्कूल जाता था। फूल ने उनके लिए भी चाय बना दी। चाय पीकर उन्होंने जल्दी-जल्दी सीढ़िया उतरीं। सड़क पर आकर शबनम बाई ने स्वयं बुर्का पहना। फिर एक और बुर्का पार्वती की ओर बढ़ाते हुए कहा,

"जल्दी से कपड़ों के ऊपर डाल ले।"

पार्वती ने वैसा ही किया। बीस कदम के बाद चौराहा था। वहीं से उन्होंने रिक्शा लिया। लगभग बीस मिनट बाद सिटी हास्पिटल के सामने रिक्शा चालक ने ब्रेक लगाये थे। रिक्शा से उतर कर पहले शबनम बाई ने रिक्शा वाले को दो रुपये दिये फिर अपना बुर्का उतार कर हाथ में ले लिया था। पार्वती ने भी वैसा ही किया।

थोड़ी देर में पूछते हुए वे जनरल वार्ड में आ गये थे। जनरल वार्ड में भीड़ होने के साथ अफरी-तफरी भी थी। लगभग अस्सी बिस्तर थे। चालीस इधर तो चालीस उधर। नर्स और डॉक्टर आ जा रहे थे। उनके पीछे-पीछे डॉक्टर साब, डॉक्टर साब कहते हुए लोग अपने-अपने शरीरों को जैसे ठेल रहे थे। वे मरीजों के रिश्तेदार थे। उन्हीं के बीच से रास्ता बनाते हुए दोनों की आंखों सुमीत को खोज रही थीं। तभी पार्वती की निगाह एक बेड पर पड़ी। वह भागी-भागी उधर गयी। शबनम बाई उसके पीछे-पीछे थी। पास आकर पुकारा था पार्वती ने,

"सुमीत।"

आवाज सुनकर आंखें खोली थी सुमीत ने। देखा पार्वती और शबनम उसके सामने खड़ी थीं।

"सुमीत यह क्या हो गया तुम्हें ?"

द्रवित स्वर उभरा था पार्वती के भीतर से और सुमीत के कुछ कहने से पहले ही उसकी आंखों में आंसू छलछला आए थे। आंसू तो शबनम बाई की आंखों में भी थे, पर उसने रोकने का प्रयास किया था। जब मन द्रवित हो तो आंसू भला कहां रुकते हैं ? स्वयं सुबकते से शबनम बाई ने पार्वती को ढांढस बंधाते हुए धीरे से कहा था,

"रोती क्यों हैं पगली ?

पर उसकी आंखों से असुधारा बह उठी थी,

"रोऊ नहीं तो क्या करुं ? इतना सब हो गया। पता ही नहीं चला।"

पुनः कहा था शबनम बाई ने,

"अब चुप भी कर पार्वती।"

बड़ी मुश्किल से पार्वती की रुलाई थमी थी। सुमीत के पास बिस्तर पर बैठते

हुए फिर से पूछा था उसने,

"कैसे हो गया यह सब ?"

भरे गले से आवाज उभरी थी सुमीत की,

"क्या बताऊं ?"

पार्वती ने पुनः कहा था,

"फिर भी।"

सुमीत ने बतलाया था,

"वह अखबार के बाहर सड़क पर आया था। अचानक दो लोगों ने मोटर साईकिल से उतर कुछ मुझे मारना शुरू कर दिया। जब तक लोग मुझे बचाते, वे मुझे काफी जख्मी कर चुके थे।"

पार्वती ने सफेद चादर हटाई तो देखा। सुमीत के हाथ, पावं, कूल्हें पर चोट थी। सर में भी चोट आई थी। जिस पर पट्टी बंधी हुई थी। पार्वती की रुलाई फिर से फूट पड़ी थी। शबनम बाई ने समझाया। रोते हुए वह बोली थी।

"यह सब हमारी वजह से हुआ न।"

जवाब दिया था सुमीत ने,

"नहीं पार्वती, जिस उद्देश्य को लेकर मैंने संघर्ष शुरू किया है, उस कारण यह होना ही था। कल को हो सकता है वे मुझे जान से भी मार दें।"

तभी उसके होंठो पर अपनी हथेली रखते हुए कहा था पार्वती ने,

"नहीं, नहीं तुम्हें कुछ नहीं होगा।"

बीच में बोल उठी थी शबनम बाई।

"तुम जल्दी अच्छे हो जाओगे, चिंता मत करो।"

मुलाकात का समय खत्म हो गया था। घड़ी की बड़ी सुई नो पर थी। नर्स सभी को बाहर आने के लिए कह रही थी। उन दोनों को भी बाहर आना पड़ा।

सुमीत के शरीर पर हुए जख्म भरने लगे थे। पर उन जख्मों को कैसे भरा जाए, जिन्हें पुलिस और गुण्डों ने मिल जुल कर दिये थे। शारीरिक उत्पीड़न के साथ मानसिक उत्पीड़न भी उसे मिला था। अस्पताल में वह पूरे एक सप्ताह रहा था। पार्वती के साथ और भी तीन चार वेश्याएं मिलने आई थी। शबनम बाई कई बार आई। उसके स्पर्श में मां की ममता का अहसास होता था। आते ही वह समझाती,

"फिक्र मत करना बेटे। तुझ पर अल्लाहताला का रहमोकरम है। ये गुण्डे तेरा क्या बिगाड़ेंगे। तुझे अभी बहुत कुछ करना है। तू बहुत जल्दी ठीक हो जाएगा और मेरे इस आंचल की छांह में महफूज रहेगा।"

शबनम बाई से बातें करते हुए कभी-कभी उसकी आंखों में आंसू आ जाते। तब शबनम बाई स्वयं अपनी हथेली से उसके आंसू पौंछते हुए कहती,

"बेटे तुम तो मर्द हो और मर्दों का रोना अच्छा नहीं लगता।"

कहते-कहते स्वयं उसकी आंखे भर आतीं। सुमीत से छुपाते हुए भी अपने दुपट्टे से वह झट आंसू पौंछ डालती और जल्द ही वार्ड के बाहर आ जाती। बाहर कोई जानने वाली वेश्या मिल जाती। वह पूछती। जवाब में कह देती,

"मेरा बेटा अस्पताल में हैं।"

वेश्याएं सुनकर चौंक उठती। तड़ से अगला सवाल कर देती,

"शबनम बाई, हम सब तो रंडियां हैं और रंडियों के तो बेटे नहीं होते।"

"क्यों नहीं होते बेटे, क्या हमें बेटे जनने का हक नहीं है।"

कहते हुए उसकी आवाज भर्रा उठती। फिर अस्पताल से कोठे तक दुपट्टे से वह बहते हुए आंसुओं को ही पौंछते हुए बीच का रास्ता तै करती। पूरे रास्ते में वही बात कील की तरह चुभती, रण्डियों के तो बेटे ही नहीं होते...।

अस्पताल से छुट्टी मिली तो सुमीत सीधे बेल बाजार आया। पार्वती साथ में थी। शबनम बाई ने देखा तो उसका कलेजा मुंह को आ गया। वह मन ही मन पूछ बैठी आखिर वह क्यों अपनी जान दांव पर लगाए है, किस रिश्ते से वह अपनी ज़िम्मेदारी निभा रहा है ? घाव भर गये थे, पर हादसे की छाप अभी तक उसके चेहरे पर मौजूद थी। दाईं आंख के नीचे निशान-सा बन गया था। कोहनी की खाल बता रही थी कि जैसे बेदर्दों ने उसे छीला गया था।

सुमीत अस्पताल से आया तो कई कोठों से वेश्याएं उसे देखने आईं। बराबर के कोठे से तो सभी आईं। सुनहरी बेगम भी उसके साथ में थी। आते ही वह गुस्से में बोली थी,

"जिनहोंने तुझ पर हमला किया, खुदा उन्हें गारत करे।"

सुमीत के शरीर पर हुए जख्म तो ठीक हो गये थे, पर निशान अभी बाकी थे। सुनहरी बेगम उन निशानों को हाथ से स्पर्श करते हुए हमलावरों को दोजख पहुंचाती रही थी। सुमीत भी काफी देर तक सोचता रहा कि उसका परिवार अब कितना बड़ा हो गया था। वे सब उससे मिलने आईं देखकर अच्छा लगा।

शाम हो गई थी। बाजार में सज-संवर कर अपने-अपने कोठों पर बैठने की प्रक्रिया आरंभ हो गई थी। हसीना और मुमताज दिखाई नहीं दी। पूछने पर पता चला। वे नीचे कुछ जरूरी सामान लेने गई हैं। थोड़ी देर में वे दोनों आ गईं। सुमीत को उन्हें देखकर अच्छा लगा। हसीना और मुमताज को भी सुमीत को अस्पताल से आया देख खुशी हुई। अन्य वस्तुओं के साथ उनके हाथ में मिठाई का डिब्बा भी था, जैसे ही डिब्बा खोलकर मिठाई का टुकड़ा हसीना ने उसकी ओर बढ़ाया, वह पूछ बैठा,

"यह किस खुशी में है ?"

तपाक से जवाब दिया था हसीना ने,

"हमारे भाई जान के अस्पताल से ठीक होकर आने की खुशी में।"

तभी सुमीत संजीदगी से बोला था,

"मुझे भाई भी मानती हो और वह सब भी करती हो जिसके खिलाफ संघर्ष करने पर तुम्हारे भाई को यह कीमत चुकानी पड़ी।"

हसीना ने तुरंत जवाब दिया था,

"वह सब हमने छोड़ दिया है।"

फिर से पूछा था सुमीत ने,

"सच कह रही हो।"

हसीना ने ही फिर जवाब में कहा था,

"बिल्कुल सच, अल्लाह पाक की कसम।"

तभी सुमीत ने मुमताज की आंखों में देखा था। वह बिना पूछे ही बोल पड़ी थी,

"हसीना सच कह रही है।"

सुमीत ने उससे पूछा था,

"और तुमने।"

उत्तर दिया था उसने,

"मैंने भी।"

सुमीत के मुंह से निकला था,

"शाबास...।"

इसी बीच हसीना ने उसके होंठो तक मिठाई का टुकड़ा ले जाते हुए कहा था,

"अब तो मुंह मीठा कर लीजिए भाई जान।"

सबसे पहले सुमीत ने मुंह मीठा किया, फिर सुमीत ने हसीना और मुमताज को अपने हाथ से मिठाई खिलाई। बाद में पार्वती को मिठाई खिलाते हुए हसीना बोली थी,

"पार्वती तुमने जो इस कीचड़ से निकलने की पहल की, उसके लिए मुझे हमेशा याद रहेगा और भाईजान की तो मैं शुक्रगुजार रहूंगी ही। उन्होंने हमारे लिए जो खतरा उठाया।"

नजदीक ही फूल खड़ी थी। सुमीत ने उसे भी मिठाई के लिए बुलाया तो भरे गले से उसने कहा था,

"सुमीत भाई, मैं इसकी हकदार कहां हूं।"

उसका आशय समझते हुए बोला था सुमीत,

"कोई बात नहीं आण्टी, तुम्हारे भीतर भी बदलाव आएगा। कहते हैं न। देर है अंधेर नहीं। मैं कहता हूं अंधेर है, पर अंधेर को दूर करने वाले उजाले की भी देर नहीं है।"

फिर शबनम बाई को पार्वती ने मिठाई खिलाई थी। बाद में सामने के कोठे में सभी का मुंह मीठा कराने चली गईं थी। जल्दी ही वहां से लौटी तो हसीना और मुमताज ने सयुंक्त स्वर में कहा था,

"भाई जान हम सभी ने आपकी सलामती की दुआएं मांगी थी।"

सुमीत को अच्छा लगा था सुनकर। बाजार में धीरे-धीरे वेश्यावृत्ति के खिलाफ शुरु हुए आंदोलन का प्रभाव हो रहा था। अंधेरे के खिलाफ उजाले की किरणें फूटने लगी थीं।

वैसे रंडियों का पूरा बाजार ही सुर्खियों में था और विशेषरुप में कोठा नम्बर आठ। और होता भी क्यों नहीं प्रजातंत्र अखबार के पत्रकार ने कोठे पर रहना जो शुरू कर दिया था। यूं अब यह कोठा नहीं था, एक घर था। पर पुलिस की फाइल में अभी तक कोठा ही था पुलिस फाइल के अनुसार जहां पांच रंडियां रहती थीं। लाला छिद्दा मल का वह मकान था। जिसे रंडियों ने किराये पर बीस साल पहले लिया था। यहां पहले मुजरा होता था। अब पेशा होता है। बीस साल में चालीस बार इस कोठे पर छापा मारा गया था। दो लड़कियों ने इसी कोठे पर आत्महत्या की थी। चार ग्राहकों को दलालों ने चाकू से घायल किया था। अब सुमीत नाम का कोई युवक रहता है। पेशे से वह अपने आपको पत्रकार बतलाता है। इस कोठे पर रंडियों के द्वारा धंधा करना अभी भी बदस्तूर जारी है। कोठे वालियों ने कई बार पुलिस से बदतमीजी भी की है।

पुलिस थाने में प्रत्येक कोठे की अलग फाइल थी। वे फाइले ही हफ्ता उघाने की तीती जागती स्रोत थीं। जब भी कोई नया सरकिल आफिसर आता था, वह अपने मातहत से इन फाइलों की संख्या अवश्य पूछता था। जितनी अधिक फाइले उतनी ही मोटी रिश्वत। कोठा नम्बर आठ से हफ्ता जाना बंद हो गया था। यह बात चौंकाने वाली थी। परंपरा के खिलाफ यह कैसे हो गया ? अंधेरे से उजाले की ओर वेश्याओं के कदम बढ़ने लगे थे। सेक्स वर्कर्स के बीच चेतना आने लगी थी। यह तो आश्चर्य था। दलालो और भड़वों के लिए यह खबर जितनी दुःखद आश्चर्यजनक थी उससे कहीं अधिक पुलिस थाने में हड़बड़ाहट पैदा करने वाली थी।

इसी से नयी समस्या खड़ी हो गई थी। खाकी वर्दी और उस पर भी कुछ फीतधारियों तथा स्टारधारियों को अगर हर सप्ताह या हर माह रिश्वत नहीं मिले तो रिश्वतखोर पुलिस अधिकारियों के पेट का पानी हिलने-डुलने लगता है। रिश्वत न मिलने से ऐसे परिवारों के बिगड़े हुए बच्चों तथा फैशनेबल औरतों को भी परेशानी होने लगती है। ऐसा ही हुआ पहले कोठा नम्बर आठ और फिर कोठा नम्बर नौ पर वेश्यावृत्ति बंद हो गई तो उन सबके हाथों में भी खाज होने लगी। कोढ़ियों से कहीं अधिक बेचैनी उनके भीतर-बाहर देखने को मिलने लगी। कभी-कभी थाने में कार्यरत कर्मचारियों के बीच नोक-झोंक हो जाती। वे एक-दूसरे का कद नापने को ही तैयार हो जाते। अधिक खुजली होने लगती तो कमिश्नर के साथ रिश्तों पर ही टीका टिप्पणी शुरू हो जाती।

थाने में जब से नया अफसर आया था तभी से खूब उठा पटक होने लगी थी। हर पुलिस अफसर का यही दस्तूर होता है। आते ही उतना रुआब जताओ कि लोग

उसके नाम से ही कांपने लगे। उस क्षेत्र में उतनी दहशत फैलाओ कि लोग अपने सिर ही न उठाएं। लोगों को भेड़-बकरियों से अधिक न समझो। उनकी आवाज मैमने से अधिक न सुनी जाए। नये अफसर का तकिया कलाम था। इस साले प्रजातंत्र में हर ऐरा गैरा सिर उठाने लगा है। ऐसे सिरफिरों के सिरों को कुचलना पड़ेगा।

गुलाब सिंह को कोठा नम्बर आठ पर हुए बदलाव से सख्त एतराज था। उसका पुलिसिया दर्शन था। पिंजरे में बंद चिड़ियां मुक्ति के गीत क्यों गाएं ? उन्हें गुलामी के परिवेश में ही रहना चाहिए। अंधेरे में उजाले की एक भी किरण उसे बर्दाश्त नहीं थी। इसलिए कि जहां अंधेरा होगा, अंधेरगर्दी भी वहीं फलेगी फूलेगी। अंधेरगर्दी फलेगी फूलेगी तो पुलिस वालों का साम्राज्य बना रहेगा।

दोपहर में हवलदार ने दस्तक दी थी। आवाज सुनकर पार्वती ने दरवाजा खोला था। देखा सामने बावर्दी हवलदार खड़ा था।

"क्या बात है हवलदार, आज रास्ता भूल गये क्या ?"

सुनकर कड़कदार आवाज में बोला था वह,

"रास्ता नहीं भूला बाई नये अफसर ने तुम्हारा रास्ता याद दिला दिया है।"

पहेली-सी लगी पार्वती को हवलदार की बात। उसी पहेली को सुलझाते हुए कहा था उसने,

"साफ-साफ बोल हवलदार क्या बात है ?"

जवाब दिया था हवलदार ने,

"नये अफसर ने तुझे थाने बुलवाया है।"

उसने आश्चर्य में दोहराया था,

"थाने बुलवाया है, पर क्यों ?"

उत्तर में कहा था हवलदार ने,

"मुझे नहीं मालूम बाई।" पल भर रुक कर उसने इधर-उधर देखते हुए कहा था, "जल्दी कर मेरे पास टैम नई है।"

फिर पूछा था पार्वती ने,

"कौन है तुम्हारा नया अफसर ?"

संक्षिप्त जवाब आया था उसकी ओर से,

"गुलाब सिंह।"

तभी व्यंग्य से भरा स्वर उभरा पार्वती का,

"अच्छा नया अफसर आया है। हां भई भभकी तो दिखाएगा ही।" बुरा लगा था हवलदार को। एक वेश्या उसी के सामने उसी के नये अफसर के बारे में टीका करे। तभी वह नाराजगी के स्वर में बोला था,

"देख बाई, जल्दी कर मेरे पास टैम नई है।"

थोड़ा नाराजगी में बोली थी पार्वती,

"ठीक है ठीक। ज्यादा भाव नहीं बढ़ा अपना।"

तभी हवलदार ने धीरे से कहा था,

"प्यास नहीं बुझाएगी बाई।"

सुनकर कहा था पार्वती ने,

"हमने पुलिस वालों के लिए प्याऊ नहीं खोला हुआ है यहां।"

तभी भीतर से शबनम बाई की आवाज आई थी,

"कौन है दरवाजे पर ?"

जवाब दिया था पार्वती ने,

"हवलदार है।"

हवलदार वहीं खड़ा रह गया था जबकि पार्वती भीतर चली गई थी। सख्त आवाज उभरी थी वहीं से,

"क्या करने आया है हवलदार यहां ?"

जवाब में बोली थी पार्वती,

"नये पुलिस अफसर ने थाने में बुलाया है।"

शबनम बाई ने पुनः पूछा था,

"पर क्यों ?"

सीधे-सीधे कहा था उसने,

"क्या मालूम"

तभी शबनम बाई बाहर निकल आई थी,

"क्या बात है हवलदार, तुम पुलिसवालों का किसी को चैन से रहते देख पेट नहीं भरता।"

हवलदार ने थोड़ा नाराजगी में कहा था,

"अब मुझसे क्यों उलझ रही हो शबनम बाई ?"

पूछा था फिर शबनम बाई ने,

क्यों बुलवाया है नये अफसर ने ?"

"अब मुझे क्या मालूम ?"

दोहराते हुए वह भीतर चली गई थी।

"तू ठहर पार्वती, मैं भी चलती हूँ।"

कहते हुए वह कपड़े बदलने लगी थी। पार्वती ने साड़ी बदलते हुए कहा था,

"तुम रहने दो अम्मी जान। मैं देखती हूं। वह समझता क्या है अपने आपको।"

रंडियों को थाने में बुलाना आम बात थी। हर सप्ताह किसी न किसी की पेशी होती थी। चलते हुए पार्वती ने शबनम बाई को चौकस रहने को कहा था। साथ ही सुमीत को फोन करने के लिए भी कहा था। उसे थाने बुलाया है। कुछ

भी हो सकता है। पुलिस वालों का क्या भरोसा बाजार से थाना अधिक दूर नहीं नहीं था। पन्द्रह मिनट में ही वह थाने पहुंच गयी थी। थाने में दो-तीन पुलिसकर्मियों की आंखों में वासना की लपलपाती आग देखी थी उसने। वे बाहर धूप में खड़े सिगरेट-बीड़िया फूंकने में लगे थे। उसे देख एक सब-इंस्पेक्टर ने व्यंग्य में कहा था,

''पार्वती को जे आए हवलदार जी।''

पर हवलदार जवाब न देकर सिर्फ मुस्कराया था। अंदर सरकिल इंस्पेक्टर को बैठे देख।

पूछा था पार्वती ने,

''क्या बात है इंस्पेक्टर, मुझे क्यों बुलाया है ?''

फाइल से नजरे हटाकर कुछ पल देखा था उसकी ओर। फिर कहा था,

''थोड़ी देर सबर तो रख। सब पता चल जाएगा।''

तैश में निकला था पार्वती के भीतर से स्वर,

''क्या पता चल जाएगा, क्या किया है मैंने ? मुझे थाने क्यों बुलाया है ?'' जबकि इंस्पेक्टर को स्वर अभी तक नर्म ही था,

''मैंने कहा ना, थोड़ी देर सबर रख।''

कुछ पल की चुप्पी के बाद उसकी ओर घूरते हुए पूछा था सरकिल इंस्पेक्टर ने,

''वह कौन है, जो तेरे साथ रहता है ?''

जवाब दिया था पार्वती ने,

''एक शरीफ इंसान।''

इस बार अफसर का लहजा बदला था,

''उस शरीफ इंसान से बोल, इस बदनाम बाजार में नहीं रहे।''

पूछा था पार्वती ने,

''तो कहां रहे वह ?''

जवाब तैयार था,

''कहीं भी जाकर रहे। पूरी दुनिया पड़ी है।''

थोड़ा स्वर बदला था पार्वती ने भी अपना,

''उसके रहने से तुम्हें क्या एतराज है ?''

जैसे सीधे-सीधे धमकी दी गई थी। इंस्पेक्टर ने महसूस किया था।

''याद रख तू भी। अगर वह यहां रहा तो उसे हवालात में बंद कर दूंगा।''

पार्वती ने पूछा था,

''तुम कौन होते हो उन्हें बंद करने वाले,''

सरकिल इंस्पेक्टर ने आंखे दिखाते हुए कहा था,

"तू भी जबान चलाने लगी।"

बेखौफ स्वर उभरा था, उसका,

"जबान नहीं चला रही हूँ, अपने हकों की बात बता रही हूँ।" इंस्पेक्टर ने पलट कर वार किया था,

"तू कब से हकों की बात कहने लगी ?"

बेबाकी से जवाब दिया था पार्वती ने,

"जब से मुझे अहसास हुआ कि मैं गुलाम हूँ।"

थोड़ा मुस्कराते हुए व्यंग्य में कहा था इंस्पेक्टर ने

"औरतें तो पैदाइसी गुलाम होती हैं।"

तभी आक्रोश से भरा स्वर उभरा था,

"नहीं औरतें पेदाइसी गुलाम नहीं होतीं। गुलाम उसे आदमी बनाता है। रस्म-रिवाज बनाते हैं। वे परंपराएं बनाती हैं, जिन्हें मैंने कभी का छोड़ दिया।"

इस बार इंस्पेक्टर ने स्वर थोड़ा गंभीर हो चला था,

"यह सब उस हीरों का प्रभाव लगता है। तुझे पता नहीं आदमी क्यों आता है औरत के पास ?" थोड़ा ठहर कर स्वयं ही ने जवाब दिया था, "इसलिए कि उसके पास जिस्म होता है। तेरे पास जिस्म भी है और उसमें गर्मी भी। जिस दिन तू ठण्डी हो जाएगी, वह छोड़ कर चला जाएगा।"

इस बार जोरदार तरीके से जवाब दिया था उसने,

"वह कभी नहीं जाएगा और मैं उससे शादी कर रही हूँ।"

इंस्पेक्टर का स्वर भी वैसा ही था,

"अच्छा तो बात यहां तक पहुंच गयी है।"

वैसे ही लहजे में बोली थी वह,

"हां बात यहां तक पहुंच गयी है।

तभी इंस्पेक्टर ने सामने खड़े सब-इंस्पेक्टर की ओर देखते हुए कहा था,

"क्या किया जाए इसका ?"

सब-इंस्पेक्टर ने मौन रहते हुए ही संकेत में कुछ कहा था।

तभी कड़कदार आवाज में इंस्पेक्टर ने आदेश दिया था।

"हवलदार इसे बहुत गर्मी चढ़ रही है ना। हवालात में तो ले जाओ।"

जैसे ही हवलदार उसकी ओर बढ़ा पार्वती गुस्से में बोली थी,

"क्या कसूर है मेरा। ?"

इस बार पास आकर हवलदार ने कहा था, उसकी तरफ देखकर सिर्फ मुस्कराया था।

"चल बाई ?"

पूछा था उसने,

"कहां चल ?"

जवाब में हवलदार बोला था,

"हवालात में।"

फिर पूछा था उसने गुस्से में।

"पर मेरा कुसूर क्या है ?"

इस बार इंस्पेक्टर ने जवाब दिया था,

"रंडी कभी कुसूर नहीं पूछा करती। इसलिए कि रंडियां स्वयं कुसूरवार हुआ करती हैं।" आक्रोश में भरा स्वर उभरा था उसका,

"इंस्पेक्टर तुझे मालूम होना चाहिए। मैंने वेश्यावृत्ति छोड़ दी है।" वह अजीब से स्वर में बोला था,

"कौन कहता है ?"

जवाब दिया था पार्वती ने,

"मैं कहती हूँ।"

"मैं यानी तुम यानी मेरे सामने खड़ी एक अदद रंडी।" सुनकर जैसे उबाल आया था पार्वती के खून में,

"इंस्पेक्टर मैं रंडी नहीं हूं, नहीं हूं, नहीं हूं।"

इंस्पेक्टर बोला था, "इसे हवालात का रास्ता दिखाओ, एक दो दिन हवालात में सड़ेगी तो इसे पता चलेगा कि एक पुलिस अफसर से जबान लड़ाने का क्या मतलब होता है।" इस बार पार्वती फट पड़ी थी,

"अरे जा-जा बड़ा आया पुलिस अफसर, तू पुलिस अफसर नहीं भड़वा है।

सुनते ही उसका पारा चढ़ गया था कुर्सी से उठकर तेजी से उसकी ओर बढ़ा था वह रूल से पिटाई करते हुए गालिया दी थी,

"तेरी यह हिम्मत स्साली, थाने में ही आकर एक पुलिस अफसर को भड़वा कहती है।"

वह भी कब पीछे रहने वाली थी,

"हां-हां तू भड़वा है, भड़वा है, भड़वा है। हजार बार कहूंगी। तू भड़वा है, भड़वा है।"

तभी हवलदार और सब इंस्पेक्टर उसे खींचते हुए हवालात की तरफ ले गये थे। पार्वती को जैसे दौरा आ गया था। वह अभी भी चीखे जा रही थी,

"तू इंस्पेक्टर नहीं है। भड़वा है, भड़वा है, अरे अगर भड़वागीरी करने की इतनी ही आग है तेरे भीतर तो यह वर्दी उतार दे और कोठे पर बैठकर ग्राहकों से दलाली खा।"

कहते-कहते पार्वती हवालात में जाने से पहले ही बेहोश हो गई थी। तभी हवलदार बोला था,

''इंस्पेक्टर साहब, यह तो बेहोश हो गई।''

गुस्से में उसकी तरफ देखे बिना ही कहा था इंस्पेक्टर ने,

''हो जाने दे बेहोश स्साली को। ऐसे ही खींच कर हवालात में बंद कर दे इसे।''

हवलदार और सब इंस्पेक्टर ने वैसे ही आदेश का पालन किया था। एक ने हाथ पकड़े और दूसरे ने टागें। किसी लावारिश सामान की तरह हवालात के एक कोने में पार्वती को फेंक दिया था। पुलिस थाने में मानवीय अधिकारों का गला घोंट दिया गया था।

जैसे ही शबनम बाई का फोन आया। सुनकर वह परेशान हो गया था। बिना एक पल की देरी किये उसने संपादक के कक्ष में जाकर यह सब कह डाला था। तुरता-फुरती में वे थाने जाने के लिए तैयार हो गये थे।

इस बार प्रजातंत्र की पूरी टीम आई थी। यहां तक कि स्वयं संपादक स्वयं मौजूद थे। उनके साथ कैमरा मैंन और सहायक संपादक भी आए थे। थाने के भीतर केवल सुमीत ही गया था।

जाते ही सवाल किया था सुमीत ने,

''मैं पूछ सकता हूं कि उसे पुलिस स्टेशन क्यों बुलाया था ?''

इंस्पेक्टर ने अजीब-से स्वर में कहा था,

''अच्छा पार्वती की बात कर रहा है तू ?''

सुमीत ने उसके सवाल का जवाब देते हुए कहा था।

''हां पार्वती की बात कर रहा हूँ मैं।''

तभी इंस्पेक्टर ने भी सीधे सवाल तड़ दिया था,

''तू कौन है उसका ?''

उनके बीच पलभर की चुप्पी रही तो फिर पूछ बैठा,

''बता न क्या रिश्ता है तेरा पार्वती से ?''

अनायास ही स्वर उभरा था सुमीत का,

''मैं उससे शादी...।''

बीच में व्यग्यं के स्वर में कहा था इंस्पेक्टर ने,

''वह रंडी है और रंडियां किसी से शादी नहीं करती। हां कुछ दिनों के लिए बिस्तर जरूर गर्म करती हैं।''

चीख उठा था वह,

''इंस्पेक्टर...।''

तुरंत बोला था वह,

''चीखों मत, यह पुलिस स्टेशन है। किसी भड़वे का अड्डा नहीं।''

सुमीत ने जैसे को तैसा जवाब दिया था

''पर मुझे तो तुझ जैसे वर्दीधारी इंस्पेक्टर और भड़वे में कोई फर्क नहीं नजर

आता।''

उसका जवाब सुनकर इंस्पेक्टर भभक उठा था। वह सुमीत को मारने के लिए उठा ही था कि हवलदार बीच में आ गया।

''जाईये-जाईये पत्रकार महोदय थाने में शोरगुल क्यों करते हैं ?''

तभी धीरे से कैमरामैन के साथ संपादक और सहायक संपादक भी आ गए थे।

क्रोध में उबलते हुए बोला था इंस्पेक्टर,

''हवलदार इसे बतला दे, भानु प्रताप नहीं हूँ मैं, जो आसानी से ससपैण्ड हो जाऊंगा मैं। एक लाख रुपया देकर पोस्टिंग ली है मैंने यहां की।''

तभी जवाब दिया था सुमीत ने,

''तो तू रंडियों की कमाई खाएगा।''

व्यापारी लहजे में इस्पेक्टर का जवाब था,

''यह लेन देन है बेटे। मैंने एक लाख दिया मुझे बदले में पांच लाख चाहिएं।''

सुमीत दंग रह गया था सुनकर। कितना खुला व्यापार हो गया था रिश्वत देना और लेना। जरा भी भय नहीं। उसने संपादक की ओर देखा था और संपादक ने सुमीत की तरफ। उनके जीवन में यह पहला पुलिस इंस्पेक्टर था, जो रिश्वत लेने और देने की खुलेआम वकालत कर रहा था।

''मैं थूकता हूँ ऐसे घटिया पुलिस इंस्पेक्टर पर जिसके लिए पैसा ही सब कुछ है।''

इंस्पेक्टर हाथ में रूल लिये था। उसी को लिए उसकी तरफ बढ़ा,

''तेरी यह हिम्मत कि एक पुलिस इंस्पेक्टर पर थूकेगा।''

जैसे ही वह मारने को बढ़ा, उधर कैमरा क्लिक हुआ। टेपरिकार्डर पहले से ही ऑन था। फ्लेश हुई तो इंस्पेक्टर भौचक्का रह गया। उसे उम्मीद न थी कि थाने में ही आकर कोई इस तरह के चित्र ले लेगा।

''पकड़ों हवलदार कैमरा मैन को। स्साला बचने न पाए।''

हवलदार के साथ एक सिपाही कैमरामैन को पकड़ने के लिए दौड़ा तो प्रजातंत्र के संपादक बीच में आ गए। उनके भागने के लिए इतना ही बहुत था। संपादक ने आंखों से संकेत किया। वे दोनों फुर्ती से थाने की रेलिंग फांद कर भाग गए थे। जबकि संपादक को वह पहचान न पाया था।

''तो तू स्साले कैमरामैन साथ में लेकर आया था।''

जवाब में सिर्फ इतना ही कहा था सुमीत ने,

''हां इंस्पेक्टर, और भी कुछ साथ में था, जिसका पता तुझे कोर्ट में चलेगा।''

इंस्पेक्टर क्रोध में जैसे पागल हो गया था,

''तेरी इतनी हिम्मत स्साले, यहां कोई भी आए और हमें धमकी देकर चला जाए। तू चल स्साले हवालात में।''

बीच में कहा था संपादक ने,

"इंस्पेक्टर आप इन्हें हवालात में बंद नहीं कर सकते।"

उबल पड़ा था इंस्पेक्टर,

"तू स्साले कौन है ?"

जवाब दिया था उन्होंने,

"मैं प्रजातंत्र का संपादक हूँ।"

वैसी ही शैली में बोला था इंस्पेक्टर,

"होगा तू प्रजातंत्र का संपादक।"

कहते हुए वह सुमीत को खींच कर हवालात की ओर ले जाने लगा। तभी सुमीत को रोकते हुए संपादक ने फिर कहा था,

"देखिये इंस्पेक्टर आप अपने अधिकारों का दुरुपयोग कर रहे हैं।"

इंस्पेक्टर और भी बदतमीजी पर उतर आया था,

"तू बाहर जा स्साले, नहीं तो तुझे भी अंदर कर दूंगा। एक दिन हवालात में रहेगा। तेरी सारी अकड़ ढीली हो जाएगी।

उन्हें चुप रह जाना पड़ा। स्थिति ही कुछ ऐसी थी। इंस्पेक्टर सुमीत को खींचते हुए हवालात तक ले गया था। हवलदार ने आगे बढ़कर दरवाजा खोला। जहां पहले से ही पार्वती थीं। उन्हें देखकर उसके मुंह से निकल पड़ा,

"तुम यहां।"

व्यंग्य से बोला था इंस्पेक्टर,

"तुम्हारी सुहागरात का इंतजाम किया है मैंने इसी हवालात में।" अब स्साले तुम दोनों पर इम्मोरल ट्रैफिक एक्ट के तहत धारा लगाऊंगा। देखता हूँ कौन बचाता है तुझे ?"

संपादक वापस लौट आएं, इसके अलावा उनके पास कोई विकल्प ही नहीं था। वहीं से पुलिस के उच्च अधिकारियों से फोन पर बात कर थाने में पुलिस द्वारा उत्पीड़न की जानकारी दी। जीवन में निहायत ही घटिया किस्म के इंस्पेक्टर से पाला पड़ा था उनका।

पार्वती को घंटा भर हो गया था थाने गये। शबनम बाई के भीतर बेचैनी उभरने लगी थी। मुमताज और हसीना भी परेशान थी। बाबू ने कई बार पूछा। अंकल कहां गये ? बराबर के कोठे से कई वेश्या साथियों ने आकर पूछा था। कई बार ऐसा हुआ है। उन्हें थाने बुलाकर डराया धमकाया जाता रहा है। और बाद में रिश्वत लेकर छोड़ दिया जाता था। शबनम, हसीना, फूल और मुमताज के पास एक हजार रुपये से अधिक न थे। शबनम बाई जानती थी। नया इंस्पेक्टर पांच हजार लिये भी नहीं मानेगा। कहां से जुटाए वह इतना रुपया। वह कुछ समझ नहीं पा रही थी। तभी हसीना ने कहा था,

"अम्मी जान पहले थाने जाकर तो देख आओं। लेने-देने की बात तो बाद की है।"

तत्पश्चात् मुमताज बोली थी,

"पर हम रिश्वत क्यों दे किसी को ? वह इंस्पेक्टर है कोई दल्ला नहीं।"

शबनम बाई ने तो दलाल के साथ इंस्पेक्टर को भी रिश्वत दी थी। वह भी उसी परंपरा को निभाती रही जो दूसरे कोठे को वंश्याएं करती रही थीं। पर अब उसका मन तैयार नहीं था वह सब निभाने के लिए।

शबनम बाई को उन दोनों की सलाह जंच गई थी। जल्दी से तैयार होकर उसने थाने की ओर रुख किया। नीचे बाजार में भीड़-भाड़ थी। किसी तरह बचते-बचाते उसके कदम तेज गति से बढ़ते चले जा रहे थे। जीवन में उसने क्या कमाया और क्या गंवाया, उसके भीतर मंथन होने लगा था। उसके भीतर-बाहर जैसे शोर था। दलालों, भड़वों और पुलिस वालों के चित्र उसकी आंखों के सामने आने लगे थे। थाने पहुंची तो पूछा था उसने,

"मेरी बेटी कहां है ?"

हवलदार मुस्कुराते हुए बोला था,

"कौन बेटी ?"

जवाब दिया था शबनम बाई ने,

"अरे तू ही लाया था पार्वती बेटी को।"

पुनः हंसते हुए बोला था हवलदार,

"बाई तू भी क्या पगला गई है। अरे वह तो पार्वती रंडी है। और रंडी किसी की बेटी नहीं होती।"

गुस्से में उभरा था उसका स्वर,

"हवलदार तेरी भी तो बेटी होगी।"

सहजता से जवाब दिया था उसने,

"हां है, मेरी क्यों सभी की बेटियां होती है।"

इस बार शबनम बाई ने धीरे से कहा था,

"जब सभी की बेटियां होती हैं तो मेरी बेटी क्यों नहीं हो सकती ?"

जबकि हवलदार ने नाराजगी में कहा था,

"अच्छा-अच्छा मेरा भेजा मत खा। जल्दी बतला क्या बात हैं ?"

हैरानी से भरा स्वर उभरा था इस बार शबनम बाई का,

"अरे हवलदार मेरी बेटी को तू लाया था। कहां है वह ?"

हवलदार ने धीरे से कहा था,

"थोड़ा ठहर बाई।"

सुनकर जैसे उम्मीदें जगी थीं उसके भीतर,

"पार्वती बेटी की ही बात कर रही हूं मैं। कहां है वह ?"

फिर धीरे से उसके पास जाकर जैसे कोई राज की बात कही थी उसने,

"अपने यार के साथ सुहागरात मना रही है हवालात में।"

कहकर अजीब तरह से हंसा था वह। शबनम बाई आहत हुई थी उसकी बात सुनकर। गुस्से में कहा था उसने,

"तुझे शर्म-गैरत नहीं है क्या ?

"कहां है वह ? मुझे दिखला अभी।"

जवाब दिया था हवलदार ने,

"थोड़ा सबर तो रख बाई।"

आवेश में बोली थी शबनम बाई।"

"भगवान् से डर हवलदार।"

वह फिर मुस्कराया था,

"अभी तो मुझे इंस्पेक्टर का डर है। क्योंकि वह कह कर गया है। उन दोनों से किसी को भी न मिलने दिया जाए।"

शबनम बाई बुरी तरह व्यथित थी,

"मैं जानती हूं तू हरामी है।"

हवलदार बेशर्मी से हंसा था,

"तूने ठीक पहचाना बाई। मैं छोटा हरामी और वह बड़ा हरामी।"

उसके भीतर आग भर गई थी। तभी पार्वती ने हवालात के भीतर से आवाज दी थी। चौंकते हुए उधर पार्वती ने देखा तो देखती रह गयी। पास आकर पूछ बैठी, "क्या हुआ सुमीत ?"

"नया इंस्पेक्टर कह रहा था कि इस इलाके में पोस्टिंग कराने के उसने एक लाख दिय हैं और वह पांच लाख रुपये वसूलेगा।"

शबनम बाई ने कहा था,

"वह ठीक कहता है बेटे।"

"क्या...?"

फिर से कहा था शबनम ने,

"हां सुमीत यहां पोस्टिंग कराने के लिए बड़ी-बड़ी रकम देते हैं पुलिस अफसर। रकम ही क्यों नेताओं से रसूक भी रखते हैं। आड़े समय में काम आते हैं न वे झण्डाबरदारी।"

"मुझे तो बड़ा अजीब लग रहा है यह सब सुनकर।"

भरे गले से बोली थी वह,

"तुम्हें केवल सुनकर ही अजीब लगने लगा। हमें तो देखो। हम तो बरसों से भोग रहे हैं यह सब।" तभी हवलदार बीच में बोला था,

"मुलाकात का समय खत्म हो गया बाई।"

शाम होते-होते बाजार की रंडियों में एक नया बदलाव आ गया था। आज वे अपने-अपने छज्जों पर सजधज कर नहीं बैठी थी बल्कि संघर्ष के लिए अपने-आपको तैयार कर रही थीं। कोई कोठा ऐसा न बचा था जहां कि रंडियों के भीतर आक्रोश न था। कुछ ने तो थाने पर जाकर नारेबाजी की थी।

थाने पर हो रही नारेबाजी का गहरा असर पड़ा था। रंडियों के द्वारा थाने पर प्रदर्शन को लेकर बाजार में चर्चा थी। थाने पर रंडियों का दबाव बढ़ने के कारण अतिरिक्त पुलिस फोर्स बुला ली गई थी। सीनियर इंस्पेक्टर का आदेश था। जो भी गड़बड़ी करे, उसे गोली मार दी जाए। और राष्ट्र की बेटिंयां गोली खाने को तैयार थीं। शबनम बाई ने राष्ट्रपति को टेलीग्राम किया था। जिसका संक्षिप्त मजबून इस तरह था-

"आप कैसे रोष्ट्र के पति हैं। राष्ट्र की बेटियां इमादतपुर के थाने में पुलिस की ज्यादतियां झेल रही हैं।"

प्रजातंत्र के संपादक अग्निहोत्री के दैनिक अखबार निकालने के दौरान उनके अच्छे खासे रसूख बने थे। राजनैतिक गलियारों में भी उनकी बात सुनी जाती थी। सुमीत के प्रजातंत्र में आने पर अखबार की प्रसार संख्या बढ़ी थी। दलित समाज के बीच प्रजातंत्र पापुलर हुआ था। उन्हीं के सामने आज सुमीत की गिरफ्तारी अचानक नई उलझन आकर खड़ी हो गई थी। जितना वे इसे सुलझाने की कोशिश करते, उतना ही उलझते जाते थे। क्षेत्र के विधायक और राज्य सरकार में मंत्री कैलाशपति त्रिपाठी के यहां फोन लगाया तो वहां से स्वयं मंत्री जी ने लेक्चर दे डाला था,

"तुम लोग अखबार को अब हथियार की तरह इस्तेमाल करने लगे हो। अरे अखबार निकालो। किसने मना किया, पर सरकारी अधिकारियों का जुलूस तो मत निकालो। याद रखो, समाज तुम्हारे अखबार से नहीं बदलता समाज के बदलने की अपनी एक प्रक्रिया है।"

मंत्री जी से कई बार मुलाकात हुई थी। पर उनका यह रूप पहली बार देखा था। तभी विपक्ष के एक-दो नेताओं से बातचीत हुई थी। उन्होंने थाने के सामने हो रहे प्रदर्शन में अपनी भागीदारी निभाने की स्वीकृति तो दे दी थी, पर सुमीत को हवालात से कैसे छुड़ाया जाए, इस बारे में वे मौन थे। बस इतना कहा था। सरकिल आफिसर के हाथ बहुत लम्बे हैं। मुख्यमंत्री तक पहुंच है उसकी।

तभी छायाकार के साथ रिपोर्टर ने प्रवेश किया था,

"क्या स्थिति है ?"

जवाब दिया था,

"सर स्थिति बहुत खराब होती जा रही है। पता नहीं कब गोली चल जाए।"

फिर पूछा था उन्होंने,

"नया इस्पेक्टर कहां है ?"

इस बार उत्तर में कहा था,

"वहीं थाने में। और डी.एस.पी. भी पहुंच गये हैं।"

"कितनी फोर्स होगी ?"

जवाब में बोले थे,

"लगभग एक सौ सिपाही मय हथियार के।"

"हूं"

कुछ पल बाद फिर पूछा था,

"और प्रदर्शनकारी ?"

"अभी तक एक सौ के लगभग। वैसे उनकी संख्या बढ़ती जा रही है। सुना है विपक्षी पार्टियों के नेताओं ने कार्यकर्ताओं को लेकर थाने को घेरने का आव्हान किया है।"

धीरे से बोले थे वे,

"ठीक है तुम जाओ।"

उनके जाने के घड़ी भर बाद फोन की घंटी बज उठी थी। संपादक महोदय ने फोन पर पूछा था,

"कौन है ?"

उधर से उनके एक मित्र की आवाज सुनाई दी थी,

"मैं हूं आर.के।"

वे बोले थे,

"हां कहो क्या बात है ? हम तो इस उलझन में फंस गये हैं।"

दूसरी तरफ से आवाज आई थी,

"अभी तो शुरुआत हुई है...।"

जिज्ञासावश पूछा था,

"क्यों क्या बात है ?"

फोन करने वाले ने जैसे रहस्य की बात बताई हो,

"जल्दी ही प्रजातंत्र को सील किया जा रहा है।"

सुनकर उनके मुंह से निकला था,

"क्या ?"

इस खबर से प्रजातंत्र में हड़कंप मच गया था। संपादक महोदय ने तुरता-फुरती में सहयोगियों की बैठक ले लीं थी। जिसमें मूल रूप से कहा गया था,

"जल्दी से जल्दी प्रजातंत्र में यह स्टोरी छापना और अपनी-अपनी सुरक्षा करना।"

साथियों ने इस स्टोरी को फीचर सर्विसेज के संवाददाताओं को संक्षिप्त में

टेलीफोन पर बतला दिया था।

राष्ट्रपति निवास में महामहिम राष्ट्रपति। चारो ओर चौकसी। तभी उनके एडीसी ने टेलीग्राम के बारे में बतलाया था। स्वयं राष्ट्रपति महोदय ने पढ़ा था।

"इमादतपुर कहां है ?"

जवाब दिया था,

"सर उत्तर प्रदेश में।"

"हवाई जहाज में कितना समय लगेगा ?"

शालीनता से जवाब दिया था,

"सर एक घंटा।"

कुछ पल सोचा था राष्ट्रपति ने। तभी आदेश दिया था,

"हमारे जाने की तैयारी कराईये।"

धीरे से स्वर उभरा था,

"सर प्रधान मंत्री...।"

राष्ट्रपति ने पुनः कहा था,

"राष्ट्र की बेटियों पर विपत्ति आई है। ऐसे में प्रधानमंत्री कार्यालय...।"

धीरे से स्वर उभरा था,

"सर...।"

उन्होंने अंतिम आदेश दे दिया था,

"हमारे तुरंत खाना होने की तैयारी कराईये"

पुनः पूछा था ए.डी.सी. ने

"सर आज ही।"

गंभीरता में राष्ट्रपति बोले थे,

"आज ही नहीं अभी तुरंत।"

गुलाब सिंह फिर से दब दबे के साथ थाने में लौट आये थे। थाने के बाहर राष्ट्र की बेटियों का जमावड़ा और बढ़ गया था। आंदोलनकारियों के जत्थे के बीच से बड़ी मुश्किल से निकल पाए थे वे। थाने के बाहर भीड़ बढ़ती ही जा रही थी। प्रदर्शनकारियों का सैलाब उमड़ पड़ा था। तभी उन्होंने लाठी चार्ज का आदेश दिया था। आदेश पाते ही पुलिस फोर्स प्रदर्शनकारियों पर टूट पड़ी थी। सबसे आगे थी शबनम बाई। पहली लाठी उसके सर में लगी। लाठी लगते ही सर फूट पड़ा और खून बहने लगा। वह जमीन पर गिर गई थी। चारों तरफ भागदोड़, महिलाओं पर पुलिस वाले बेदर्दी से पिल पड़े थे। पास में थीं हसीना, मुमताज, फूल और हमीदा, जीनत। उन्होंने आगे बढ़कर संभाला था शबनम बाई को। तभी चारों तरफ शोर मच गया था। राष्ट्रपति आगे, राष्ट्रपति आ गये...। पूरे शहर में यह खबर आग की तरह फैल गयी

थी। हड़कंप मच गया था शहर के भीतर। राष्ट्रपति का लश्कर थाने की दिशा में बढ़ने लगा था। परिवेश में गूंजती सायरन की आवाज़। थाने में तैनात कर्मियों के हाथ पांव फूल गये थे। सुमीत और पार्वती अभी भी हवालात में थे। बाहर से प्रदर्शनकारियों की आवाजें आ रही थीं,

"सुमीत पार्वती को रिहा करो...।"

जैसे ही राष्ट्रपति का लश्कर नजदीक आया, लाठी चार्ज बंद हो गया था। कार से उतर कर स्वयं राष्ट्रपति आगे बढ़े थे। थाने में पहुंचे तो देखा। हवालात में सुमीत और पार्वती बंद थे। स्वयं अपने हाथों से हवालात का दरवाजा खोला था उन्होंने। सुमीत और पार्वती मुक्त हुए थे। उन्होंने राष्ट्रपति के पांव छुए थे। बदले में मिला था आशीर्वाद। तभी बाहर परिवेश में हसीना और मुमताज की चीख निकली थी। वे उधर ही दौड़ पड़े थे। सुमीत और पार्वती ने देखा। शबनम बाई खून से लथपथ जमीन पर पड़ी हुई अंतिम सांसे गिन रही थी।

"मां... मां...।"

सुमीत की आवाज सुन आंखे खोली थीं शबनम बाई ने,

"बेटे तू आ गया...।"

राष्ट्रकी बेटियों की ओर देखते हुए बोली थी वह,

"याद रखो, तुम सभी को इस पेशे से मुक्त होना है।

मैं उस मरघट में जाकर मुक्त होऊंगी तुम इस मरघट से मुक्त होना। याद रखना उस मरघट से लौटकर इस मरघट में मत आना।"

उखड़ी सांसों से एक-एक शब्द बाहर आ रहे थे। आवाज में कंपन था, पर पूरा आत्मविश्वास। बाई की आंखों में पहली बार अजीब-सी चमक देखी थी, जो उन सबको मुक्ति का संदेश दे रही थी।

"मैंने अपनी कोई वसीयत नहीं लिखी।"

कहते हुए देखा। वे सुबक रही थीं।

"रोती क्यों हो ? तुम्हें तो खुश होना चाहिए। मैंने तुम्हें इन पिंजरों में बंद किये रखा। अब मैं जा रही हूँ। खुदा या ईश्वर जो भी मुझसे इस जीवन का हिसाब मांगेगा देना होगा।"

"देना होग न हिसाब।"

"मेरी चिंता मत करना। यहां से दूर चला जाना तुम सब। कहीं भी जाना, पर इन पिंजरों में"

धीरे-धीरे भीड़ बढ़ने लगी थी। चम्पा, चमेली, गुलाब, रूखसाना, बिल्किस, शम्मी, हमीदा, जीनत, सभी तो ऊपर आ गई थी।

"मुझे आग देना, दफनाना मत, जिससे सब कुछ जल कर खाक हो जाए। कुछ भी न बच पाए।